ᴸᴬ CONQUISTA

ACERCA DE LA AUTORA

YXTA MAYA MURRAY es la autora de *Locas* y *What It Takes to Get to Vegas*. Recibió el premio Whiting Writers en 1999 en la categoría de ficción. Dicta clases en la facultad de derecho de *Loyola Law School* en Los Ángeles, donde reside.

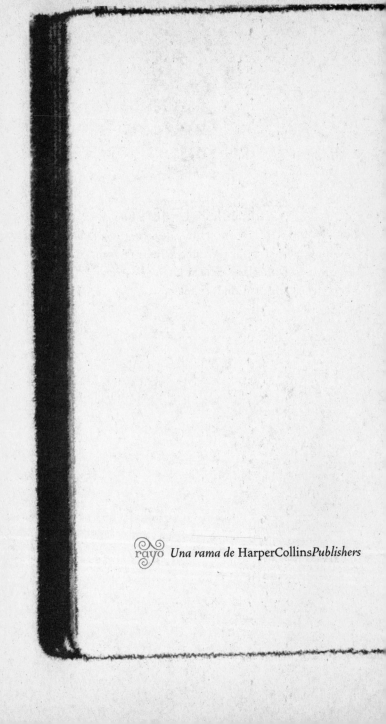

rayo *Una rama de* HarperCollins*Publishers*

LA CONQUISTA

una novela

YXTA MAYA MURRAY

Traducción de Liliana Valenzuela

Diseño del libro por Shubhani Sarkar

Fotografía de la autora © 2002 por Ryan Botev/Pickle Design

Este libro fue publicado originalmente en inglés en el 2002 en Estados Unidos por Rayo, una rama de HarperCollinsPublishers.

PRIMERA EDICIÓN

Impreso en papel sin ácido

Library of Congress Cataloging-in-Publication Información
Murray, Yxta Maya.
[Conquest. Spanish]
La conquista : una novela / Yxta Maya Murray ; traducido del inglés por Liliana Valenzuela.— 1. ed.
p.   cm.
ISBN 0-06-051576-7 (alk. paper)
1. Manuscripts—Conservation and restoration—Fiction. 2. Women museum curators—Fiction. 3. Los Angeles (Calif.)—Fiction. 4. Aztec women—Fiction. 5. Authorship—Fiction. 6. Spain—Fiction. I. Valenzuela, Liliana, 1960- II. Title.
PS3563.U832C6618 2003
813'.54—dc21   2003049225

04 05 06 07 DIX|RRD 10 9 8 7 6 5 4 3

A *Virginia Barber*

«[Cortés] llevó a casa una gran colección de plantas y minerales, como especímenes de los recursos naturales del país; varios animales salvajes y aves de vistoso plumaje; varias telas de trabajo esmerado, sobre todo el hermoso trabajo de emplumado; y un número de malabaristas, bailarinas y bufones, que dejaron estupefactos a los europeos por la maravillosa facilidad de sus actuaciones y se consideró que serían un regalo adecuado para su Santidad el Papa».

WILLIAM H. PRESCOTT,
Historia de la conquista de México

LA CONQUISTA

primera
PARTE

1.

El museo está oscuro esta noche. Las sombras se ven interrumpidas por unas cuantas lámparas que proyectan un velo de luz sobre los bronces expuestos en esta galería. Relucientes jóvenes desnudas y sátiros barbados se tornan suaves y flexibles en el resplandor, como si casi pudieran cobrar vida en cualquier momento y devolver una mirada juiciosa a su observador. Me retiro de la sala y salgo del ala, doy un paso en el patio con sus jardines floridos y sus jardines acuáticos que flotan en la luz azul. Más allá del precipicio de la colina donde se yergue el museo, yace el negro mar indistinguible del cielo. Es una noche de blanquecino aire de enero, tiempo ideal para que el fantasma de Jean Paul Getty deambule, maravillado, por las salas de piedra caliza construidas con su dinero. Me ciño un poco más el suéter sobre los hombros y entro a la biblioteca.

Aun a medianoche, las lámparas de unos cuantos investigadores están encendidas en varios rincones. El silencio se enhebra con el sonido de un lápiz sobre una página. Magníficos libros antiguos reposan sobre los estantes, como estos textos medievales de medicina que ofrecen consejos mortíferos sobre sangrados hechos con sanguijuelas y aplicaciones de mercurio. Paso la copia desteñida de Apicius, con sus recetas de erizos marinos con miel y flamingo asado con menta. Aquí se encuentran las novelas caballerescas del siglo quince con sus preciosas tapas de camafeo. Y el calendario azteca del siglo quince con sus temas de sangre y de semillas.

Llego a mi escritorio. Prendo la lámpara y levanto el libro antiguo que se encuentra allí. Le paso los dedos por el lomo, la piel carcomida. Las cabeceras labradas y los papeles jaspeados, las hojas de vitela onduladas llenas de una caligrafía hermosa. Hace siglos una fugitiva parda humedeció la pluma en un tintero y escribió estas palabras, mucho después de que los soldados y los mercenarios la dieran por muerta. Después, las eras le hincaron los dientes a este libro. En unos años morirá a menos que se vuelva a pegar esta cartivana y se arreglen con parches las partes estropeadas de las hojas y las tapas.

Ese es mi trabajo. Me llamo Sara Rosario González y tengo treinta y dos años de edad.

Soy restauradora de incunables.

VENGO AQUÍ TODOS LOS DÍAS a realizar el lento y minucioso trabajo en este volumen. Con frecuencia me quedo hasta la madrugada. Mientras examino las imperfecciones de una hoja, me distraigo con las palabras allí escritas. No me cuesta nada imaginarme a su autora. La mujer parda se agacha sobre estas hojas, pintando lentamente las letras en su estilo revelador. Después de dos páginas, alza la cabeza para mirar un pájaro por fuera de la ventana. Los verdes cerros de España se extienden más allá de la vista. Un soldado con una pluma roja en el casco fustiga su corcel por los cerros, pero tales visiones ya no la asustan, ya que ha aprendido a refugiarse en los disfraces. Sonríe y regresa al libro que ahora descansa en mis manos.

Es un libro en folio de fines del siglo dieciséis, sin título y encuadernado en cuero marroquí rojo oscuro; el texto en castellano vernáculo está escrito en papel vitela con letra redonda común. La narración trata de una malabarista azteca que es llevada a Europa por Hernán Cortés, la cual tiene muchas aventuras, entre ellas la de pelearse con los otomanos, abandonarse a los placeres de la Venecia de Tiziano, y tramar el asesinato del Sacro Romano Emperador Carlos V. Creemos que fue redactado en Cáceres, España, hacia el año de 1570 y, dadas sus similitudes paleográficas con otros textos, la mayoría de los investigadores concuerda en que fue escrito por un tal padre Miguel Santiago de Pasamonte, un monje hedonista y quizá demente de la Orden de San Jerónimo que escribió una serie de novelas escandalosas unos veinte años antes de que Cervantes escribiera *Don Quijote*. Mi jefa aquí en el Getty, Teresa Shaughnessey, se adhiere a esa teoría.

Al parecer soy la única que no se adhiere a esa hipótesis. Creo, como he mencionado, que fue una mujer y además una mujer azteca, quien escribió este infolio. Puede que sea ficción, puede que no. En las crónicas de esa época se encuentran relatos históricos de la travesía de esclavos aztecas de Tenochtitlán al Vaticano. Y aunque este libro contiene descripciones de magia, fue escrito en una época crédula, donde los apasionados aún veían espíritus y monstruos alternando con sus vecinos humanos.

También me he atrevido a darle un título: *La conquista*.

Si compruebo mi hipótesis, seré tan ingeniosa como cualquier nigromante, ya que todas las mujeres morenas de la historia se han quedado sin lengua. Si les demuestro a mis colegas que una mujer azteca escribió este libro, será como si le hubiera dado un golpecito en el hombro al gran volcán Ixtacíhuatl y le hubiera pedido que hablara.

Y eso es exactamente lo que haré.

SE ESTÁ HACIENDO DE NOCHE. Sábado por la noche, así que este lugar es una isla donde se detiene el reloj, más allá de la cual yace un Los Ángeles eléctrico y cambiante repleto de parranderos. Soy la última investigadora, la que queda a la zaga, y esta es mi hora preferida para estar en el museo, la hora en que puedo imaginarme a las duquesas y los demonios descender de sus lienzos y bailar el vals por las salas negras.

A esta hora me es posible trabajar sin otra distracción que mi propia imaginación. Mis herramientas son simples. Guantes blancos, una plegadera de hueso, agujas de tejido, pegamento y hojas delgadas y lechosas de lino y papel japonés, las cuales injertaré en el armazón del libro de manera muy similar a como un cirujano repara el cuerpo de un paciente cuyo corazón ha sido perforado por una enfermedad.

No, diré que el proceso me recuerda más bien a un enamorado que reconstruye una carta de amor destruida. La primera vez que tuve entre mis manos una de estas reliquias —era un manuscrito del siglo dieciséis de un poeta azteca, ya que tiendo a buscar proyectos que tienen que ver con el origen de mis antepasados— recuerdo la impresión que tuve de poseer el mensaje de un galán fantasma que suspiraba por el amor de una hermosa mujer. Entonces alcé la vista hacia estos estantes de libros durmientes y pensé en cómo cada uno de ellos escondía las brasas de un corazón ardiente que latía con pasiones hace mucho tiempo olvidadas.

Este hecho abriga ramificaciones insoportables. ¿No es así?

¿O es acaso una bendición?

He aquí mi respuesta a esa pregunta:

Mi mamá, Beatriz, quien tenía mucha gracia para contarme cuentos a la hora de dormir, una vez me obsequió una fábula acerca de un alquimista llamado Tzotzil, que vivió en la época de la infancia de la Tierra. Sentada a mi lado y acariciándome el cabello mientras la ventana de la recámara se oscurecía, me dijo que a pesar de que el planeta era entonces tan nuevo que era capaz de producir todos los dones y las frutas que pudieran saciar el apetito de sus habitantes con tan sólo tocarlo, Tzotzil anticipó la actual predilección del mundo por el desánimo y la añoranza.

Tzotzil se sentía solo, me dijo mi mamá, susurrándome al oído mientras se me cerraban los ojos de sueño.

En su desesperación, visitó la cueva del adivino Atitlán y le explicó que, a pesar de toda su riqueza, aún era pobre en cuestiones de amor. Atitlán accedió a hacerle un hechizo y su bola de cristal le reveló a una sílfide de cabello tan negro como la tinta y los ojos del tono más delicado de azul. Sin embargo, a pesar de la aparente perfección de la joven —tenía los senos de una sirena, el talento de un dragón para el debate y la habilidad de comerse un grifo asado de un tirón— Atitlán auguró que ella poseía un defecto crítico, ya que no nacería por otros cinco mil años.

Ahora, esto ciertamente es una muy mala noticia para un enamorado, pero Tzotzil, quien casi se había derretido de pasión cuando vio la imagen en el cristal, decidió comunicar su fervor a su prometida. Curtió la piel de una cabra, la hechizó para que quisiera regresar a casa cual paloma mensajera, y después le escribió a la futura joven un soneto.

Él se murió poco después, murmuró mi mamá, mientras yo me hundía más y más profundamente en mi almohada. Y lo que fue peor, mientras pasaron las eras y la Tierra se resquebrajó y se soldó otra vez adquiriendo formas nuevas, el soneto de Tzotzil fue tocado por tantos coleccionistas que para cuando Anactoria estaba en su trigésimo año, la vitela se había mermado hasta que no quedaba más que un guiñapo.

Anactoria, de cabello negro y ojos azules, cascarrabias, famosa por sus heroicos actos de gastronomía, caminaba un día por los acantilados y miró al suelo. Allí, vio un pedazo de papel rugoso con palabras escritas en él. Lo levantó y lo leyó: *Oh, Anactoria de los brazos rosados, sólo Tzotzil podrá reclamar tu corazón.*

Anactoria pensó que era extraño que este fragmento tuviera su nombre, aunque debido a su temperamento despreocupado le causó más gracia que inquietud. No obstante, debido a sus exóticas inclinaciones culinarias, un curioso pensamiento entró en su mente. Sin pensarlo, enrolló el pedazo y se lo comió. Y esto fue un error.

Ya que tan pronto las palabras llegaron a su torrente sanguíneo, el hechizo para que regresara a casa se extendió por todas sus células y ella se sintió poseída de un deseo delirante por un alquimista solitario llamado Tzotzil. Se sentó en los acantilados y se quedó mirando el mar a lo lejos, ebria de pasión.

Anactoria miró fijamente el mar, soñando un sueño que fue tejido cuando el mundo acababa de nacer. La joven con el carácter de un dragón, la astucia para poder comerse un grifo, la belleza de una sirena, había sido envenenada por un poema.

Mi mamá arqueó las cejas y acercó la cara, besándome ambos párpados y la mejilla y la nariz y el mentón, mientras yo trataba de aguantar el sueño el tiempo suficiente para escuchar el final del cuento.

Y aún lo recuerdo:

Anactoria murió años después, anciana y enamorada.

 ESTE CUENTO DE HADAS, contado en una mezcla de la voz de mi mamá y la mía, me consuela algunas veces en las noches de fin de semana cuando me siento en mi oficina, cavilando sobre un códice antiguo, sólo para alzar la vista y ver la noche bailar más allá de mi ventana.

Me imagino entonces que tengo entre mis manos una misiva de algún amor verdadero de hace mucho, algún cartógrafo antediluviano que dibujó estas serpientes marinas priápicas o esta nereida lasciva pensando en mí.

Pero entonces la fantasía se desvanece. No existe en mi pasado ni en mi futuro un Tzotzil ni una Anactoria ya que yo *soy* tanto Tzotzil como Anactoria, en cuanto a que sufro de una enfermedad de la memoria por lo real y lo imaginado. Me parece que no fui diseñada para nacer en esta época del olvido. Aunque el problema de tener demasiados recuerdos sí es *real*, ya que aquellos que padecen de nostalgia luchan por existir en el tiempo presente lo suficiente como para zambullirse en esa noche eléctrica con sus discotecas y martinis de mandarina.

Y aún peor que esta falta de congruencia es el hecho de que yo también tengo a un amante a quien no puedo olvidar y ninguna excusa maravillosa como la de Anactoria. Mi amado vive aquí y ahora, en el sur de California. De hecho, fuimos a la misma escuela secundaria.

Se trata del capitán Karl Sullivan, que está a punto de comprometerse con otra.

EL SOL DE LAS 6:00 A.M. llueve sobre la autopista que se extiende ante mí como una promesa larga y oscura a la mañana siguiente. Me desvelé toda la noche y me amanecí trabajando en el Getty, avanzando un poco con una sección particularmente dañada de *La conquista*. Ahora veo por la ventana nuevas urbanizaciones periféricas de condominios y flamantes mansiones en miniatura que flanquean la autopista 5, aunque unas amapolas anaranjado brillante resplandecen desde espacios intermitentes por campos abandonados aún a salvo del progreso.

Voy en mi coche, manejando en dirección sur hasta Oceanside, hacia la base de los infantes de marina del Campamento Militar Pendleton. Allí es donde vive Karl.

Tomo mi teléfono celular y marco su número.

—¿Diga? —ha estado durmiendo.

—¿Estás solo? —pregunto.

—¿Sara?

—Quería avisarte que voy en camino.

Escucho los sonidos crujientes de las sábanas y me lo puedo imaginar, arrugado como en las mañanas, con su fabuloso cabello negro trasquilado sin piedad y su larguirucho y velludo cuerpo medio desnudo en su pijama de franela.

—Espera un momento, espera un segundo, todavía no traigo bien atornillada la cabeza —dice. Escucho que algo se cae, y su voz quejumbrosa—. ¿Estás en camino? ¿Qué, qué? Creí que quedamos en que íbamos a evitar vernos.

—*Tú* quedaste.

—Pero es que voy a ir a ver a Claire hoy más tarde. No creo que sea buena idea que vengas.

—Pues, yo sí lo creo. Llegaré como a las ocho. Sólo quiero saludarte. No te he visto en cuatro meses.

—¿Vas a manejar dos horas nada más para saludarme?

—Así es.

—Es un largo... ¿te pasa algo?

—No, estoy bien.

—Bueno, quise decir...

—Ya sé que estás por comprometerte —Ahora menciono su nombre en una voz que reconoce, una voz que he usado antes con él.

No dice nada por unos segundos.

—Caray, no he escuchado esa voz desde hace tanto. Se te oye bien.

—Y así me sentiré cuando llegue allá.

—De veras no creo que sea buena idea.

—No tienes de qué preocuparte.

—Sólo de mi pobre corazón, ¿verdad? —pregunta.

—¿Qué tiene eso de malo?

—Bueno, como que necesito que siga latiendo si quiero seguir caminando por allí.

Me acomodo el teléfono bajo el mentón, doy una volantazo alrededor de un Ford marrón viejo y después de un Toyota reluciente. Voy como a noventa y cinco millas.

—Yo me encargo de que lata.

—Ah —se ríe—. No has cambiado.

Puedo escuchar los ruidos que hace al salir de la cama y empezar a moverse por la recámara.

—Así que, ¿qué hay de nuevo? —dice.

—¿Conque vamos a hablar de boberías?

—Quiero saber, no te he visto. *Dios mío*, qué gusto me da oírte. Me dejas anonadado, a decir verdad. Y ya en serio, ¿te sientes bien? ¿Necesitas algo?

—Sí.

—Algo que te pueda *dar*.

Bajo la ventanilla y dejo que entre el viento, que me vuela el pelo en la cara.

—Mira, Karl, ¿tienes ganas de verme?

Otra larga pausa.

—¿Tienes ganas de verme?

—Sí —dice, finalmente—. Sí, sí quiero verte.

Y luego cuelga.

Acelero, prendo el radio y tarareo la música. Estoy rebosando de sentimientos, nada más de esa breve conversación. Hay aquellos que tienen la suerte de conocer a alguien especial cuando apenas empiezan a darse cuenta del mundo —esa edad sin cáscara de los quince, según mi propia experiencia— y el primer molde que hacen de sí mismos adquiere parte de su forma de esa persona. Décadas más tarde, todavía pueden remontarse a través de los años y palpar ese huevo puro. Cuando mencionan tu nombre es como una clave secreta.

Esto es lo que Karl representa para mí y razón por la cual no puedo olvidarlo.

1982, MILLIKAN HIGH SCHOOL, en Long Beach, California. Me doy cuenta de que parece más interesante en retrospectiva.

Décimo grado. Después de la serie *Roots*, antes de la serie *Brideshead Revisited*, los días del Estrangulador de Hillside y los rehenes, esta es la época en que todos apenas habíamos escapado de la tierra firme del programa de *Plaza Sésamo* y la muñeca Lagrimitas Lilí y habíamos comenzado un proceso acelerado de división celular alarmante: las muchachas desarrollaban de la noche a la mañana esos bulbos escandalosos que resaltaban por debajo de camisetas estampadas de los conciertos de Duran Duran y pequeños traseros redondos que retacaban en unos bluyines tan apretados, que algunas de ellas serían diagnosticadas más tarde con lesión a los nervios; los muchachos caminaban por allí sosteniendo sus libros en ángulos bajos y extraños, los pantalones Levi's nadándoles por un trasero plano como tortilla mientras sorteaban la geografía racial y de apreciación musical de la hora del almuerzo, ya que había varias clases de roqueros y de grupos raciales minoritarios. Por allí andaban los Godos con la cara pintada estilo *kabuki* en blanco y negro, los Punks con su acento londinense *cockney* fingido y su peinado mohicano rosa sostenido con aerosol Hair Net y clara de huevo, luego el oxímoron de la presencia de niños bien en una escuela pública, además de los muchachos asiáticos, negros y morenos, todos en grupitos inmezclables, tan se-gregados como prisioneros.

Para fines de mi segundo año en la secundaria, había optado desde hacía mucho por pasar la mayor parte del tiempo sentada bajo el gran árbol de jacaranda a orillas de la escuela, leyendo (cualquier cosa, desde *Middlemarch* a *Christine* de Stephen King y desde *Shogun* a *Ana Karenina*). Una timidez heroica me convencía de que no me importaba estar alejada de estas intrigas, ya que podía descubrir amistades y dramas en sociedad con los libros que me parecían tan emocionantes y quizá más benévolos, que las alianzas y los duelos que observaba desde ese rincón. Me imagi-naba que emanaba un *glamour* intelectual al pie de mi árbol, aun-que ahora veo que emitía una toxina invisible, como el veneno arrojado por una rana atemorizada; excepto que era cierto que me interesaba integrarme a un estudiante nuevo, delgado como un galgo inglés, de Bakersfield, California, un chico de ojos oscuros de llama y una sonrisa enorme desde donde brillaba un matorral de dientes sin enderezar. A los pocos días de su matrícula, sabía que se apellidaba Sullivan y que ya tenía fama en la clase de mate-máticas. Aún así, la posibilidad de hablar en realidad con este rompecorazones me parecía tan imposible como pontificar con el monstruo de la laguna verde, hasta el día embriagador de la fiesta en la playa organizada por los administradores de la escuela para premiar a los estudiantes aplicados.

La fiesta tuvo lugar en la playa Bolsa Chica, donde la arena es tan suave como el terciopelo y los ectomorfos brincan como serafi-nes en las olas todo el día. Huí de mis compañeros caminando por la playa hasta que encontré una zona de oleaje tranquilo donde poder nadar y asolearme sin ser vista. Después de una hora o algo así, el muchacho moreno y alto deambuló a mis alrededores. Es-taba parado en la arena seca y hacía diseños en ella con sus pies enormes.

—Hola, qué tal —dice Karl.

—Hola —le contesto, como si fuera un sueño.

—Eres la chica que siempre está leyendo debajo del árbol, ¿verdad? Hace mucho que traté de llamarte la atención, pero era casi como si tuvieras un letrero de NO MOLESTAR colgado de la nariz. ¿Te molesta si chapoteo por aquí un rato?

No, le dije, no me molestaba.

Nadamos allí juntos toda la tarde, aunque no hablamos mucho. Pero sí me fijé en cómo las olas le dejaban una capa lustrosa en los brazos y en su magnífico pecho. Observé sus mechones de pelo mojados y la manera en que se sacudía como un cachorro; admiré las estrías de los músculos que le sombreaban la espalda. Cuando una ola fuerte lo tumbaba en el agua se levantaba rápidamente, riéndose a través del agua salada. Qué podría estar haciendo en mi pedazo de arena, podía tan sólo imaginarme a medias, y una alegría loca comenzó a dispararse en mi interior, sobre todo cuando trató de lucirse al nadar en contra de la corriente a medida que oscurecía.

—Es lo que te enseñan en el entrenamiento para salvavidas —explicó, jadeando con dramatismo.

—¿Eres salvavidas?

Negó con la cabeza.

—Lo leí.

A estas alturas ya era casi de noche. Desde la lejana orilla de la playa, varios de sus amigos tropezaban por las dunas. Cuando nos vieron nos hicieron señas y le gritaron que se metiera al coche.

—Espera —le dije—. Tengo algo que decirte. Me miró y sonrió.

—¿Qué cosa?

Me encogí de hombros. Él hizo un ademán a sus amigos y estos se fueron.

Me zambullí de nuevo y permanecí allí, pensando en qué podría decirle para impresionarlo. Cuando tuve que salir a respirar otra vez, me miró detenidamente a través del ocaso, con los brazos cruzados por el frío.

Cuando me di cuenta, le estaba contando un cuento.

Debido a una inspiración insólita y deliciosa, lo llevé dentro del agua relumbrante que nos llegaba a la cintura y lo entretuve con un romance famoso entre una princesa azteca y su novio que estaba condenado al fracaso, mientras las olas se rompían sobre nuestros hombros. *Ella quería quitarse el vestido para complacerlo*, le dije, escandalizada no sólo ante mi propio descaro sino ante la nueva e increíble fluidez de mi lengua. *Se aflojó el listón de modo que el vestido le cayó a los pies*. En ese momento yo no tenía nada que ver con aquel pez raro llamado Sara González, me sentía más bien amenazadora y feliz y completamente desenvuelta para la seducción. Floté a su alrededor, susurrando en las sombras, mientras él me miraba fijamente a la boca. Fue en ese momento que descubrí mi único talento, el de poder contarle cuentos a Karl Sullivan, y me sentí tan poderosa como para embelesarlo toda la noche.

Pero aun así, no terminé lo que había comenzado.

—Vaya, vaya —dijo—. Sí que tienes el don de contar cuentos chinos, ¿verdad?

Me encogí de hombros.

—Tal vez.

—¿Y en qué acaba?

—Luego te lo acabo de contar —le dije.

—¿Me lo prometes?

Se lo prometí.

Era el atardecer; las estrellas despuntaban entre las nubes. Nos echamos clavados de foca en el agua y miramos desaparecer el azul añil. Vi una telaraña azul de venas sobre el caparazón terso de su pectoral mientras flotaba en el agua negra, mirándome sin decir nada.

—¿Qué?

—Soy pobre —espetó, sonriendo de nuevo de manera que podía ver sus dientes ladeados. Hizo un ademán al cielo—. Me gusta la astronomía. ¿Cohetes espaciales y todo eso? Allá arriba no importa si eres rico o qué, como Gordon Cooper. ¿Has oído hablar de él?

—No.

—Era un astronauta. Un cerebrito. Llegó a ver de *todo*.

—¿De todo como qué?

—¿Como qué? Incubadoras de estrellas. Llegó a ver las constelaciones. Toda la Vía Láctea. Y allá arriba se supone que es otra onda. Te asomas a la ventanita del transbordador espacial y la Tierra no parece más grande que una moneda.

Me quedé de pie en el agua que se enfriaba mientras Karl comenzó a decirme qué era lo que tanto lo enloquecía de las estrellas; cómo, en Bakersfield años atrás, había comenzado a observar los cielos porque le parecían como el único lugar donde un cuerpo se podía estirar tanto como quisiera sin preocuparse de que le gritaran o le metieran un codazo o le dieran un manotazo en la oreja.

Los ánimos se caldeaban muy a menudo en casa de los Sullivan, que albergaba a cuatro muchachos y un padre viudo que intentaba llegar a fin de mes con un salario de soldador. El Señor Sullivan les enseñó a sus hijos lo que una mano dura tenía que ver con ser hombre, aunque Karl les dejó las chaquetas de cuero y las peleas de puños a sus tres gigantescos hermanos mayores, quienes comían como saltamontes y practicaban karatazos en su cabeza. Hubo uno o dos años en que estaban tan escasos de dinero que él había acabado por compartir una cama con el mayor de ellos, y el resultante frío en los dedos de sus pies descubiertos y el cráneo amoratado lo habían llevado con frecuencia a refugiarse fuera, sobre todo en verano, cuando se podía recostar en el pasto suave y mirar el espacio que no había sido aún reclamado y que resonaba hasta donde alcanzaba la vista, mientras ponía especial atención a ese mundo vacío, blanco y resplandeciente que iluminaba los campos de salvia a su alrededor. Lo que más deseaba, no obstante, era una tierra virgen que nadie antes hubiera visto, ni mucho menos raspado con los zapatos (como había sucedido en 1967), para que pudiera realmente saber qué se sentía «llegar allí primero». Esta posibilidad se le había presentado en el sexto grado, cuando se enteró de la idea de Einstein de que el universo estaba en constante estado de expansión y, ¿qué mejor lugar para un niño cansado de espacios reducidos y de ropa de segunda mano que el desierto incesantemente nuevo entre las estrellas?

—Sabes —continuó ahora—, ¿si eres bastante inteligente? Tienen un programa del espacio allá en Texas y te disparan con una honda hasta allá arriba. Especialistas en misiones los llaman. Un día seré uno de ellos, eso espero.

Traté de imaginarme a Karl vestido en su traje espacial y bailando más allá de los asteroides, jugando rayuela con estrellas e-nanas blancas, y brincando hacia el mar oscuro y misterioso donde el tiempo se podía triturar hasta hacerlo más pequeño que una almendra anacardo y donde un hombre podía explayarse tanto como quisiera.

Pero luego todas esas imágenes se desvanecieron, de repente, como si lo único en que me pudiera concentrar ahora era en cómo me había tomado de la mano súbitamente.

Extendió la mano bajo las olas para tomarme de la muñeca y trazarme las venas con un pulgar sensible. Entrelazó sus dedos con los míos y después me miró a los ojos.

—Qué linda te ves así, bajo la luna —dijo y sonrió.

HE ESCUCHADO A LA GENTE DECIR que no supieron valorar sus mejores épocas hasta mucho después, pero yo tenía conciencia de lo que me estaba sucediendo cuando estaba con Karl.

Los sábados por la noche él planchaba el cuello de su camisa para que estuviera tan duro como una vela y me llevaba a Bob's Big Boy, donde nos reíamos como enanos mientras tomábamos café espeso como chapopote y los más deliciosos *banana splits*. Este muchacho no tenía mucho dinero en efectivo como para comprarme rosas en una floristería, así que daba vueltas por la ciudad, tijeras en mano, para recogerme ramos hermosos y extraños tomados de parques y lotes vacíos llenos de maleza, y me preparaba *picnics* con sándwiches de atún que comíamos en la playa, donde la vista del mar negro y fulgurante era mejor que cualquier película. Nunca fui tímida con Karl, ni siquiera en ocasión de nuestro primer beso embriagador donde nos chocaron los dientes, ni aun después, al perder la virginidad cuando nos volamos la quinta hora en el colegio (él había descansado la mejilla contra mi hombro y se había aferrado a mí con desesperación). Cerca de una vez al mes íbamos al Observatorio Griffith, donde él hablaba a gritos acerca del el universo artificial que retumbaba por encima, y hasta asistí a uno de sus conciertos de KISS donde le grité a los *glitter glams* que vomitaban sangre mientras él me apretaba de puro gusto; qué hacíamos era lo de menos, ya que sabía que para mí no había otro y que él era puro oro hasta la médula.

La pasé muy mal cuando él tomó el avión para asistir a la Academia Naval de los Estados Unidos en Annapolis, Maryland, para su entrenamiento como futuro astronauta. Pude sobrellevar su ausencia cruzando los días del calendario y volando allá para los bailes de la facultad, donde los guardias marinos bailaban como Frankenstein y sus parejas iban vestidas como huevos de pascua, e hice que se escondiera en el baño de damas para quitarle el uniforme con mis manitas cachondas. Él también le regaló su salario a la compañía telefónica cuando se mudó a Quantico, Virginia, en 1989, para aprender a manejar los helicópteros UH-IH «Huey», pero había fuegos artificiales siempre que nos volvíamos a ver, y yo

yxta
MAyA MURRAy
18

tenía mis propios estudios de que ocuparme. Después de la escuela secundaria me fui al norte a la Universidad de Stanford, donde pasé los siguientes seis años estudiando literatura y el arte de los libros. Lo extrañaba tanto que me daban dolores de pecho, pero aún así Karl y yo nos las arreglamos para adaptarnos a los patrones de nuestra relación a larga distancia.

También me adapté bastante bien a la universidad. Stanford fue un lugar donde empecé a sentir que rellenaba algunas lagunas en mi interior, aunque algunas veces me resultaba difícil describir en nuestras llamadas y cartas lo que me estaba sucediendo en la universidad, lo que me sucedió incluso desde el primer momento en que entré a la biblioteca universitaria y descubrí esos volúmenes de Tolstoy, Wharton, Gogol, Paz, Eliot y Shakespeare esperando tan sólo a ser arrancados y engullidos. Las novelas que leí me ayudaron a ver al mundo mismo como una obra de ficción (escrita por una serie de manos que eran de un color distinto al mío), y las ideas totalmente nuevas de mis profesores me llenaban de un entusiasmo tan intenso que rayaba en el temor. Pero, más que eso, cuando me sentaba en la biblioteca, y especialmente en la sala de libros incunables con sus tótemes que se desmoronaban: sencillamente sentí que pertenecía allí. Las bibliotecas y los museos, cualquier lugar que tuviera que ver con colecciones, me recordaban a mi mamá, Beatriz, quien, en vida, había sentido gran pasión por la historia y sus hermosos fetiches. Produce una alegría loca saber que te has encontrado con un lugar donde podrías vivir para siempre, y eso lo reconocí en ese entonces: a partir de mi primer año universitario me hice a la idea de buscar un futuro en la restauración de libros. Me sentaba en esos corredores, inhalando el aroma a moho y a viejo y preguntándome sobre los secretos que debían estar escondidos en esos volúmenes; no solamente los rumores e historias de amor contenidos entre sus páginas, sino qué guerras habían capeado, cuáles manos los habían frotado con tanto afecto que ahora se desmoronaban hasta convertirse en polvo, y hasta qué crímenes se habían cometido para poseerlos.

Y entonces el semestre terminaba, y por fin veía a Karl de nuevo.

Trataba de contarle de estas transformaciones, así como él trataba de mostrarme las maneras en que sus sueños del espacio más concretos iban ensanchando algo dentro de *él,* pero si estos temas no eran comprendidos del todo, aún así no faltaban los descubrimientos que hacíamos el uno en el otro. Yo detectaba cada cambio de su apuesto molde, como los músculos abultados y las elegantes líneas que asumió su cara cuando sus dientes aprendieron a comportarse. Y me encantaba regresar a ese nudo permanente de venas azules en su pecho, que me recordaba las nebulosas de las que hablaba, mientras él tenía un brazo detrás de la cabeza y con las yemas del otro brazo trazaba las constelaciones que quería visitar cuando lo aceptaran en el Centro Espacial Lyndon B. Johnson en Houston.

En cuanto a mí, crecí dos pulgadas, me crecieron senos de cierta importancia, así como lo que él llamaba ideas «bohemias» y un apetito erótico voraz.

—Te he imaginado en traje de Eva saltando de aviones —dijo en Quantico después de una separación de cuatro meses—. Una vez me desperté a medio sueño haciendo ruidos de *besuqueos* sólo para encontrarme rodeado de lo que llamaría unos infantes de marina descorteses. He masticado suficiente comida desagradable como para atragantar a un rinoceronte y me han hecho ponerme en posición de firmes en la madrugada fría sin mayor protección que mi ropa interior y una oración. He cumplido con mi deber hacia el Tío Sam, sí señorita, y ahora mismo voy a ser recompensado al conseguir que me haga el amor la mujer más sexy de todo los Estados Unidos de América.

Pero siempre esperábamos antes de dar inicio, para que le pudiera susurrar un cariñito al oído. Desde aquella primera noche en el mar había seguido enamorando a Karl con mis cuentos y no podía comenzar seducción alguna hasta retomar el hilo del último cuento que había empezado. Habiéndome fusilado el método para hacer el amor de los clásicos, nunca le contaba el final de una saga antes de comenzar una nueva. A medida que tiraba, aflojaba y des-anudaba mis tramas (y luego las ramificaba y enredaba de nuevo), le ponía la boca al cuello o a la mandíbula, le rozaba un párpado con el labio, le desabrochaba la camisa hasta que quedábamos entrelazados en la cama y no tenía más aliento para cuentos. Lo cautivaba con epopeyas de ciencia ficción en las húmedas y seductoras habitaciones de moteles sureños y lo hechizaba con crónicas pornográficas en dormitorios universitarios de paredes delgadas; le pasaba novelas del Oeste de contrabando dentro de las angostas pero serviciales camas de los cuarteles de los infantes de marina y le susurraba novelas de misterio mientras desvestía su cuerpo hambriento de Sara en el asiento trasero de coches rentados.

En 1992 transfirieron a Karl a Carolina del Norte y me pidió que me fuera a vivir con él antes de casarnos. ¿Cómo podría o querría resistirlo? Me la jugué felizmente al abandonar mis planes para un doctorado y a la edad de veintitrés me encontré en un pueblo pequeño, casi sin latinos, colindante con el Campamento LeJeune.

Alquilamos un apartamento, el cual decoré con imágenes de Frida Kahlo y un modesto juego de comedor sueco; me hubiera gustado dedicar dos paredes para las repisas de mi biblioteca, pero descubrimos que sólo había lugar suficiente para un librero de pino pequeñísimo, así que empaqué la mayoría de mis volúmenes en un clóset. Una medida temporal, por supuesto (eso dijimos), y también me di cuenta de que ahora ya no tenía mucho tiempo para leer, ya que estaba tan ocupada haciendo planes para la boda y *ahorrando* (una actividad que puede tomar buena parte del día, según me di cuenta), ya que no nos alcanzaba el dinero ni para mi anillo. A pesar de estas nuevas responsabilidades, los primeros meses se fueron volando; hicimos el amor como monos y los fines de semana por las mañanas me llevaba de caballito corriendo por la playa, gritando feliz sobre nuestros futuros hijos y mi trasero exquisito.

—Me muero de ganas de embarazar este cuerpecito —reía y me subía más alto—. Me muero de ganas de verte enorme y bonita con nuestro bebé adentro. Cuando me mude a Houston, más vale que no te acerques al control de tierra porque si no esos muchachos no van a poder con la distracción.

Cuando hablaba así, me sentía feliz, pero a veces también me daba cuenta de que una serie de planes no expresados se esfumaban sin dejar rastro; una o dos veces intenté mencionar los recuerdos de mi mamá que había tenido en la biblioteca universitaria, así como mis aspiraciones de encuadernar libros antiguos, pero estas ideas parecían fuera de lugar en este nuevo ambiente donde de alguna manera había heredado una serie de expectativas ajenas y un rol completo de prometida del Cuerpo de Marina de los Estados Unidos.

Cuando pensaba en hacer solicitudes para trabajos en museos o continuar con mi doctorado, me costaba trabajo reconciliar esas aspiraciones con el ejemplo de las otras atareadas esposas de los militares de la base, que demostraba que el compromiso necesario para llevar a cabo esta vida con éxito debía ocupar cada segundo del día, y competiría demasiado con la amante cautivadora y celosa que puede ser el arte de la encuadernación forense. Las experiencias más intimidantes las sufrí en esas fiestas a las que asistían las esposas de los oficiales, quienes se alimentaba de carne asada mientras describían, con lujo de humor obsceno, la hercúlea fortaleza necesaria para levantarle la moral a aviadores temperamentales así como para soportar, a veces, meses solitarios y para criar a los hijos casi sin contar con una pareja. Fue en este período que desarrollé mi respeto eterno por las recién casadas del ejército, aquellas muchachas de muslos saludables que cargaban a chiquitines sobre sus caderas atareadas y que de algún modo se las arreglaban para no volverse locas como cabras cuando sus maridos salían al mar o al aire o, como en mi caso, al espacio sideral.

Con una creciente sensación de ofuscación me dispuse a planear la ceremonia, encargando un muestrario de telas y ejemplares de almendras confitadas y concertando citas con el cura de la iglesia local. Siempre que imaginaba a Karl oprimiendo su boca contra mi cuello mientras le contaba uno de mis cuentos, mi desconcierto desaparecía de inmediato. Pero poco después, al mirar un catálogo de trajes de novia galácticamente malos o sugerir menús ricos en pollo, podría pasar por el clóset repleto de libros y sentir un ligero mareo aunado a la impresión de no saber dónde había puesto algo importante. Entonces me embargaban elaboradas memorias de la biblioteca universitaria, al igual que esa presencia de un fantasma materno rondando amigablemente que había experimentado en la sala de incunables; algo que todavía era capaz de distraerme hasta el punto de provocar una serie de metidas de pata en mis planes de boda. Después de un número de errores escandalosos con el menú y de citas con el cura que pasé por alto, Karl y yo comenzamos a tener nuestros primeros desacuerdos, durante los cuales una vez dijo:

—Si necesitas más tiempo, dímelo. Sólo quiero que seas franca, ¿vale?

—¿De qué estás hablando? —pregunté.

—Te amo y lo sabes. Pero no olvides que no soy un balón a quien patear.

Negué cualquier recelo y la verdad es que no llegué a entender mi propia sensación de alarma hasta unos meses antes de la boda. Ya casi estaba todo listo, las almendras de Jordania, la cola del traje de novia con sus aljófares, el salmón o carne de res y la luna de miel en Oahu, todo a excepción de mi dedo que permanecía desnudo en espera de su diamante resplandeciente. Desgraciadamente, me olvidé del anillo cuando un viernes por la tarde pasaba por una librería de viejo en Fayetteville y vi en el escaparate algo tan pasmoso, un volumen tan célebre que aun en la infancia atrofiada de mi bibliofilia de lujo sabía que era un hallazgo incomparable: una primera edición remontada, descolorida, traqueteada y sin forro de *El jardín de senderos que se bifurcan* de Borges, que no tenía nada de especial hasta que pasé a la página color brandy del título y vi que el gran hombre había inscrito el octavo a su editora, Victoria Ocampo: «A Victoria, con la gratitud, la admiración y el antiguo afecto de Jorge Luis Borges, 1942». ¡Supe que esta era una reliquia olvidada del genio argentino y de su famosa partera! Era evidencia original de una época de oro latina: aunque le hacía falta una nueva tapa de concha nácar, habría que limpiarlo y volverlo a coser, y una vez que restaurara las guardas jaspeadas resplandecerían como joyas. ¿Cómo había llegado a parar aquí? ¿Quién había puesto a Jorge al sol? En las manos no indicadas, si lo hubiera comprado la persona no indicada, podría estar muerto en varios años.

Como en un sueño, entré a la tienda y, en lugar de ahorrar nuestro dinero para mi anillo de bodas, me lo gasté todo en ese libro. «¿Qué, qué hiciste? *¿Qué* fue lo que compraste?» Karl me preguntó más tarde esa noche, mientras los ojos se le salían de las órbitas cuando saqué con disimulo mi premio de la bolsa de papel. A fin de cuentas, esta revelación fue catalizadora de declaraciones adicionales y más dolorosas sobre mi ofuscación y sobre sus susceptibilidades cada vez más heridas, lo cual encontró aguda expresión en su trato del octavo. A pesar de que trató de agarrar el valioso Borges con la mayor delicadeza, dado su costo, otros motivos intervinieron: mientras que los dedos de su mano derecha agarraron firmemente el volumen con una nerviosa delicadeza, su hombro derecho parecía estar influenciado por una actitud contraria, y la pequeña batalla que se libró en su cuerpo ocasionó que medio lo dejara caer, medio lo aventara al suelo; un gesto que dañó aún más el lomo del libro y parecía ser un presagio de la frustración de todos mis sueños librescos.

—Discúlpame —espetó después de varios segundos y se agachó para recoger el tomo—. En serio que no te entiendo. Todo nuestro dinero en un libro viejo. *Tu anillo* se esfumó por este... *libro*. ¡Un libro que puedes conseguir en la biblioteca! No puedo ni decirte lo que he tenido que hacer para ahorrar todo ese dinero. Ni qué burro tan alegre fui cuidando el dinero.

Movió la mandíbula de lado a lado.

—Así que no entiendo en qué podrías haber estado pensando, a menos que quizá no quieras casarte.

Traté de explicárselo, diciéndole que no estaba lista para la vida militar y que quería irme de la base y llevármelo, pero él negó con la cabeza.

—No te quiero en ningún otro lado más que aquí, conmigo. ¿Qué vas a hacer, irte a California? No me puedo ir a California. ¡No puedo dejar a los *Marines!* Podemos llegar a un acuerdo que nos funcione a los dos, aquí mismo, ¿no crees? Porque aun si quisiera, no puedes pedirme que deje las fuerzas armadas. Así es como voy a llegar allá arriba. Es la única manera en que voy a llegar *allá arriba* —frunció el ceño, la frente ruborizada—. ¿Todavía no me conoces a estas alturas?

Y mientras nos mirábamos fijamente en la cocina, observé otra vez lo que él veía, tal como lo hice en nuestra primera noche en el mar. Vi a Karl desprenderse de las limitaciones de su infancia al pasar como un bólido por la galaxia, tan ligero como palomitas de maíz, tan libre como un *quark*, extendiéndose por la materia oscura y las estrellas del espacio que se expandían y contraían como su propio corazón. Pero entonces supe también que yo iba a volver a la universidad para poder tener nuevamente entre mis manos esas tapas frágiles que vi por primera vez en la sala de incunables y encontrar los secretos ocultos entre sus pieles. Aunque apenas podía explicarle mis motivos a Karl, los recuerdos que había tenido mientras estaba sentada entre esos infolios y la curiosidad que esos libros suscitaban en mí, me estaban orillando a tomar algunas decisiones extrañas y dolorosas. Y ese encantamiento aún no me había abandonado.

EN LOS MESES QUE SIGUIERON aplazamos los planes para la ceremonia; poco después restablecí mis planes de doctorado y viajé de nuevo al norte de California, sólo para regresar después al sur cuando me contrataron en el Getty. En la década intermedia, Karl también se mudó de un sitio a otro. Hubo los años en Carolina del Norte y en Pensacola, y hasta pasó una temporada en el extranjero antes de establecerse en el Campamento Militar Pendleton hace casi un año. No diría que hemos sobrellevado muy bien todas estas transiciones, ya que durante los últimos ocho años, Karl y yo hemos estado en una fase prolongada de nuestra relación recurrente, lo que quiere decir que terminamos, nos reconciliamos, luego terminamos otra vez, lo último ocasionado cada vez más no sólo por sus traslados, sino también, he de admitirlo, por mi trabajo. Aunque Karl ha sido el más itinerante y el que ha viajado a lugares más remotos, a menudo he sido yo quien ha brillado por su ausencia.

Mi interés por los incunables (esa palabra sexualmente evocadora, musical, sonsacadora de lengua para los libros antiguos en el sentido más amplio) sólo se intensificó durante los años que siguieron a nuestro compromiso, y he descubierto que en esta pro-

yxta
MAyA MURRAy

26

fesión no hay escasez de enigmas que me alejen de mi amado. ¿Qué he estado buscando en los archivos maravillosos y, sin embargo, incompletos del Getty? *Evidencia de mi propio pasado,* para ser franca. En 1977, por ejemplo, sólo le escribí una carta a Karl durante un período de casi seis meses, cuando me enfrasqué en el intento fallido de reconstruir el catálogo de la famosa biblioteca azteca quemada, conocida como *Amoxcalli,* que vi mencionada en nuestro ejemplar sin encuadernar de 1632 de la *Historia Verdadera de la Conquista de la Nueva España* de Bernal Díaz del Castillo. Y eso sólo fue el comienzo. Desaparecí por meses después de encontrar restos de acotaciones en náhuatl en un volumen de 1543 de Copérnico que se estaba desintegrando, y también después de descubrir lo que parecían ser grafitos mixtecos antiguos anotados al margen de un Corán andaluz hermosamente dorado, aunque mal cosido. Pasé tres temporadas insociables tratando de rastrear la sangrienta y, sospecho, real procedencia de la Biblia de la familia de Benito Juárez después de toparme con un señalador parisino metido entre sus páginas (Maximiliano, quien mantenía relaciones amistosas con Francia, ocupó México en 1864), y aún más tiempo tratando de descubrir el verdadero nombre del venezolano (o chileno) que precedió al Hombre Viernes de la versión de 1719 del *Robinson Crusoe* de Defoe que restauré, intentos que me llevaron a muchas (según me aseguraron) «teorías interesantes», «casi, casis» y «conjeturas sugerentes» pero, a fin de cuentas, a ningún resultado concreto hasta ahora, amén de perjudicar mi relación de pareja. Mi proyecto actual, la búsqueda del narrador de *La conquista,* estoy segura, es algo distinto. Pero sean cuales fueren sus méritos, este último descuido ha sido el peor: comencé esta labor en la misma época en que Karl se mudó a Pendleton y, desde entonces, he cometido innumerables delincuencias románticas tales como faltar a cenas, no hacer llamadas y no asistir a las consabidas fiestas de parejita.

En efecto, Karl y yo hemos tenido nuestros altibajos. He demostrado muy poco sentido común en cuanto a la proporción de tiempo que paso en casa con respecto al tiempo que paso en la oficina, debido a mi pasión por la vida clandestina de la literatura. Pero como le dije y le sigo diciendo, sé que los cuarteles, el matrimonio y los libros pueden mezclarse a la larga. He leído de Emily Dickinson, que vivía sin más compañía que sus poemas, y del famoso encuadernador Roger Payne que se tambaleaba entre su soledad y sus copas —ejemplos todos de cerebros activos que no supieron entremezclar el mundo y el trabajo— y no quiero acabar así. Y aun con mis fechorías románticas y la ansiedad que siento ante el compromiso con los infantes de marina, nunca he puesto en duda que mi futuro incluyera algún día una gran boda con una orquesta mala o una tanda de fetos encantadores con problemas periodontales.

Lo que quiero decir es que no creí que fuera posible que él quisiera estar con alguien más.

Pero apenas hace algunos meses, durante una de esas veladas a la que no asistí, Karl fue a una parrillada organizada por los infantes de marina en la casona de un general jubilado de San Diego —una orgía emética de *hot dogs*, vaca molida, hombres estigmatizados que se llevaban latas de Coors a la boca y canturreaban un himno marinero sumamente feminista— y en medio de esta sudorosa humanidad, mi querido Karl vio, como un peregrino o un adicto al opio ve a un ángel, a una chica color de miel y de mejillas sonrosadas, aquella de nariz chatita y cabello como llamarada irlandesa y un apetito salvaje por cambiar su nombre.

Claire O'Connell.

He visto a mi rival con mis propios ojos, tres meses antes de realizar el presente viaje al sur, pues la fiesta en la cual Karl contempló esta visión fue dada por el general, el abuelo de ella, y por lo que solamente podría haber sido un autosabotaje subliminal, me había dicho el nombre de la avenida sobre la cual ocurrió el histórico encuentro: «El Cielito». Cuando escuché el tono distraído de su voz, hice a un lado mi investigación por primera vez en dos temporadas para conducir por esa bonita calle celestial de Oceanside. Di vuelta al volante por el camino arbolado flanqueado de alcázares ornamentados y majestuosos, muchos de los cuales venían con todo y sus grandiosos y antiguos portales estilo Adirondack puro, donde bien me podía imaginar recostándome. No entraré en detalles de cuánto tiempo estuve estacionada en ese camino sombreado tratando de absorber el lugar del delito, pero fue el tiempo suficiente para presenciar a Karl saliendo de una de esas casonas, con una pelirroja de mejillas de orquídea a la zaga, a quien comenzó a manosear después con sus manotas inquietas. Ese fue un tipo de operación más furtivo, ya que entonces no me descubrió, pero sí le hice sentir mi presencia varios días después cuando le exigí que me hablara, y cuando se complació en decirme mucho más de lo que quería saber. Primero vinieron los detalles desgarradores: ella era la hija de un general sin jubilarse (los genes de la marina le vienen de familia), ya estaba formada para la cultura de la base, estaba loca por él, y no mostraba ninguna tendencia hacia el ausentismo provocado por bibliotecas u otros tipos de ausentismo conyugal. El peor dato, no obstante, no fue verbal. Karl dejó de hablar y se quedó parado en la entrada, mirando fijamente, mientras se le drenaba todo el color de la cara de manera que la única indicación de que seguía vivo eran sus enormes y encendidos ojos.

—Creo que la amo —dijo.

—Mentiroso —le dije. Y todavía creo que es la verdad.

No obstante, las cosas no han mejorado. Karl reconoció hace algún tiempo que estaba pensando en casarse con esta mujer, así que obviamente no me queda otro remedio que usar todas mis habilidades para llevarlo de nuevo a mi cama. O, más precisamente, mi única habilidad. Una vez que Karl y yo empezamos a tener problemas, comencé a considerar los cuentos que siempre le he contado desde otra perspectiva. No son sólo poemas de amor, sino también hechizos y nudos espirituales que pueden venir a auxiliar al amante negligente y desesperado. Se asemejan a los encantamientos de otros tejedores más famosos sobre los que he leído: la esclava árabe que engatusaba a su rey para que no la matara, la traductora que tentaba al general por las selvas de la Nueva España o las brujas del mar que cantaban sobre las extensas praderas de Troya.

¡Cuidado, hijo mío! La prueba más grande para un marinero es la tentación de una hermosa sílfide que se eleva ante su proa, su cabello cubierto de plantas relumbrantes y su boca una arma blanda mientras le canta del pasado. Tan despampanante no soy, aunque tengo la piel cálida e intensa como la de mi papá, Reinaldo, que es del color de un entrepaño de roble, así de rugoso y hermosamente oscuro. Tengo cabello muy negro y lacio que me llega a la cintura y ojos casi negros que se esconden detrás de armazones antiguos de ojos de gato. Me parezco a una Shirley Jackson mexicana, creo yo, tipo bibliotecaria, hirsuta y, en el fondo, lasciva.

Pero puedo ser más peligrosa de lo que aparento.

Aunque sólo Karl lo sabe. Y es por eso que, cuando llego a Oceanside, ninguno de los infantes de marina da la voz de alarma. Me deslizo ante sus armas como cualquier otra chica inocente. Es un día silencioso, resplandeciente, sin un dejo de imprudencia en el aire dorado. La mañana ha florecido aquí, de modo que el sol refresca esta guarnición con una luz clara y agradable que me imagino se filtra a través de la ventana de Karl y hasta su cama donde yace ahora mismo, completamente vestido, mirando al techo y esperando a que le arruine todos sus planes.

———

EL APARTAMENTO DEL SEGUNDO PISO donde vive Karl es una recámara amplia donde caben por lo menos tres estantes de libros. Mientras me abro paso por la puerta abierta puedo ver que está decorado con los viejos pósters y el juego de comedor nupcial que compré en esos meses en que planeaba nuestra boda. Karl sale de la cocina cuando me oye entrar. Le ha crecido el cabello desde que traía el pelo a rape como cacto, de modo que unos pequeños rizos luchan por formarse alrededor de sus orejas y las comisuras de los labios le tiemblan antes de sonreír; después se agacha para darme un abrazo tierno y nervioso.

—Qué hubo —dice, estrechándome la columna con las manos, luego las deja reposar ahí un segundo antes de zafarse.

—Me da gusto verte.

Mira hacia abajo para ver lo que traigo puesto y su sonrisa se ensancha.

—Oye, que no... no, yo te *compré* ese vestido.

—Sí, fuiste tú.

—¿Cuándo fue eso?

—En Carolina del Norte.

—Me acuerdo, me acuerdo de ese día. Tú no hacías más... —hace un ademán con la mano.

—... que girar la falda.

—Así es. Estabas intentando hacerme bailar un vals o algún tipo raro de baile de salón —se ríe, después mira hacia abajo—. Pues, todavía se te ve bonito.

Titubea y después camina tan lejos de la recámara como le es posible, hasta la sala de estar, aunque noto que trae las puntas de las orejas al rojo vivo.

Mientras me siento en un sillón, escoge el sofá al otro lado de la sala. Pone las manos enormes en las rodillas y se les queda viendo con cara de pánico, como si ellas pudieran alcanzarme en contra de su voluntad.

—Te ha crecido el pelo —digo.

Se pasa la mano por la coronilla.

—Debo tener más cuidado o si no mi cabeza dejará de parecer un tarro. Mañana me pelo a la «A.C.»

Un «corte de pelo A.C.» es la abreviatura para un «corte de pelo anticonceptivo», un apodo apropiado para ese peinado de los infantes de marina, que hace que los hombres se vean tan espantosos que les garantiza evitarse las complicaciones procreadoras que acechan a los miembros más atractivos de su sexo.

—Déjatelo largo —le digo—, te ves guapo.

Ahora un silencio, mientras nos miramos a través de la distancia de la sala. Karl oprime los nudillos contra la boca y niega con la cabeza.

—Discúlpame —dice.

—No hay de qué disculparse.

—Pues, para mí sí.

—No tenemos que meternos en eso ahorita. Quería verte.

—Quizá no tanto como piensas. Porque a mi parecer nada ha cambiado desde la última vez que hablamos —un rubor se empieza a extender alrededor de sus ojos, luego se da una cachetada con el revés de la mano y aprieta los labios.

Me levanto del sillón, aunque todavía no me le acerco. Traigo puesto un suéter encima del vestido que me compró en Carolina del Norte y también una gorra tejida, que me deslizo de la cabeza. A pesar de su firme propósito, puedo ver cómo Karl mueve los ojos rápida y ligeramente hacia arriba, y me sacudo el cabello como un señuelo mientras me muevo por la habitación. Hay algunos indicios de la novia: la mirada de una jirafa de cristal sobre una mesita adyacente, una ausencia de polvo, un vago perfume que parece provenir de las entrañas de la tienda de lencería Victoria's Secret. Lo peor de todo es la foto de Claire O'Connell, a la cual le doy un vistazo antes de recargarme en el pretil de la ventana, que se parece a aquél del apartamento de Pensacola donde apoyé las manos cuando Karl y yo conversábamos más felizmente hace cerca de dos años. El rubor que se extiende de sus ojos a toda su cabeza me dice que se da cuenta de la alusión; sin decir palabra ambos recordamos ahora aquella tarde cuando lamí sus costillas con mi muslo. Lo miro largamente desde este asiento angosto, dándole a entender que comprendo, y cuando el ambiente se siente más cargado entre nosotros, dejo que mis ojos recorran de nuevo la habitación hasta posarse en la pila de libros de pruebas del aeroespacio amontonados en la mesa de centro.

—¿Otra vez estás te estás presentando para el examen del programa? —le pregunto.

Él asiente.

—Cada oportunidad que tengo hasta que me acepten. Espero que el hecho de que piloteo helicópteros Huey me dé una ventaja, aunque creo que a Houston le gustan más los jets.

El centro espacial de Houston admite a contados aspirantes cada año, y tantas lumbreras hacen la solicitud que es más probable que llegues a la luna si te brotan alas que en una de esas latas. Para evitar cualquier discusión delicada, se mete de lleno en este tema y cuando toca el asunto de los nuevos descubrimientos en Marte, el antiguo brillo reaparece en sus ojos. Se lo he dicho antes y, es cierto, que hay algo en mi interior que me dice que *sí* lo va a lograr. Cuando me lo imagino disparándose por el espacio, una luz oscura también se dispara dentro de mí, y me dan ganas de desabrocharle cada botón de la camisa y apretar mi boca contra la estrella azul de su pecho, para después mirar cómo ese labio rígido le empieza a temblar.

—El tío de Claire subió una vez —dice.

Yo miro por la ventana y tintineo las uñas sobre el pretil.

—Sólo estuvo en órbita para reparar el Hubble mientras tomaba imágenes de la Nebulosa Águila —continúa—. Pero logró ir. Le pregunté cómo era allá arriba y ¿sabes qué me dijo?

Levanto un hombro, lo dejo caer.

—Me dijo que era como... esto es tan descabellado que no puedo olvidarlo. Dijo que era como conocer a la mujer con quien te vas a casar. Me dijo que se asomó a la ventana del transbordador espacial y vio la Tierra, un poco más grande que su nariz. Y en ese instante sintió que la amaba y la extrañaba más que a nada. ¡Al planeta entero! Dijo que estaba flotando allí, añorando su hogar como un niño de campamento, y se *moría* de ganas de encajar los talones en tierra firme —Karl se raspa las manos en las rodillas—. He estado pensando en eso desde entonces.

—Creo que entiendo cómo se sintió —me bajo con calma de la ventana y me le quedo mirando durante diez, luego veinte segundos, un minuto, hasta que se me queda mirando a la boca, olvidando.

Después recuerda el problema.

—¿Qué estamos haciendo aquí?

—Nada. Poniéndonos al día.

—Poniéndonos al día —aquí se pone nostálgico—. ¿De eso se trata?

Me le acerco.

Él sacude la cabeza.

—Ahora hay que pensar en otra gente. Y además, tú y yo ya lo hemos intentado una y otra vez. *Tú* fuiste la que no quiso.

—No quería casarme.

—Conmigo. No querías casarte conmigo.

—Ya sabes que eso no es cierto. No quería casarme *todavía*.

Karl une las yemas de los dedos de manera cuidadosa y mira fijamente la estructura delicada de sus manos.

—Bueno. Yo sí me voy a casar.

Me siento a su lado en el sofá. Me desabrocho el suéter. Luego le digo:

—Tú me amas.

No lo niega y lo tomo de la mano.

—Sara.

Me quito los lentes. Me quito el suéter y puedo sentir cómo se me paran los vellos de la nuca y los brazos.

—¿En qué nos quedamos la última vez?

—¿A qué te refieres?

—¿No te acuerdas?

Cierra los ojos.

—¿No estarás hablando de nuestro —aquí titubea— «jue-guito»?

—Sí.

—Oh, no, de veras no creo que debamos meternos en esas.

Le acaricio el antebrazo con dos dedos.

—Antes no te molestaba tanto, ¿verdad? —Puedo ver su pulso en la garganta.

—Eso fue antes.

—Antes te tenía desnudo en mi cama y te estaba contando un cuento. Aunque no lo terminé, ¿verdad?

No dice nada.

—¿No tienes curiosidad de saber cómo termina? —le paso el costado de la mano por la columna, luego le rozo el hombro con la mandíbula.

Deja salir un aliento y después comienza a reír de nuevo.

—Oye, espérate, que me estás poniendo nervioso.

—Sé que tienes curiosidad —continúo—. Sé que lo has pensado. Podría tan sólo susurrarte la última parte ahora, como un secreto. Y después me iré.

Baja la vista. Estamos tan cerca que puedo sentir su aliento en la mejilla y la mandíbula. Se queda quieto por un rato, estudiando sus rodillas. Pero al fin dice:

—Quiero escucharlo.

Y es el único aliciente que me hace falta. Lo tomo de la mano y lo jalo de la sala de estar a su espartana recámara, con su cómoda de roble y su cama sencilla pero complaciente.

Le pongo los labios en la oreja.

No hay placer más grande que susurrarle mis cuentos a Karl, y él me escucha con los ojos cerrados, de manera que me imagino las palabras flotando hacia él como un humo intoxicante. Retomo el cuento de la última vez: una fábula de una diosa engañada por el diablo para que bebiera del arroyo de la amnesia y así olvidara sus propios poderes.

Cuando termino abre los ojos.

—¿Te gustó?

Estira la mano hacia arriba y me toca la cara, y yo le tomo la mano para besarle la palma y morderle ligeramente el dedo.

—Me gustó —dice—. Pero eres peligrosa para mis nervios.

—Bueno, me sé otro. Había una joven que vivió hace quinientos años y fue llevada en calidad de esclava a Europa. Era muy hermosa, de ojos oscuros, oscuros, y llevaba un puñal amarrado a su muslo.

Deslizo las manos sobre su cara. Le toco los hombros por sobre la camisa, luego ahueco las manos en su pecho. Lo tumbo, con cierta fuerza. Mi muslo está sobre su cintura. Mi cabello se desliza sobre su garganta.

—En el siglo dieciséis, Hernán Cortés llevó un grupo de artistas del Nuevo Mundo como regalo para el Papa. Y él lo ignoraba, pero una de esos artistas, la joven, que iba disfrazada de hombre, tenía intenciones de sacrificar a un emperador en represalia por los crímenes de Europa en México.

Karl me mira desde el otro lado de la cama, pensando. Después me pone los dedos en los labios y me le subo encima.

—Dime que pasó.

—¿Te puedes imaginar lo que era estar viva en esa época, en Europa a mediados del siglo dieciséis? Había una guerra contra el Imperio Otomano, los católicos luchaban contra Martín Lutero, estaba el saqueo de Roma, el saqueo del Perú, y en medio de todo esto está Carlos V, el rey tonto y avaro a quien ella quiere asesinar. Aunque *sí* hay una complicación.

—¿Qué?

—Se enamora. De quien no debe.

Él sonríe.

—¿De quién?

Me inclino e inhalo su aliento. Le toco la boca y los párpados con mi boca. Me encanta este labio, su aroma. Estuve allí cuando se hizo esta cicatriz en la muñeca mientras hacía la cena. Conozco todos los colores de sus ojos.

—De alguien que la toca así.

Su camisa se abre, dejando ver sus costillas como pergaminos blancos. Sus músculos brincan bajo mis manos. Aquí está la delicada red de venas que se dibuja en la parte superior de su brazo. El hueso de su cadera, como un nudo que podría desanudar.

Se mueve debajo de mí. Pregunta de nuevo:

—¿Quién?

Pero no le contesto.

En lugar de eso le hago el amor. Todo el tiempo mantengo la mano contra la estrella azul de su pecho, que se enrojece y tiembla. Escalo su cuerpo y me sujeto a cualquier surco, cualquier sitio de donde pueda agarrarme bien, hasta que está ovillado en la red de mi cabello, sobresaltado y parpadeante.

—Santo Dios —dice.

Descanso la mejilla en su estómago y observo el cambio del tiempo afuera a través de la ventana, y trato de poner mis sentimientos en palabras pero en lugar de eso se me ocurre un color. Hay una pintura que me fascina: *Noche estrellada* de Edvard Munch, que cuelga en el pabellón occidental del Getty. Muestra el cielo de la manera como el cielo se soñaría a sí mismo si se quedara dormido, cubierto de un azul profundo, puro como la luna. Si el cielo fuera de este tono de azul, nadarías en él.

De ese color me siento.

—Luego te cuento el resto de la historia —le digo finalmente.

Me pongo de nuevo el suéter, los lentes, mi gorro, mientras él se encuentra todavía desaliñado con el brazo cubriéndole los ojos.

—No te preocupes —le digo.

—Nuestro problema nunca fue amarnos o abrazarnos o estrecharnos. Nunca tuvimos dificultades en ese terreno. Son otras cosas las que se interponen entre nosotros.

—No tienen importancia —le digo—y tú lo sabes.

En ese momento lo beso y me voy.

2.

A la mañana siguiente de ver a Karl, me encuentro de pie en el patio del Getty calentándome las manos con un café en un vaso de cartón y mirando el mar a millas de distancia. Es tan temprano que no hay nadie aquí salvo los pájaros y los guardias. El tiempo frío glasea los espléndidos edificios y los matorrales de salvia. El vapor del café hace formas en el aire. Unas figuras al carboncillo con sombreros de ala dura se mueven detrás de las ventanas.

Aturdida por la falta de sueño y pestañeando al rayar el sol, todavía me estoy despertando. Mi imaginación es más ágil en momentos como este, en la madrugada cuando todavía me siento conectada a mis sueños. Las memorias y las nimiedades flotan y chocan por mi mente como hojas oscuras en el agua.

Doy sorbos al café, pensando en Karl y en cómo se veía en la cama el día anterior. Ese pensamiento me pone un poco irritable. Me dejo llevar por otras fantasías, recuerdos.

No me cuesta trabajo en un lugar como este.

De pie aquí, puedo imaginarme como la reina de un reino griego abandonado en un futuro muy, muy lejano. Unas almenas modernas de traventino se elevan de la bruma y los pisos de piedra pulida se extienden como un Sahara perfecto debajo de mis pies; he aquí los plátanos de sombra, las aves de paraíso, los robles y la lavanda; he aquí el heroico mar, como otra pieza más de esta vasta colección.

Getty, nuestro benefactor, lo hubiera aborrecido. Sus biógrafos observan que él prefería el estilo de las villas italianas antiguas o las mansiones inglesas, ya que lo ayudaban a mantener la alucinación de que era un *lord* inglés y no alguien común y corriente nacido en Minneapolis. Todos sus recursos estaban invertidos en esta ficción, ya que ciertamente no estaban invertidos en su familia (se casó cinco veces), o en sus amigos (tenía fama de tacaño y había instalado teléfonos públicos para sus huéspedes en su propiedad de Surrey). Lo único que le importaba eran las cosas raras, frías y relucientes. Quiso ser recordado como un Médici. Quiso vivir para siempre.

Qué fracaso tan rotundo. Recordamos no sólo su filantropía sino también sus delincuencias personales y su extraña muerte (falleció, vestido de pe a pa en un traje Savile Row, sentado a su escritorio, haciendo caso omiso de las punzadas del cáncer mientras pretendía hacerse cargo de su papeleo). A veces me imagino al fantasma de Getty flotando por la galería del museo y amedrentando a los usuarios con sus aullidos provocados por las referencias a Schindler, las interpretaciones feministas o las traducciones al español. En vez de un simulacro del decoro silencioso y enguantado del Museo Británico, este pobre fantasma ve hordas de minorías que acuden en tropel a salas de arquitectura contemporánea.

Minorías como yo. He trabajado aquí por más de seis años y se me ocurren pocas cosas mejores que pasar mis días en este convento. En este momento la luz acuosa se derrama sobre las paredes de piedra pálida de las galerías, un traventino de Tívoli incrustado de fósiles de la misma cantera que fuera usada en la construcción de la Basílica de San Pedro. La piedra resplandece pálida como una concha, con motas de luz que destellan de cristales enterrados y huellas de hueso dejadas por las criaturas marinas que solían nadar con Neptuno. Estoy recargada contra la rotonda del pabellón occidental, y en una piedra cercana noto la nervadura de una hoja, cada delicada vena perfectamente preservada. Un fósil similar podría ser encontrado en la Basílica de San Pedro, ya que los hombres de Miguel Ángel instalaron una piedra idéntica en ese gran período de su construcción, aunque el oro que inunda esas salas e iluminó el altar donde rezaba Urbano VIII procedía de otra fuente: los dioses americanos derretidos y los fastuosos lechos de ríos que una vez acarrearan un flujo escarlata por los asesinatos cometidos en nombre de ese mismo santo.

Me encanta el museo porque es un jardín de historias secretas como esas. Durante los últimos años, me he forjado un hogar en este sitio, rodeada de estas reliquias de imperios perdidos y el aliento de los grandes difuntos. Ha sido en el Getty donde me he dado cuenta de que tengo el don de resucitar y proteger una historia que no todos pueden ver, y es una de las pasiones más grandes de mi vida. Paso todos los días, todos los fines de semana, todas las noches dale que dale, a menos que esté con Karl. A él le cuesta trabajo comprender por qué trabajo con tanto ahínco, pero aún busco evidencia de mi propio pasado en estas páginas que enmiendo —quizá un nombre extranjero oscurecido por un título falso, la sangre morena en la procedencia, el matiz inesperado en la piel de un genio— cualquier imagen posterior de los continentes oscuros quemados por la *lumen gratiae* de esas civilizaciones brillantes protegidas por el Getty y, más generalmente, cualquier cosa que sacuda los cimientos de esta colección perfecta que me provoca tantos sentimientos. Supongo que podrías decir que soy una excéntrica que busca algo que no existe, como ese famoso caballero trastornado que veía a la princesa Dulcinea en aquella muchacha de caderas anchas que se ocupaba de cebar cerdos. Pero aunque algunos de mis estimados colegas me levantan ese tipo de calumnias, no hieren mis susceptibilidades en lo más mínimo. Cuando encuentre lo arcano —es decir, cuando lo *establezca*— sé que habré comenzado a hacer realidad la aspiración que se apoderaba de mí cuando soñaba despierta por las tardes en la biblioteca de la universidad, y cuando pensaba en mi mamá, ya que fue ella quien en primera instancia sembró en mí esta sed de nuestro propio pasado, quemado y enterrado.

Aunque ella nunca se imaginó que yo acabaría aquí.

Me enseñó desde chica a no confiar en este tipo de zoológicos. Y trabajar en el Getty como curadora sí huele a colaboracionismo: catalogo los dioses arrancados de templos muertos; almaceno las historias de los soldados en las salas doradas, aun cuando esos mismos soldados quemaron otras bibliotecas extrañas. Como mexicana, me enseñó ella, y además mujer, sólo se puede tener una relación incómoda con estas casas de fieras. Mamá murió hace dos décadas, pero sé que si todavía estuviera aquí me diría que renunciara a este trabajo que amo. Ella querría que yo fuera una *enemiga* de los museos, vestida de hábito con cachucha negra, entrando sigilosamente a los archivos a hurtar momias, medallas, ídolos, ánforas, para regresarlos a sus lugares de origen.

Pero esos no son mis métodos. Admiro las joyas del señor Getty con un ojo mexicano. A veces me siento como una espía feliz que vive en el castillo del emperador.

Si mamá estuviera viva, le diría que trabajo para sus fines pero desde un ángulo opuesto.

TODOS SOMOS CAPACES de identificar hechos accidentales y hechos que fueron motivo de inspiración a una edad temprana y que nos han guiado través de la vida. Mi accidente, la inspiración de toda mi obra, ha sido mi mamá, Beatriz, aunque esto suene extraño, ya que era una magnífica criminal. ¡Y quiero decir literalmente! Era una delincuente deslumbrante, morena como el cardamomo y de ojos negros como su familia de Jalisco, México, y con una predisposición por la poesía y la ilegalidad debido a una visión del mundo que consideraba todo a su alrededor como si hubiera sido apropiado. Después de que ella y su madre inmigraran aquí en 1944, mi abuela se enfermó y la empobrecida joven Beatriz sufrió a partir de entonces una aventura de la que no conozco muchos detalles, excepto que tenía que ver con ser la consorte de un anglosajón adinerado que esperaba a cambio una retribución generosa por su padrinazgo. Como consecuencia de este pacto, ella desarrolló un pesimismo muy nervioso: se convirtió en una persona que ya no podía «creer todo lo que leía»; ya no podía «fiarse de las apariencias». Y ni el conocer después a mi papá, Reinaldo, ni experimentar la maternidad, la volvió menos incrédula. Nunca olvidó ver el mundo con los ojos de un subalterno, y su escepticismo floreció, quizá en demasía, ya que poco a poco fue rechazando una cantidad de premisas que avalan gran parte del trato social, estrategia clásica de neuróticos, novelistas y ladrones.

Resulta que ser testigo de este desarrollo fue la educación perfecta para una futura conservadora de incunables.

Cuando tenía nueve años de edad, mi mamá me llevó a ver una exposición de artefactos prehispánicos en un museo de Long Beach, una retrospectiva tan estimulante como exótica que aturdió las lenguas del círculo artístico de nuestra ciudad. Aún recuerdo a esos guías de museo susurrar entre las esculturas itifálicas, señalar con cautela los motivos no pornográficos, y apretar la cara contra las vitrinas que contenían guerreros desnudos blandiendo puñales, sirvientas núbiles cargando grano.

Beatriz se detuvo ante una vitrina que contenía un retazo de un papel muy grueso, grande y viejo sobre el cual se podían apreciar unos dibujos desteñidos de hombres cantando. Cuando miré el letrero, vi que el papel era un vestigio raro de un *amoxtli* o libro mesoamericano del siglo dieciséis, hecho de la corteza prensada del árbol de amante e inscrito en tinta roja y negra por sabios náhuatl.

Mi mamá se quedó frente a la caja de vidrio atornillada al suelo que albergaba la reliquia. Se quedó quieta y lo miró fijamente durante largo rato.

—Todo esto es robado —me dijo finalmente—. ¿Lo sabías?

Yo la miré simplemente. Aspiró, y los labios le temblaron.

—Extraño tanto mi tierra —dijo.

Se quedó mirando el fragmento por otro momento, luego alargó la mano y sacudió el candado que cerraba la caja. Por virtud de una negligencia afortunada, el curador del museo había olvidado cerrarlo. Se abrió sin ningún esfuerzo y ella destapó el panel de vidrio delantero. Metió la mano y palpó la hoja. No sonó ninguna alarma; el guardia volteó para el otro lado; los guías parloteaban en la otra sala. Lo sacó de su pedestal y lo enrolló como un pergamino que se metió a la bolsa. Un parroquiano que estaba por la estela maya se quedó boquiabierto.

Y entonces nos fuimos.

En casa, desenrollamos la blanda y descascarillada página sobre la cama de mis padres y la miramos. Tenía impresos unos dibujos austeros de un anciano sentado frente a un grupo de jóvenes. De boca del patriarca emanaban vírgulas: símbolos que más tarde aprendería son los signos pictográficos del habla de un *tla-matini*, o maestro del flor y canto.

Por fin tuve el valor de preguntarle, «¿Por qué te lo llevaste?» después de cerca de media hora. Varias personas ya nos habían llamado (no habíamos contestado el teléfono), y algunas de ellas habían estado aporreando la puerta.

Mi mamá sonrió y se desbarató las trenzas, se sacudió el cabello.

En este momento sonó el timbre y los golpes comenzaron de nuevo.

Yo estaba aterrada. Le pregunté de nuevo por qué se lo había llevado.

—¿Que por qué me lo llevé? Porque no les pertenece, por eso mismo. Me dio coraje, hija. Estos museos son pura mentira, ¿sabes? Y esa gente, sus ojos no tienen idea de lo que están mirando cuando ven los dibujos bonitos. ¡Para ellos es invisible! Me están viendo a *mí* y no lo saben. Te están viendo a *ti*. Podrían de una vez meternos en una de esas vitrinas. ¿Me entiendes?

Los golpes a la puerta eran aún más fuertes. Escuché las palabras, Policía de Seguridad del Museo.

—Oh, chitón, no te pongas nerviosa —prosiguió—. Ya veo que te cuesta trabajo comprenderlo. Y después, tu padre dirá, *Ay, esa tu mamá. ¡Qué loca! ¡Qué chiflada! Olvídate de ese asunto.* Y estarás todavía más confundida. Pero aquí entre nos, Sara, si quieres ser una muchacha lista, te aconsejo que lo recuerdes todo.

—Mami, te *robaste* algo del museo.

—Bueno, sí, me supongo. Podrías decir eso. Tu papá, él diría eso. Este tipo que está aporreando la puerta, diría eso. Pero *robar, mentir*: estas cosas siempre me parece que están de cabeza y de costado. Cuando otros mencionan esas palabras, sólo oigo *bla bla bla*. Y en este caso, claro, esas palabras no tienen ningún sentido. Este libro, lo que era antes este libro, fue robado mucho tiempo antes de que yo lo viera. Pero ya te conté de eso, ¿verdad? ¿Acerca de las bibliotecas?

Negué con la cabeza, me encogí de hombros.

—Te he contado tantas historias, ¿pero no esa? —trazó el dibujo con los dedos. Las cuentas alrededor de su cuello y sus muñecas tintinearon—. Ah, debes saberlo, si no irás por la vida con el cerebro de una iguana. Así que, bueno: Hace *años*, un muchacho muy terco, un soldado llamado Bernal, siguió los pasos del general Cortés al corazón de México, buscando oro. Erraron por la selva calurosa, desplazándose siempre hacia la derecha, de modo que este chico español creía que andaban en círculos hacia el centro de la tierra o del infierno mismo, pero por supuesto que no sería un infierno hasta que él llegara allí. Cuando por fin llegaron a esta gran ciudad, llena de templos y jardines y hermosos seres extraños que se parecían un poco a ti y a mí, este soldado no podía creer lo que veían sus ojos. ¿Eran estas personas animales? se preguntaba. ¿Eran demonios? Tan salvajes se veían con su piel negra: eran paganos, eso seguro. Y lo más importante, tales criaturas no podrían tener necesidad alguna del oro. Y esta idea, este oro, es lo que lo impulsaba a seguir andando, aunque estaba tan flaco como un pollo y tan cansado. Estas morenas, pensó, echarán agua caliente en una tina de oro y me limpiarán con sus suaves manos cuando haya acabado con ellas. Soñaba con beber en tazas de oro y llevarle cien esmeraldas perfectas a su esposa. Empuñó la espada, arrastrándose por el pueblo, hasta que llegó a un templo. Por fin, se dijo a sí mismo, ¡haré aquí mi fortuna! ¡Este debe ser el lugar donde esconden el tesoro! Y tenía razón. Cuando entró, vio que no había *nada, más que estos libros.* ¡Esto no vale nada! gritó el idiota. ¡Qué engaño! exclamó. O quizá, *quizá* hasta pudo haber mirado uno de estos libros. Quizá vio cuán perfecto era, y se lo metió al bolsillo porque sabía que *allí* se encontraba el oro verdadero. Quizá este papel proviene del libro que se robó. Pero aun si hubiera sido tan inteligente como para darse cuenta de que había encontrado el verdadero tesoro, no importaba. Porque para entonces ya podía oler el humo. Vio las llamas devorarse los libros. Mientras había estado allí, de pie, tratando de leer estas páginas, los demás soldados ya habían prendido fuego a esta magnífica biblioteca.

Mi mamá dejó de hablar. Sonó el teléfono. Había voces detrás de la puerta y otra sucesión de golpeteos.

Se estremeció, pero me clavó los ojos y me tocó con su mano fría.

—¿Te das cuenta de lo que intento decirte?

Se veía encantadora y rara, y supe entonces que no era como la demás gente en varios aspectos importantes. Podía oler su perfume: nardo. Oprimí con la palma el papel oscuro y la imagen del hombre con la vírgula en la lengua. Y no tuve el valor de decirle que no me daba cuenta, que no entendía, en absoluto.

MI MAMÁ FUE ARRESTADA esa noche por hurto mayor (la reliquia del *amoxtli*, incluso entonces, valía casi ciento cincuenta mil dólares), aunque mi papá, Reinaldo, logró que le retiraran los cargos al fomentar la idea de que ella estaba sufriendo cleptodificultades trágicas pero pasajeras. «¿Por qué quieres partirme el alma de esta manera, corazón?» lo escuché preguntarle esa noche, a través de la pared de mi recámara. «Mi florecita, mi preciosa loca con la cabeza quebrada, lo único que quiero es que *seas* feliz. Doy mi *vida* por esta felicidad, ya lo sabes. Pero mi chiquita, mi cabeza de chorlito, ¡no puedes andar robándote esas porquerías del museo!» Mi mamá no respondió a sus razones ni averiguaciones y en lugar de eso lloró toda la noche. Sé que él era incapaz de descifrar sus motivos mejor que yo; ella tampoco se los explicó nunca. Ella murió dieciséis meses después de una afección cardíaca congénita sin diagnosticar conocida como comunicación interauricular, que no es otra cosa que un agujero en el corazón, y después de que ya no estaba con nosotros, este tipo de temas quedaron prohibidos porque dolía una barbaridad hablar de ellos en voz alta.

Pero tenía miedo a olvidarla, y acumulé todo lo que pude y lo almacené en mi interior: cada pestaña, los tonos que su voz podía adquirir, el tintineo de las cuentas alrededor de sus muñecas y su cuello. Cuando fui mayor, esos recuerdos me sirvieron de algo. Por fin me di cuenta de que esa tarde ella había intentado, dentro de las limitaciones de sus oportunidades y de su época, remediar un robo de casi quinientos años de antigüedad, aunque ésta fue una revelación que a la larga me enseñó a ver el mundo desde su perspectiva, «de cabeza y de costado». Para cuando llegué a la universidad, ya había empezado a ver el interior de libros, de museos, de jardines escultóricos, y no a observar lo que yacía en la superficie de las imágenes allí reunidas, sino a detectar algún secreto que estuviera sepultado debajo de esta —algún indicio de ese crimen que ella había tratado de enmendar, alguna otra historia que hubiera escapado a la hoguera— y que hubiera sido olvidado durante siglos. Es un método de observación que he conservado. Este hábito raro de andar siempre escudriñando el interior de las cosas, me ha servido también para mantener vivo el recuerdo de mamá y con tal nitidez en mis pensamientos que he empezado a creer que quizá no sea algo bueno. Tengo la esperanza de que cuando trastoque algo en este *hermoso* museo me sentiré mucho mejor acerca de su muerte y sus obsesiones, es por eso que trabajo con tanto afán. Es la razón por la que me fui del Campamento LeJeune y vine a este templo construido en memoria de Jean Paul Getty. Es razón por la cual no siempre he estado al alcance de Karl como debiera.

También es por eso que ahora me he dedicado a este libro antiguo y controvertido que llamo *La conquista*.

ESTE LIBRO ES UN AMULETO. Cuando lo tengo entre las manos me imagino a todos los hombres muertos que una vez lo leyeron, los monjes y los soldados jadeando en las secciones picantes. Puedo ver a los financieros hojeándolo como un cuento horripilante de un chelín y a las jovencitas mirando con disimulo las descripciones de batallas a espaldas de sus institutrices.

Este libro es un misterio.

Aunque la encuadernación sencilla en cuero marroquí y la letra redonda del infolio datan de la España del siglo dieciséis no hay un registro de su origen ni de sus primeros antecedentes. Durante más de doscientos años pudo haber estado bajo una vitrina en un palacio o enmohecido en un granero, a pesar de que había sido robado, quizá varias veces. De todos modos, no hay manera de saberlo, así que no tenemos ninguna obligación respecto a sus legítimos dueños, ya que sobrevive estas eras sin dejar rastro alguno hasta el año de 1813, cuando emerge en Madrid durante la Guerra de Independencia.

Después de que Napoleón le obsequiara España a su torpe hermano, el rey José I Bonaparte no hizo más que sacar de quicio a sus habitantes y a los muy tenaces ingleses. En cambio, sí tuvo la previsión de contratar a un mayordomo sumamente eficaz que catalogó todos los tesoros de la corona. Gracias a este registro sabemos que entre el alijo del monarca provisional había un establo de andaluces azabaches, la vajilla de oro del mismo Carlos V, una esmeralda tallada gigante del continente americano y este infolio modestamente encuadernado.

Quizá el rey lo leía en el trono para distraerse de sus pérdidas, mientras los guerrilleros descendían por las montañas en la oscuridad. El comandante Jourdan congregaba a sus tropas tambaleantes, mientras los hombres de Arthur Wellesley marchaban por el campo ahora ennegrecido por el humo de mosquete y las cicatrices de cañón. José ignoraba el sonido de los disparos, ensimismado en un pasaje escandaloso del libro mientras las tropas irregulares se acercaban a sus puertas, puñal en mano.

José huyó con sus tesoros a París, y después de eso a Borden-town, Nueva Jersey, donde viviría los próximos veinte años. El in-folio fue vendido allí y se quedó rezagado en bibliotecas revestidas de lujosos paneles durante el siglo y medio siguientes, permane-ciendo en buena parte intocado debido a dificultades de traduc-ción, si bien me place imaginarme a un principiante bilingüe y curioso leyéndolo y pervirtiéndose con su contenido blasfemo y erótico.

Un vendedor anónimo lo puso a la venta el año pasado, en una famosa casa de subastas de Nueva York. A pesar de que el infolio estaba en tan mal estado, se había corrido la voz de que esta era la obra rescatada del novelista demente, padre de Pasamonte, así que la puja por el lote estuvo muy animada. Aun así, no hay fondos como los del Getty y lo compramos por una cifra asombrosa.

De modo que, de alguna forma, es mío.

EXAMINO el infolio en mi escritorio, mientras unas ondas de luz azul entran por la ventana. El laboratorio donde trabajo queda en la planta baja de la biblioteca, y es un espacio amplio, abierto y blanco que alberga a varios restauradores que trabajan el papel. El color de la habitación proviene de objetos dispersos de manera in-formal entre mesas y repisas de ventanas: una Biblia dorada del siglo diecisiete que alguien sacó de la bodega; un caballo de cristal de Murano; jarrones de barro rojo oscuro cargados de lirios de barbas azules que extienden lenguas de polen; plumas de caligra-fía de palo de rosa. Hay también una prensa para libros hecha de roble y un libro benedictino de liturgia de las horas del siglo quince. Este último artículo está en la mesa frente a la mía, donde mi jefa Teresa Shaughnessey se sienta y aparenta trabajar en las iluminaciones desvanecidas del libro. Agacha la cabeza, amarrada con un pañuelo amarillo, sobre las páginas; por debajo del algo-dón estampado de cachemira unos apretados arabescos dorados de pelo reflejan la luz matutina: es lo primero que le ha crecido desde que terminó su quimioterapia hace ocho meses. Su delicado rostro pálido, de afilados pómulos y ojos grisáceos bordeados de pestañas castaño dorado cortas, oscila sobre una lámina de Betsabé en vestido transparente que posa cerca de una fuente, mientras David la contempla desde la ventana de una torre. La edad y el oxígeno envejecen el retrato; cuando Teresa toca la fuente con el dedo, la página le tiñe la piel de un azul que se desmorona, aunque esto no hace que ella retire la mano rápidamente.

—Si gustas te traigo un par de guantes —le digo.

—No gracias —me sonríe—. No te pongas tan nerviosa, no le estoy haciendo *daño*, querida.

—Se le está cayendo la pintura.

Se mira el dedo y sonríe.

—¡Conque así es! —Cierra el libro, le pone los codos encima y se apoya el mentón en las manos—. A que no adivinas a dónde fui anoche. ¡Tuve la velada más sinvergüenza y *deliciosa*!

—No sé. Déjame ver: ¿un club de *strip-tease*?

—No, hace meses que me pegué un atracón de esos. Y todo ese zangoloteo sí que te pone los nervios de punta, a decir verdad. Fui a un antro fabuloso en Hollywood donde unas muchachitas bonitas tocaron un tipo de rock ácido feminista hasta las cuatro de la madrugada. ¡Increíble! Traían puestos unos mini vestidos hechos de... algún tipo de cinta adhesiva, creo, colocada estratégicamente, y tenían las bocas indecentes más maravillosas. Todo era que coño esto, coño lo otro, falo esto, verga aquello, mientras se sacudían unas cabelleras rosadas como de Medusas. No era tan vulgar como se oye. Era casi hermoso, como uno de esos fabulosos choques de carros de Carlos Almaraz.

Niego con la cabeza.

—Como que eres demasiado joven para ser mojigata. ¿no Sara? Me encantaría que me hubieras acompañado, pero para eso tendrías que haberte desvelado hasta las dos de la madrugada y ya sé que a *ti* te gusta estar en cama a las ocho.

—No es cierto.

—Sí es, a menos que andes otra vez de aventura con tu querido. Karl, el apuesto marinero.

—El apuesto infante de marina, a quien fui a visitar ayer, para que lo sepas.

—Vaya, te felicito. Por lo menos hiciste eso. Pero debías salir conmigo una de estas noches, se pueden ver las cosas más absurdas en esta ciudad después del anochecer. No que hace un año me hubiera dado por enterada. Cariño, yo era como tú, tan angelical y responsable y, discúlpame, aburrida. Y después del hospital... ya lo sabes, me di cuenta... ¿Qué he estado haciendo todos estos años? ¿Pasando mi tiempo aquí, sola? ¿Viendo la pinche televisión? Ahora, claro está, salgo a los centros nocturnos, salgo a bailar y luego allí tienes mis encantadoras fiestas —aquí baja la voz hasta un susurro—. En efecto, se me hace que voy a invitar a varios amigos al museo el mes próximo para otra *soirée*. ¿Qué opinas? ¿Canapés? ¿Champaña, *foie gras*? ¿Un tiramisú gigante?

—*Foie gras* no —digo.

Teresa sigue contando con los dedos de la mano el menú para su próxima fiesta secreta (secreta, por lo menos para los miembros del consejo de la administración del Getty), que para los *nerds* del museo son algo así como lo que pasaba en el sótano del Studio 54 a principios de los setenta. Son producciones escandalosas, con invitados muy selectos, ya que se basan en la premisa de andar por el museo como por tu casa, donde poder subir los pies a un diván de seda del siglo dieciocho que perteneciera a Napoleón y tomar a sorbos un cóctel de ginebra y limón de copas de oro que solían estar regadas por las mesas de Rodolfo II.

Le he dicho un millón de veces que sus fiestas son poco éticas y quizá criminales, aun si se trata de acontecimientos en los cuales los más tímidos curadores de museo, expertos en antigüedades, historiadores, restauradores y arqueólogos se divierten hasta deschavetarse. Pero no me hace caso. Antes de cada fiesta, Teresa soborna a los guardias, y después de que el museo ha cerrado, apaga las alarmas en una o dos galerías, luego quita las sogas de seda de los escaños y las poltronas de época, y saca la platería Luis XIV de Artes Decorativas. Para media noche, el reventón está en pleno. Los investigadores se besuquean en la boca y beben Cosmopolitas a sorbos sobre *chaises longues* neoclásicas, o intentan bailar al compás del jazz bajo que borbotea de una mega grabadora portátil, tomando descansos para asomarse a ver los Rembrandts, Turners, Tizianos, acercándose tanto a la obra como se les antoja. No se escucha ningún biiiiip biiiip de alarma cuando se acercan a menos de dieciséis pulgadas de un lienzo francés o un calendario azteca; ningún timbre de advertencia da chillidos cuando beben de un cáliz etrusco o se ponen el brazalete de oro puro elaborado por los mayas del siglo sexto. Hace un mes el sofá rococó de raso color durazno quedó embadurnado de paté de hígado de pato y el invierno pasado una egiptóloga borracha dejó una ligera mancha de lápiz labial sobre un Vermeer cuando trató de besarlo: desastres que pasé semanas frenéticas tratando de remediar. Yo hago de policía en estas fiestas, armada de hisopos de algodón Q-Tips y jabón espumoso, aterrada ante el vino tinto, y me pongo particularmente furiosa cuando alguien se le acerca a los artefactos prehispánicos, pero aun yo he de admitir que nuestro inventario no muestra ni un robo y nadie ha delatado a Teresa. Como ella lo advierte, no hace más que satisfacer un fetiche inocente: los expertos que han dedicado su vida a preservar artefactos valiosos también tienen una manía por tocarlos y usarlos. Muchos afirman que se han sentido más próximos a las eras de su obsesión cuando pueden tener sus reliquias entre las manos como si fueran objetos comunes.

Aunque si le hubieras preguntado a cualquiera de ellos hace un

año, ninguno hubiera adivinado que la doctora Teresa Shaughnessey, ganadora de una Guggenheim, de una beca para «genios»
MacArthur, antigua catedrática en el arte de hacer libros en Harvard, autora de tres monografías sobre la encuadernación tipo Pa-
deloup y dos sobre las decoraciones de lomo, sería quien les diese
la oportunidad.

Durante veinte largos años ella era reina indiscutible de la restauración de incunables, habiendo dedicado sus energías vitales a
los problemas de las guardas de muaré desteñidas, los libros ale-
manes que se atan al cinturón a punto de desintegrarse, las tres
maneras óptimas de restaurar las delicadas miniaturas de Dome-
nico Ghirlandaio. Contaba con el respeto de todos, más no con su
afecto. Nadie la conocía lo suficiente como para tenerle afecto. La
doctora Shaughnessey, como la llamábamos, usaba el cabello en
un chonguito apretado y vestía suéteres abultados con diseños de
copos de nieve que no podían ahogar sus enormes pechos; arras-
traba los pies por los pasillos con la cabeza ladeada en un ángulo
raro como de pájaro, con la vista fija en el suelo y sin mirar a nadie
a los ojos. De vez en cuando, levantaba la vista de su trabajo y le
daba una sonrisa tímida a un compañero de trabajo, pero después
bajaba los ojos rápidamente a su trabajo. Y había rumores de que
la doctora Shaughnessey mantenía conversaciones excéntricas
consigo misma o con sus libros, rumores que yo comencé, en realidad, ya que compartíamos una oficina y, de vez en vez, la pescaba a
media observación cómica o hasta riéndose de uno de sus propios
chistes, pero tan pronto me veía se ponía tan callada como un
gato.

Después se enfermó. Esto, una vez más, fue un rumor, ya que
simplemente se esfumó por seis meses, y su desaparición estuvo
envuelta en un velo de silencio extraño e inquietante. Aunque
cuando regresó, supimos por la forma distinta de su suéter y su cabeza lustrosa que las historias eran verídicas. Y no fue sólo un

cambio cosmético. Durante la primera semana de su regreso, cuando me referí a ella con el tratamiento que siempre había usado, me puso la mano en el hombro y después me pidió que la llamara por su nombre de pila. La complací; me invitó a comer y nuestra intimidad data de esa tarde. Se sentía confiada, aunque exhausta por el tratamiento. Me dijo que a pesar de sentirse fatigada había empezado a conocer gente, a salir a bailar y, en general, a intentar «devorarse este mundo estupendo». También dijo que iba a renunciar.

—He descubierto que he cometido un grave error al sustituir a la gente por *objetos* en mi vida —dijo, masticando su sándwich—. Bastante deprimente, en realidad. Que las pinceladas en un lienzo tomen el lugar de los amantes. Que la piel y el papel ocupen el lugar de un niño. ¡¿La historia?! ¡Mi sagrada pasión! No es más que una fantasía, que aunque divertida, no puede ser *besada*. Sencillamente no existe: trata de tocarla en un hospital, Sara, cuando eres prisionera de todo ese progreso reluciente. ¡Desaparece como el éter! No hay vida *real* en un *Morte d'Arthur*, ¿o sí? ¿Sin importar cuán bella la encuadernación? La felicidad no reside en la tinta de Gutenberg. Ni siquiera en tus dichosos calendarios mexicanos, creo, mi linda. ¡Todo debería ser usado, engullido! *No* guardado. En lugar de acaparado como huesos de santos. Y en *realidad* veo este lugar como una especie de tumba fantástica. Lo que te quiero decir es, este es un ofrecimiento tardío de amistad. Fui *tan* idiota de guardar distancias por tanto tiempo. También se trata, no obstante, de un adiós. Voy a renunciar al museo para convertirme en... no sé. Una agente de viajes, tal vez. Una peinadora de perros. Algo un poco más sustancial, eso espero.

Pero no se le concedería su deseo. El Getty se negaba a dejarla ir: ¡no podría prescindir de su restauradora más dotada, de la mujer que había resucitado *Vaticinia Pontificum* de Joachim de Fiore de ser unos cuantos retazos de pergamino sucio hasta volverse una escritura sagrada radiante! ¡De la que había hecho aparecer como por arte de magia la reluciente *Consilia et allegationes* de Francesco Alvarotti de un montón de cuero inmundo! Le ofrecieron dinero, luego más dinero, luego tanto que se tuvo que quedar. Aunque bajo sus propias condiciones, las cuales son, he de decirlo, esencialmente peligrosas para el proyecto histórico. Es una especie de saboteadora. La mayor parte de sus esfuerzos por restaurar libros ha cesado, ya que ahora no considera que el esfuerzo valga la pena, y cree que se debe permitir que hasta las obras más grandes, más bellas, se desmoronen llenas de gracia hasta caer por los suelos o, mejor aún, se desgasten hasta convertirse en nudos suaves después de haber sido manipulados, tocados, experimentados de forma directa y no con guantes blancos como nos relacionamos en la actualidad con las grandes reliquias. Y así que birlará un infolio valiosísimo de la bodega y lo llevará a una escuela intermedia local, donde permitirá que los estudiantes hojeen las vívidas páginas (después de lavarse las manos, por lo menos). Y permitirá así que las páginas enmohecidas de los infolios florezcan en peligrosos jardines verdes (los cuales intento arreglar en mi tiempo libre). Y de ahí a las fiestas, donde se suspenden todas las leyes de la conservación-observación, de las cuales sigue hablando ahora.

—*Sí* vas a venir, ¿verdad? —pregunta—. Nos la vamos a pasar increíble. La voy a dar en el pabellón meridional, que tiene todo el rococó. Y creo que voy a sacar algunos de los trajes de fiesta de la bodega, como los que compramos el año pasado, ¿los supuestamente usados por Verónica Franco?

—No creo que pueda asistir. Tengo mucho que hacer.

—¿No te referirás a *eso*? —señala *La conquista.*—. Lo podrías terminar en horas de trabajo, no debería tomarte más de seis meses. *Si* es que quieres hacerlo, es decir.

—Sí quiero.

—De veras que no veo por qué tanto alboroto. Como te dije antes, creo que todo este asunto es ridículo.

—Lo que hacemos no es ridículo, Teresa.

—Bueno, creo que estás particularmente obstinada con este, en todo caso. ¿Y ya lo catalogaste? ¿Bajo *de Pasamonte*?

—Todavía estoy elaborando mi teoría.

—Así es, encanto, me he dado cuenta de que pareces estar subyugada por otra de tus hipótesis taradas. Si por mí fuera, archívalo bajo *Peter Pan*, pero por Dios no te obsesiones.

—A diferencia de otras personas, a mí sí me importa que el catálogo sea acertado.

Teresa cierra la liturgia de las horas y me mira.

—Ya que insistes, te lo vuelvo a explicar. *De nuevo.* Desgraciadamente para ti, soy casi una experta en nuestro viejo padre. En 1560, en el 66, en el 68, De Pasamonte escribe *Las tres Furias, La Noche Triste* y *El santo de España*, libros que tienen el mismo cuero marroquí, con lo que aparenta ser la misma letra. ¿Me equivoco? No. Y contienen los mismos temas, el mismo estilo narrativo.

—Pero esos libros estaban firmados. Y no creo que un hombre lo haya escrito. No creo que un *español* pudiera haber escrito este libro.

—Bueno, el señor Joyce inventó a Molly Bloom, ¿o no?

—Se trata de un caso distinto.

—¿Y cómo es que es tan distinto?

Me siento sonrojar. Bajo la vista y hojeo las páginas del libro.

—No lo sé. Sólo tengo esa sensación.

—Bueno, ya no te voy a insistir. Veo que te estás enojando.

—No estoy enojada.

—¡Claro que sí! ¡Qué delicada eres! Y antes yo era igual a ti, me preocupaba y me volvía loca por cualquier cosita. Pero no era eso de lo que te quería hablar hoy. ¡Sólo quiero que vengas a mi fiesta! *¡Anda,* nos la vamos a pasar a todo dar!

Ladeo la cabeza y sonrío.

—La verdad es que no creo que pueda, pero por otra razón.

—¿De qué se trata?

—Karl. Espero verlo esa noche.

—Ay, querida, no se puede competir con un hombre desnudo, hasta yo sé eso. Así que, en ese caso, te la paso. Pero sólo por esta vez.

Esbozando una sonrisa, vuelve a abrir el libro de la liturgia de las horas y se voltea. En la página frente a ella, Betsabé sigue reluciente y medio desnuda al lado de la fuente; David la mira embobado desde su torre.

Regreso a *La conquista*.

ABRO LA TAPA DEL FRENTE y paso a la primera guarda. De inmediato, un aroma a polvo y a añejo llega hasta mí, y después de eso las palabras desvanecidas.

La lectura siempre ha sido para mí como un sueño, y tengo que adentrarme en una historia al igual que la mente se eleva del sueño hacia un extraño bosque nocturno. Si estoy leyendo una historia de amor, digamos una tragedia, enfoco primero algún rasgo del bienamado: los ojos de Ana Karenina, oscuros como el vino, después el destello de un hilo dorado en su vestido. Las sensaciones se traslapan de página en página como líneas musicales, ya que encima del vestido y los ojos se encuentra el rostro de Karl o el de mi mamá. Luego viene el hilo de una mazurca, el aliento apagado en la estación del tren, después el rostro de Tolstoy, de barba blanca y agonizante en Astapovo. Por último, está la sensación del libro bajo mi mano.

El libro es un cuerpo y la mente se amolda a sus curvas particulares de manera muy similar a como lo hace con cualquier otro amante; al menos, hasta que se pandea y queda inservible.

Esa es la parte que me toca a mí.

El bloque de texto del infolio casi se ha zafado de la bisagra; el lomo está roto. El cuero marroquí se despelleja de las tapas y hay un cancro de moho en las últimas veinte páginas, lo cual, además de dañar el pergamino, oscurece también la letra. Pasé varios meses estudiando el mejor método para su restauración, y luego limpié el cuero y ajusté y lavé las hojas. Ahora voy en la siguiente etapa, que es reparar las secciones ulceradas de la piel del libro con papel japonés, teñido del mismo rojo oscuro del cuero marroquí. Las hojas serán remendadas con este mismo papel, sin teñir. Para el texto, mezclaré una tinta hecha con receta propia —una tinta sedosa, color de visón, una tinta como la que alguna vez usara Cervantes— y volveré a pintar los caracteres de letra redonda con una de las hermosas plumas de caligrafía de palo de rosa de Teresa.

Pero no *demasiado* bien. Como muestra de respeto a los muertos, debe permanecer algún indicio de los siglos. Y además, el libro es otra cosa ahora que cuando fue escrito originalmente. Las manos del autor se posaron alguna vez aquí (delicadas, estoy segura, las manos de una morena menuda y no las de un monje pálido), pero también las manos de unos ladrones, y las de un rey ladrón y las de eras de vástagos de Nueva Jersey. Para recordarles esta historia a los lectores, no repararé la cicatriz de la tapa posterior ni siquiera volveré a pintar las letras menos desteñidas.

Ahora levanto el libro del escritorio y las escamas de la vitela se desprenden y se me pegan a las palmas. Cada vez que recojo este volumen, unos pedacitos microscópicos deben corroerse hasta meterse en mi piel o viajar de mis dedos a mis labios, y de esta forma mis células los absorben como un veneno o una vacuna oral.

Hace unos cuantos años, mientras examinaba un volumen sobre casos extremos de filobiblismo para mi propia diversión, leí sobre un psicótico que tanto amaba los libros que se los comía cortados en tiritas y asados en una sartén con papas, pimiento morrón y un poco de ajo. Bibliofagia, creo que fue el diagnóstico. Me pregunto cómo afectaría a ese goloso la obra de Dickens, en contraposición con, digamos, la de Balzac o Schopenhauer.

Me pregunto cómo me estará afectando este libro.

Algo se afloja en mi interior; siento una nueva transparencia, una susceptibilidad. Me cuesta quedarme dormida por las noches, ya que me asedian las fantasías. Me imagino fuera del apartamento de Karl, mirando a su ventana desde las sombras. Me gustaría llevarle serenata como hacían los italianos; le cantaría una aria de *Don Giovanni* antes de escalar su balcón y besarlo en la boca, de manera que estoy colgada, estremecida, en el aire enrarecido.

Quizá la joven que escribió estas páginas corre por mis venas como una droga que viaja en un pedazo de papel. Esa joven que según Teresa fue un monje descarriado. Un romance que nadie más que yo piensa que existió. Creo que esta narradora misteriosa me está afectando de alguna manera. Hace que me vaya a los extremos. Después de agasajarme con su historia, siento el valor suficiente como para escalar una torre en nombre de Karl. Ignoraría las limitaciones de mi era y mi sexo, y me lo ganaría a espadazos en una batalla, cual caballero noble del siglo dieciséis. Lo abrazaría en la hierba larga y húmeda hasta que no recordara otro nombre más que el mío.

Doy vuelta a la guarda y leo.

3.

Yo, conocida ahora como Helena, fui criada desde el nacimiento para ser la consorte de un rey azteca, pero lo único que anhelé siempre fue ser una malabarista.

No obstante, mi nombre prestado no fue adquirido mediante el trono ni las pequeñas bolas rojas que podía suspender en el aire como una hechicera. En lugar de eso me convertí en esclava, en una concubina cubierta de seda y en asesina.

Me convertí en todas esas cosas debido a los españoles.

LA COSTA DE MÉXICO, 1528.

Después de que mi pueblo apedreara a muerte a Moctezuma y Cortés le prendiera fuego a Tenochtitlán hasta dejarla carbonizada, el general español le ordenó a sus soldados que cargaran las carabelas con lo que quedaba del oro, con algunos ejemplares de nuestras joyas y plumajes más finos, y finalmente con una pequeña colección de bufones y bailarines y malabaristas —entre ellos el malabarista más grande de la historia, el magnífico Maxixa— quien, pensó Cortés, sería capaz de impresionar a sus compatriotas.

Aunque soy mujer, y por consiguiente no tengo derecho a practicar el ilustre arte del malabarismo, aprendí el oficio por mi cuenta, en secreto, desde una edad muy temprana. Puedo hacer girar noventa y dos esferas en el aire al mismo tiempo. He transformado bolas de oro en aves giratorias.

Es el único talento que poseo.

Así que esa primavera, cuando los acróbatas y los payasos subieron a las pasarelas de las relucientes naves del general, me puse el uniforme de malabarista de piel de venado y maquillaje ornamental, oscureciendo así mi sexo, y los seguí, haciendo malabarismos, como si fuera el camino más natural de todos.

Mis hermanos exiliados me lanzaron miradas extrañas pero ninguno mencionó mi engaño a los españoles. Tenían suficiente de qué preocuparse.

Me hubieran aplaudido, no obstante, si supieran la verdadera razón por la que fui a Europa. Soy la última descendiente de un largo linaje de realeza azteca. Mi querido padre, Tlacaélel, había sido en vida un príncipe de una gran y rica provincia, y un patriota feroz que conocía el poder de sus antepasados. Una vez me dijo que «la única manera de sobrevivir esta vida, hija mía, es mantener a nuestros abuelos muy dentro del corazón. Sólo el hombre, o la mujer, que ciñe tan estrechamente su corazón que conserva en su interior los corazones que lo precedieron forma un escudo tan resistente que las flechas de los villanos o, quizá hasta del tiempo mismo, no pueden traspasarlo». Mi padre me enseñó también la sabiduría de la venganza. Me advirtió que siempre tuviera presente la deuda que el enemigo incurría ante nuestro honor, y dijo que ningún derramamiento de sangre paterna ni quema de un templo o un libro quedaría en el olvido o sin respuesta.

Ya que represento su linaje en vida y soy de sangre honorable, esa respuesta ha de ser mía.

En sus últimos momentos, cuando supo que mi madre y mis diez hermanos habían muerto por las llamas y la inanición, mi padre me tomó de la mano y me susurró su última orden.

—Mata al rey de estos salvajes en venganza por sus crímenes.

El primero de abril (esta fecha proviene del calendario que aprendí en Roma) me encontraba de pie en la proa de la carabela española con mis bolas rojas y doradas escondidas en mis numerosos bolsillos, y un puñal de obsidiana atado al muslo con una correa. Observé mientras el general Cortés besaba a su amante mexicana —una hermosa y astuta traidora— en la playa.

Y entonces zarpamos.

MIENTRAS MÁS PASAN LOS AÑOS. más brilla mi antigua tierra en mis pensamientos. Los horrores ya casi se han desvanecido y puedo ver otra vez la gran biblioteca antes de que fuera quemada; los zoológicos de aves y tigres; los jardines. Para mí, ahora, mi tierra natal se asemeja más que nada al Paraíso de los sacerdotes, lo que me hace pensar si «memoria» es simplemente otra palabra para «imaginación».

Pero era tan hermosa.

Construimos la ciudad de Tenochtitlán sobre el

agua, así que caminábamos sobre el agua al igual que el Cristo de Carlos V. Vivíamos en un jardín de recreo flotante de árboles de especias y maguey colorado, y rendíamos culto en templos gigantes de piedra donde los jóvenes, transformados en dioses, eran cubiertos de pétalos blancos y rosas. Ungíamos a estos hombres-dioses con aceites y esmeraldas antes del santo sacrificio. Más tarde las mesas del banquete se pandeaban bajo el peso del cabrito asado, el maíz, los jitomates, el nopal y el festín sagrado hecho con el hombre sacrificado. Uno no podía mirar su rostro horroroso, las flores en su cabello, pero una probada de su cuerpo aseguraba lluvia y maíz por un año entero.

Estas fueron unas de las noches más sofisticadas de mi vida. En los banquetes, los malabaristas y los bufones se presentaban ante el emperador para divertirlo hasta el amanecer, y nos era permitido observar a su lado. Una santa noche —la noche más negra del año, donde ni luna ni estrella alguna interrumpían la oscuridad teñida de sueños del cielo, sólo ardían las antorchas doradas— en esta noche Maxixa hizo girar cien esferas plateadas a la vez de modo que parecía como si el mismo aire cargado de joyas estuviera a su mando. Los mismos cielos parecían obedecer sus mandatos, ya que al momento en que la centésima esfera ascendía deslumbrante por la aerosfera se podía percibir un cambio en el viento, que soplaba a nuestro alrededor como murciélagos gigantes. Todo era ánima en ese segundo, las piedras, los árboles que observaban, yo podía sentir los átomos de Epicurus como chispas en la piel. Sin hacer ruido miramos fijamente el cielo salpicado de plata y la negrura infinita más allá. Después apareció la luna, más grande que un dios. La centésima primera esfera.

La luna, te lo aseguro. El gran Maxixa convocó la luna.

Revoloteaba en el aire detrás de él como una ave doméstica. Y mientras hacía sus malabarismos, recuerdo, su cuerpo temblaba de gozo.

Fue esa noche en que surgió la pasión de mi vida. Hasta el día de hoy, no poseo mayor ambición que la de ser una malabarista tan excelente como ese hombre.

Más no habría de ser.

EN LUGAR DE ESO, ESTABA DESTINADA a convertirme en una de las 1,000 esposas de Moctezuma.

El serrallo del emperador era un castillo hecho de maderas preciosas y amatistas colosales que servían de ventanas rosas al mundo exterior. Cuando los guardias pasaban de un lado a otro frente a estas ventanas, podían ver figuras borrosas y redondeadas allí. Algunas veces, las muchachas más osadas apretaban la boca o los senos desnudos contra la piedra transparente para incitarlos, aunque su descubrimiento equivaldría a una muerte segura.

Sus muchos privilegios las habían vuelto imprudentes.

El emperador, quien disfrutaba tanto de la conversación inteligente como de los placeres de la carne, eliminó la prohibición de la educación de las mujeres que eran esposas suyas. Convocó a los astrónomos y los poetas de la corte para que instruyeran a sus mujeres. Varias llegaron a ser poetas consumadas por derecho propio, y escribieron las canciones de amor más hermosas que me parece hayan sido cantadas alguna vez en la historia del universo. Otras trazaron el mapa de las estrellas con más genialidad que Copérnico. Aun otras elaboraron fórmulas matemáticas con las que trataban de resolver los misterios del sol y la luna.

Sin embargo, sus talentos yacían atrapados tras el ébano y las joyas rosas, salvo por el día en que el emperador las mandaba llamar con fines placenteros.

Moctezuma prefería poseer a sus esposas en una cama al aire libre en medio de su famoso jardín. Lo vi tocando el esplendoroso cuerpo de su esposa ochocientos treinta y dos un día, cuando me encontraba de pie detrás de un árbol de especias, espiando y estremeciéndome de excitación. La piel de él se veía tan tersa y morena rojiza como la tierra, y su cabello largo y negro caía sobre la joven de ojos de jaguar. Sus gemidos provocaron que los rostros de los guardias cercanos se ondularan de frustración.

Yo, que nunca antes había experimentado el amor, me agarraba del árbol de especias como si fuera un cuerpo amable. Un relámpago iluminaba el interior de mis costillas. Tenía la esperanza de que semejante placer me aguardara a mí también, y pronto.

Pero una semana más tarde, una gigantesca criatura parda galopó hasta el jardín. Encaramado en este monstruo estaba un mentiroso de piel blanca llamado Cortés, o (según creyeron algunos) Quetzalcóatl, quien hablaba a través de su traductora mexicana.

En menos de un año, la mayoría estábamos muertos.

CREO QUE MI CORAZÓN *debería haber muerto en las cenizas de Tenochtitlán.*

Creo que mi corazón debería haber muerto de inanición en mi cuerpo así como la vida de mi padre murió de inanición en su cuerpo.

Pero había noches, en la nave de los españoles, cuando miraba la luna oscura sobre el mar que sentía algo temblar momentáneamente en mi interior.

Quizá era mi deseo de venganza lo que calentaba mi corazón.

O el deseo por la sensación que tuve una vez cuando me agarré del árbol de especias y vi a la joven de ojos de jaguar. Ningún amante, hombre o mujer, había dejado su huella en mi cuerpo. Considero el amor y los malabarismos como dos de las vocaciones más elevadas de la vida.

¿Pero a quién amaría ahora?

Por un momento, pensé en meterme debajo de las olas oscuras que cubrían el mundo y sumergirme en donde viven las conchas y los esqueletos.

De no haber sido por la belleza de la luna sobre el agua, lo habría hecho.

DESDE QUE COMENCÉ a leer *La conquista*, la extraña y viva voz de su narradora, Helena, ha permanecido en mi interior. Me desplazo por Los Ángeles con su libro en la mente, descendiendo desde el museo para caminar y manejar por el laberinto de la ciudad mientras traduzco su historia en una lengua privada.

El Getty se sitúa en la cumbre de su montaña elevada, como un imponente palacio blanco que existe más allá del tiempo. Tranvías blancos, que van y vienen de los estacionamientos, transportan a los visitantes y a los empleados y los alejan de los coches atascados, los radios estridentes, los olores de cocina y el ruido y la risa, hasta llegar arriba a estas galerías blancas de piedra, a la intensidad fija y hermosa de un Rembrandt o un Turner sobre paredes mudas, perfectas.

Y después, allá van otra vez de bajada. (Aunque en mi caso nunca es por mucho tiempo.)

En mi Camry del 97, sobre la arbolada autopista 110, me cuento la historia de Helena. Trato de apegarme a un inglés que pudiera contener el español que ella redactó en el antiguo papel vitela, que es similar a la maldición vertida en el oído de una esclava pero también la lengua experta de un amante. Mientras manejo a casa el día de hoy, paso volando por los magníficos e indestructibles robles y los destartalados olmos que resoplan oxígeno hasta el ozono como una última esperanza perdida hasta que me coloco al lado de otro Camry, uno color vino del 99 con una calcomanía de la bandera mexicana pegada al parabrisas trasero junto con una insignia en letra gótica del grupo de rock Metallica. Después de un rato me doy cuenta de que adentro del coche hay una familia con tres niños, los cuales me miran perplejos y caigo en cuenta de que he estado recitando páginas de *La conquista* en voz alta en mi coche y haciendo gestos.

Les hago adiós con la mano y ellos me contestan el saludo, gritando cosas que no puedo escuchar. Una de las niñas menores, una pequeña dríade redonda de piel caramelo y lentes de plástico grandes, se parece a mí cuando tenía su edad, unos ocho. Se me queda mirando sin pestañear; un hábito que estoy segura otros consideran peculiar. Usa aretes de oro de bolita en las orejas que probablemente le agujeraron a los pocos días de nacida.

Cuando su padre pasa volado alrededor de un Miata azul para meterse al carril de alta, apenas puedo ver las manitas de ella diciendo adiós todavía y luego desaparecen.

Y ahora mis pensamientos se dispersan de nuevo, flotando sobre las jorobas brillantes de los coches, los árboles y los letreros cubiertos de lentejuela verde. Comienzo de nuevo a cavilar sobre escenas relacionadas a Helena, y el acertijo que consiste en mezclar el español culto con mis designios en inglés. No me cuesta nada abandonar este lugar y regresar a la historia.

LAS VERDES COSTAS DE ITALIA *me provocaron tanta nostalgia por el verde más intenso de nuestra selva muerta. Al instante en que las vi irguiéndose sobre el azul, pensé en atravesarle el cuello a Cortés con mi puñal en el acto, a pesar del talismán de San Pedro que llevaba al cuello.*

Ya sabía que no era ningún dios, a pesar de los presagios que confundieron al emperador. El escorbuto nos había hecho sangrar a todos.

Días después de desembarcar, entramos a una Roma ya recubierta del oro de mi antiguo mundo, la cual lucía especialmente alegre ahora con flores y banderas para celebrar el regreso reciente de su Santidad. El Papa, Clemente VII, antiguo conspirador de Francia y por tanto no muy amigo del rey de España, acababa de salir del exilio en Viterbo después del llamado saqueo de Roma y vivía ahora en un palacio gigante y fulgurante.

la
CONQUISTA
69

El Vaticano es tan blanco como los huesos inertes que ayudaron a construirlo.

CORTÉS NOS OFRECIÓ como regalo al Papa, junto con las reliquias sagradas de oro y el venerable penacho de nuestro emperador. Las reliquias y el penacho fueron instalados en el museo etnográfico del Vaticano, y a nosotros nos instalaron en un pequeño apartamento. Cuando cumplí quince años, fui bautizada por el mismo Clemente VII después de que una monja fea me dejara bien restregada. Fue a causa de las revelaciones anatómicas relacionadas con lo que había visto durante mi baño que él me dio el nombre de Helena, a pesar de mi insistencia en seguir usando el uniforme de los malabaristas. A Maxixa lo llamó Alberto.

No revelaré mi nombre original y verdadero, ya que es tan preciado como la sangre misma. El San Agustín del Papa escribió una vez que el alma reside en la sangre, y, por consiguiente, derramarla en vano es herejía.

Para mí, mi alma reside en mi nombre. Decirlo en voz alta sería análogo a mi propia sangría, y así que me complace que siga siendo un misterio.

No que al Papa le hubiera interesado oírlo.

No parecía tener mucho interés en nosotros y nos quedamos enjaulados en nuestro apartamento por tres de las semanas de los romanos. Nuestros únicos visitantes eran las monjas, los sacerdotes, los conserjes y los cocineros, quienes se congregaban a nuestra puerta para clavarnos los ojos cual peces aturdidos. Era gente curiosa vestida como fantasma y de extraños rostros depilados. También parecían sufrir de un exceso de nervios. Al quinto día de nuestro encarcelamiento dos de mis hermanos exiliados, para evitar la melancolía, empezaron a acariciarse como acostumbran los hombres. Nosotros apartamos la vista para respetar su intimidad, pero los sacerdotes y las monjas fueron muy descorteses y empezaron a dar alaridos tan pronto como Nezahualpilli insertó su miembro en el culo de Cacama.

Mientras los católicos se ponían como locos me fijé en una monja que no reaccionó como los demás. Vestida a la misma usanza como de espectro de sus amigos, ella poseía sin embargo un rostro hermoso y exótico. Sus pómulos salientes y pálidos y su amplia frente eran tan bellos que podría haberla grabado en las blancas arenas de mi tierra. Sus ojos eran del mismo color de las esmeraldas gigantes que nuestros artesanos tallaran en forma de flores. Su boca era de la misma tintura que el maguey colorado.

Se me quedó viendo.

Ya que yo estaba dotada de uno magnífico busto, me sorprendía que mi farsa no escandalizara a los italianos, pero después me enteré que nos creían tan excéntricos que no se hubieran sorprendido si hubiera nacido mitad pez o si caminara con pezuñas. Esta monja, sin embargo, dejó que sus ojos se posaran en mis protuberancias y una felicidad secreta iluminó su semblante al momento en que sus ojos iban de vuelta a los míos. Esta mujer vio al ser humano dentro de mí. Mientras sus compañeros trataban de separar a mis hermanos, ella se abrió paso por la conmoción de manera que nos encontramos cara a cara, y noté en esos magníficos ojos la misma mirada encantadora que había espiado una vez en los ojos de jaguar de la esposa de Moctezuma.

Como muestra de agradecimiento, le recité un poema de amor escrito por un rey antiguo a una de sus esposas y se lo dije en voz baja para que sólo ella pudiera escucharlo:

«Tienes hombros de oro y el aroma del agua en la
    primavera.
Lleva flores a mi corazón, bella. ¡No abandones a
    este guerrero! Besaré tu dulce boca.
Deseo tu piel, tu voz, tu pequeña y suave mano».

Por supuesto que la monja no podía comprender las palabras que le obsequié.

¿O pudo acaso? Quizá sintió lo que había debajo de ellas.

De sus hábitos oscuros salió una mano blanca, con la cual apretó la mía y sonrió.

Pude sentir de nuevo la llama vacilante de la vida en mi interior.

Después los sacerdotes desprendieron a los amantes y se los llevaron, estábamos seguros, como sacrificios. Mi amiga se abrió paso de vuelta por donde llegó y todos los católicos comenzaron a besar las armas que traían colgadas del cuello: esos mismos palos poderosos que Cortés usaba para matarnos. Después de eso huyeron en un remolino negro.

Nos quedamos solos.

Durante días después de eso, la tristeza de mi gente era tan grande que muchos hablaron de dejarse morir de hambre. Otros sugirieron que estranguláramos a los sacerdotes y así cometiéramos suicido indirectamente en virtud de las armas de los guardias del Papa.

No propicié ese tipo de conversación. Aunque había imaginado morir ahogada alguna vez, esa llama vacilante en mi interior brillaba aún. La verdad es que sentía una espantosa felicidad de estar viva. Después de tantos asesinatos, cualquier señal de amor o de vida que atisbara me llenaba del júbilo más sublime si era capaz de ignorar mis fantasmas de sangre y de escoria. Había dulzura en la mano blanca de la monja o en la vista de un jardín de diseño formal afuera de la ventana. Aun la deliciosa comida de los italianos, tal como las extrañas bestias rostizadas decoradas con plumas y cintas (y servidas en bandejas de la plata derretida de nuestros dioses) inspiraba en mí un deseo de vivir. Además de eso estaban las ricas hojas de nabo aromatizadas con tocino que hervían a fuego lento en cazos de cobre. O las ingeniosas esculturas de azúcar de árboles y peces, las cuales me imaginaba que la hermosa monja había confeccionado para mí con sus propios dedos.

No, no podía dejarme morir de inanición.

Tenía que mantenerme viva por lo menos el tiempo suficiente para cumplir con el mandato de mi padre.

Pero mis compañeros de celda seguían tramando su fin.

Maxixa, nuestro líder, se sentaba en un rincón vestido de harapos de piel de venado, aventando una o dos esferas al techo. Me fijé que cuando la conversación se ponía demasiado candente, empezaba a lanzar treinta o cuarenta de ellas como si fueran estrellitas. Después de un rato, los hombres dejaban de conspirar para disfrutar de la filigrana en el aire y de sus otros milagros.

Una vez, hizo que lloviera adentro de manera que todos, del Papa al esclavo más humilde, estuvieron empapados. En otra ocasión creó un arco iris en el cielo y mientras lo mirábamos fijamente metió las esferas en sus varios bolsillos, luego se nos quedó viendo.

—Cuando este Papa nos pida una actuación, haré que se detenga su corazón —aseveró.

Sabíamos que era capaz.

MÁXIXA HABÍA SIDO APRENDIZ del famoso malabarista Quauhpopoca desde los tres años y muy pronto había excedido los talentos de su propio maestro. El hombre y el niño vivían en una cueva a las afueras del pueblo y afinaban su hechicería. La gente del pueblo comprendió que un gran talento se encontraba entre ellos cuando, a la edad de diez años, el niño equilibró treinta y siete esferas sobre una nube y luego hizo que granizara. Eso fue hace casi cuarenta años.

Ahora, claro, era conocido como el hombre que podía dar órdenes a la luna como si esta fuera un halcón atado a una correa. ¿Pero cómo?

Después de que habíamos estado prisioneros por diez semanas, le pedí que me revelara sus secretos.

Volteó y me dirigió esos ojos de gavilán.

—Hija mía —dijo—. ¿Crees que poseo un secreto? ¿Algún truco que escondo bajo la manga quizá? ¡Muchacha tonta, mi secreto es que no tengo ninguno! ¡Poseo sólo pasión! Mi don me provoca y luego huye de mí como una mujer, y lo único que puedo hacer es atenderlo como a una esposa que me tortura con su tacañería. Mi único señuelo es la práctica, práctica y más práctica. No hay amante más celosa que el malabarismo. Si acaricio este talento con suficiente dulzura, si lo alabo con palabras precisas y le tiendo la cama más perfecta, esta arpía, esta seductora se acercará indefensa y se moldeará a mis manos. No, ella no es mi don, ella es un regalo que me es dado y si no dispongo las condiciones adecuadas y la espero, no aparece. Todos los días me levanto preguntándome si se ha ido.

Estas no eran las instrucciones que había esperado.

De cualquier modo, seguí sus consejos. Practiqué el malabarismo parada de manos. Intenté las proezas fantásticas de la prestidigitación, entre ellas hacer que sesenta esferas, tres bandejas de plata y el mismo Maxixa desaparecieran. También aprendí el refinado arte de tragar espadas.

Mis hermanos hicieron lo mismo, por ejemplo Ixtlixóchitl con su maravillosa nariz en forma de ese se puso a practicar sus bufonadas y Camargo, delgado como una grulla, refinó su acrobacia y muy pronto todos habíamos vuelto a nuestras contorsiones y a hacer girar platos, mientras Maxixa presidía ante nosotros como un genio.

Luego, finalmente, después de más de un mes, dos sacerdotes aparecieron a la puerta, agachándose para evitar la vajilla voladora.

—El Papa ha pedido una actuación.

EL PAPA CLEMENTE VII, hijo bastardo de un Giulio de Medici, era un hombre de mentón poco pronunciado y de ojos acuosos que no estaba preparado en absoluto para lidiar con los Martín Luteros de su futuro. Un esteta de mente simple, había comisionado recientemente las pinturas gloriosas de un tal Rafael, y nos había convocado ante él en la *Stanze d'Eliodoro*, un apartamento en el palacio pontificio de Nicolás III. Esta sala estaba llena de una luz suave que bailaba sobre *La liberación de San Pedro* de Rafael, un fresco que mostraba a un enorme dios dorado inclinándose hacia el cuerpo encadenado de un anciano que traía puesto un extraño sombrero dorado, redondo y plano.

Nosotros, da la casualidad que ya conocíamos a este San Pedro debido al talismán que Cortés llevaba al cuello, pero afortunadamente no recibiríamos más instrucción religiosa sobre él hoy día.

El Papa estaba ahora sentado en su trono. Un sacerdote cercano gesticulaba como loco para que empezáramos.

Maxixa, armado de sus cien esferas plateadas, dio un paso adelante.

Contuvimos el aliento.

EL GRAN MAXIXA, estudiante del famoso Quauhpopoca, soberano del granizo y el arco iris y la luna, malabarista genio del siglo dieciséis, se puso de pie frente a este apocado pelele y se dispuso a detenerle el corazón.

Rápidamente lanzó cincuenta esferas al aire y comenzó a entretejer uno de sus hechizos. Las esferas bailaban en el empíreo como peces voladores y el Papa, al igual que todos los sacerdotes, todas las monjas, hasta (ahora me daba cuenta) mi niña de palmas suaves, miraban al cielo con expresiones que no acostumbraban ni siquiera durante el rezo.

El cuerpo de Maxixa tembló de alegría mientras

agregaba diez, luego veinte esferas más. Y después, mientras las ochenta bolas volaban demasiado aprisa para que el ojo las siguiera, pudimos escucharlo: el sonido submarino del latido de un corazón.

Pum pum. Pum pum.

El corazón del Papa.

Clemente VII flaqueaba en su trono y lo pudimos ver parpadear entonces, como si estuviera cayendo en un sueño ligero. Aquí se agregaron diez esferas más, lanzadas hacia arriba como lluvia. Pum pum. Al llegar a cien, el Papa estaría muerto.

Pero justo en ese momento, Maxixa cometió un error.

El mural de Rafael cintilaba ante nosotros en la luz de la tarde que se colaba por las ventanas. Los rayos de luz que se reflejaban de los colores brillantes del mural le llamaron la atención a Maxixa, quien siempre había tenido cierta debilidad\por la belleza.

Miró el mural y reconoció al anciano allí encadenado por el amuleto que había adornado el cuello de Cortés.

Ante esa visión mortal, el cuerpo de Maxixa dejó de temblar. Acto seguido, las noventa esferas cayeron al suelo en una lluvia plateada. Maxixa las vio desplomarse hasta que se desmayó, mientras su genio abandonó su cuerpo como un fantasma. Y en este momento el Papa, súbitamente despierto, y todos los sacerdotes y las monjas se incorporaron para aplaudir en alocado agradecimiento.

Clemente VII nunca supo que San Pedro le había salvado la vida.

Para entonces, tenía más de un año que yo odiaba

a ese santo, al igual que mis hermanos, y hoy lo odiá-
bamos con un temor reverencial aún más amargo.

Nos costó todo cuanto teníamos.

 EN MI CASA DE PASADENA, me siento en el porche del jardín, todavía traduciendo para mis adentros y mirando el atardecer filtrarse por las anchas calles negras, por los árboles frondosos. Las aceras y los faroles de granito y las entradas de coches repletas de camionetas deportivas S.U.V. reflejan ese tono particular de azul a esta hora. En una casa de una planta imitación *Greene and Greene* al otro lado de la calle (mi casa está construida en ese mismo estilo, ya que Pasadena es uno de los pocos refugios para nostálgicos en Los Ángeles), un dálmata frenético levanta las patas gigantes sobre una ventana mientras un padre de familia, mi vecino coreano cuyo nombre desconozco, estaciona su sedán, luego se tropieza con una manguera y con una patineta Razor plateada volcada, en camino a la puerta principal.

En medio de mi ensueño, lo veo entrar a su casa —iluminada con lámparas de vitral y decorada con reproducciones de óleos impresionistas de California— y saludar a su amorosa familia a pesar de que el dálmata insiste en ofrecerle una sucesión de mimos enérgicos.

Se sientan a la mesa del comedor a cenar, haciendo gestos a la comida, levantando la cabeza y riendo, un pequeñín que llora entre ellos causa algo de conmoción, y el padre le responde a besos: puedo observar todo esto desde mi porche. Apenas se vislumbra la luna en el cielo. Las ventanas de la casa se vuelven más brillantes cuando disminuye la luz.

El anochecer se anega en mi regazo, mientras mantengo las frases en inglés y en español dentro de la boca. Tengo todo el tiempo necesario para memorizar pasajes del infolio y estudiarlos.

Tengo todo el espacio y la calma que un investigador pudiera desear para continuar con las pistas codificadas en esas hermosas páginas antiguas. No hay nada aquí que me distraiga, ni una voz, ni un tumulto, ni el sonido de ronquidos, ni los abrazos de una familia numerosa, ni besos, ni chistes pícaros contados en la noche.

Me encanta esta noche, el suave flujo azul oscuro. No hay nadie que pise el escalón de mi porche; en mi casa no hay ningún niño de lentes grandes de plástico que perturbe la disposición precisa de los volúmenes en sus repisas. Tengo libertad total para trabajar y soledad e incertidumbre ante mis opciones. Disfruto el acceso sin trabas a estos secretos y me agasajo con palabras que he estado buscando desde el día en que mi mamá me pidiera que comprendiera su robo del fragmento del *amoxtli* de una manera que no fuera trágica.

Tengo el libro. Las hojas suaves y antiguas de vitela. La caligrafía grande y dramática. Aún puedo recordar los días en que empecé a descifrar las páginas. Esa sensación de haber tropezado con un descubrimiento. El asombro de pensar qué era real, qué tanto podía ser autobiografía. La sensación íntima de acoplarse al ritmo del autor, la afinación del oído para poder escuchar la confidencia de un amante, cercana y susurrante. Y la expectativa de lo venidero.

segunda **PARTE**

4.

Después de nuestro fallido intento de asesinar a su Santidad el Papa, este, en su magnífica ignorancia, nos mandó llamar para que actuáramos ante él una y otra vez en la *Stanze d'Eliodoro*. Lo complacimos saltando a través de aros que formábamos con los brazos (este era Ixtlixóchitl, el de la nariz sinuosa) y equilibrándonos con dos dedos (aquí, Camargo, delgado como una grulla), todo esto a plena vista del santo del sombrero dorado que había presidido los asesinatos de nuestros padres. En cada espectáculo Maxixa intentaba levitar las cien bolas en el aire tan sólo para observar mientras noventa de ellas caían al suelo. Ya no hubo más arco írises ni granizo confinados a una casa. No hubo más planetas a los cuales llamar con señas como a un perro. No hubo un corazón católico suspendido en su mortífera labor. Su talento lo había abandonado y no regresaría a él por once años más (aunque cuando lo hiciera, por poco ocasiona que el cielo mismo se estrellara contra la tierra).

Como muestra de agradecimiento, el Papa

colmó a Maxixa, de rostro lúgubre y ojos sin brillo, de suntuosos regalos tales como un abrigo de visón y su propio carruaje y cochero. El hombre nunca comprendió que cada espectáculo era tan sólo un fracaso espectacular.

Por mi parte, me quedé en un rincón haciendo malabarismos con mis esferas y traté de ignorar cualquier sentimiento de regocijo, pero debo admitir que a veces esto me resultaba difícil. Estaba haciendo lo que amaba, con todo el tiempo del mundo y con todos los recursos para malabarismos en existencia. Fue durante este período que perfeccioné el malabarismo de hasta cincuenta esferas, así como el arte más admirable de hacer malabarismos con cuchillos, que fueran forjados de nuestra plata robada por el herrero particular del Papa especialmente para mí, y los cuales tenían que dar vuelta precisamente cuatro veces en el aire para poder agarrarlos por sus mangos aperlados. Esta era una ocupación peligrosa para alguien que todavía veía a los espíritus de su clan revolotear por las capillas del Vaticano: durante estos primeros meses veía con frecuencia a mi padre Tlacaélel en un rincón de nuestro apartamento, con la cara manchada de sangre y la boca dilatada en un grito. Debido a estos recuerdos, había días en que veía ante mí un puñal en el aire y contemplaba dejarlo hundirse en mi pecho.

Qué, o mejor dicho quién, detuvo estos pensamientos fue la monja que aplaudía en la fila trasera, detrás de los guardias y los sacerdotes.

Mi dulce niña asistía a todas las actuaciones.

VINO A VERME DURANTE *el segundo mes de nuestro encarcelamiento, apareciéndose a la entrada como si fuera un espíritu a excepción de dos ojos muy relucientes y vivos color esmeralda.*

Le asignaron que me civilizara. Así lo hizo.

Se llamaba Caterina.

EN LO MÁS PROFUNDO *de los espléndidos jardines del Vaticano crece una pequeña enramada de limoneros que esconde una secreta y verdosa guarida. El aire estaba perfumado por las flores de azahar y engalanado, ese verano, por destellos de luz que se precipitaban por las hojas como agua.*

Caterina, sin ropa, tenía el cabello del mismo color que esa luz. Y un cuerpo largo y blanco que no se parecía a la luna de Maxixa, ni a las olas plateadas, ni a los puñales que giraban en órbita sobre mi pecho sino solamente a sí mismo, raro e incomparable. Caterina, ni católica ni europea ni mujer ni hombre, sino solamente mi amada que salió a mi encuentro en esa verde habitación.

El primer día me recostó sobre un rebozo de seda y comenzó, muy despacio, a besarme sólo el cuello y a susurrarme palabras incomprensibles. Desde allí se movió, para arriba y para abajo, por secciones. La clavícula, el labio inferior. El hueso de la cadera y la piel sensible detrás de la rodilla, con el paño lustroso de su cabello sobre mi piel. Levantando la vista al cielo de hojas me sentí extenderme, temblorosa e incorpórea.

Me había sentido así antes al ver nuestra ciudad quemada y había sentido miedo.

Pero ahora me sentía así porque me había enamorado.

CATERINA LUCIA *Gloria de Carranza era de sangre real pura, su madre provenía de duques italianos y su padre de un conde español, pero la presencia constante de de Carranza en los casinos de Toledo amenazaba la fortuna de su hija joven y bonita, si bien algo marimacha.*

Contaban las malas lenguas que la joven tenía una afinidad demasiado acusada por los libros y, como es bien sabido, el saber leer y escribir no augura nada bueno para la sanidad de mente o vientre. La niña, casi una señorita a los quince, hacía el ridículo los días de verano al renunciar al ritual tradicional del baile de cortejo de la morisca, prefiriendo en lugar sentarse junto al Tajo con su aya de mejillas sonrosadas leyendo cuentos de hadas en voz alta. Según los más allegados a la familia, la joven heredaba sus excentricidades del padre, un hombre impulsivo que era conocido por haber jugado un albur una vez por dieciocho horas seguidas, y encima de eso en un garito de mala fama frecuentado por varias mujerzuelas y ganímedes.

Como lo deseaban las malas lenguas, los vicios de de Carranza provocaron a la larga la ruina de su familia.

En uno de sus maratones de parar albures, de Carranza perdió casi cinco mil pesos frente a de Aragón, un marqués adinerado, vengativo y con mala fama de flatulento, que se sabía era íntimo de Francisco Jiménez de Cisneros, el inquisidor general y por tanto supervisor de todos los juicios de herejía. Presa del pánico, de Carranza huyó a sus oficinas para examinar sus libros de contabilidad, sólo para descubrir que ni siquiera con la venta de su castillo iba a poder cubrir sus deudas y, en su desesperación, ofreció la única joya que el marqués soltero pudiera valorar más que el oro.

Su hija.

Caterina se casaría en seis meses, vestida en un traje de seda blanco y un velo tan largo y ancho que podría vestir a cuatro familias que tuvieran una debilidad por el encaje de Ronda. El marqués era un pillo impaciente y, unos cuantos días después de la apuesta, sobornó a cuantos pudo hasta llegar a la cámara de Caterina para así degustar sus ganancias.

Más tarde, afirmó que casi se queda ciego ante el espectáculo diabólico que allí presenció.

Bajo la ropa de cama vio a dos figuras que luchaban febrilmente y destapando las sábanas descubrió a su prometida brindando placer de la manera más precisa y experta a su aya de mejillas sonrosadas, la cual se retorcía como una Lilit. Después, al retroceder a traspiés al buró de la joven, se topó con otro pecado de igual magnitud. Un volumen de poesía épica. Lo recogió y vio que se trataba de la Metamorfosis de Ovidio.

Tanto la fornicación como la posesión de este libro prohibido eran crímenes punibles bajo pena capital por la Inquisición, y en menos de un mes el marqués era dueño de otro castillo más. De Carranza, su esposa y la aya fueron encarcelados por encubridores y herejes. Caterina, por ser una virgen encantadora e ignorante, pudo evitar la hoguera al recibir las órdenes sagradas.

Para cuando la conocí había sido monja por trece años.

—No es tan malo como te imaginas —me dijo, después de que aprendí suficiente italiano y español para entenderle—. Sobre todo si uno olvida los horrores del pasado. ¡Así que olvida, ángel mío, olvídalo todo! No hay patria para el memorioso, sólo añoranza sin hogar. Y además, hay tanto que disfrutar aquí. Por supuesto que esta vida tiene sus dificultades, el arrodillarse y el rasparse, lo cual obviamente no puede menos que enfurecer a una joven orgullosa como yo. Y luego están los silencios obligatorios, el calor horroroso del verano: el vestuario, querida mía, no tienes idea. Son muchos los días en que no traigo absolutamente nada bajo mi hábito, y me divierto pensando en qué diría el Papa si le exhibiera un seno o un poco de partes pudendas. Me imagino que soltaría una risita antes de ordenar que me cortaran la cabeza.

Me tocó la mejilla y sonrió.

—Pero no, la vida puede ser bastante agradable si tan sólo aprendes que hay ciertos trucos. Hay que rellenar la cama con almohadas en forma de cuerpo antes de salir corriendo con una amada, ese tipo de estupideces. Conseguir dispensas para asistir a las maravillosas fiestas de su Santidad. Esconder tus libros, por supuesto. ¡Y los libros! ¡Todos los volúmenes prohibidos están aquí, bajo este techo! Los guardias están encantados de satisfacer la sed de poesía de una hermana a cambio de «obsequios»; no que ninguno de ellos valga dos pepinos como amantes. Para eso están las mujeres. He probado los frutos de la más alta nobleza. Una de mis señoras, la condesa Matilde de Quaragna, una mujer muy conocida por toda Europa por su devoción y gentileza, es en el fondo la bribona más deliciosa, quien una vez me besó por tres horas en una cama de seda; ¡la desalmada! Tienes que conocerla.

En este momento Caterina rió y, tomando mi mano en la suya, empezó a trazar las líneas de mi palma con sus labios.

—Pero tengo que decirte —y aquí no me llamó «Helena» sino mi verdadero nombre, el cual le había susurrado en confianza— nunca, nunca he conocido a una chica como tú.

Ahora su boca subió por mi brazo y luego llegó a mi cuello.

Cerré los ojos.

VIVÍ CON mis hermanos en el Vaticano por los dos años siguientes. Durante este período los espectros de mi clan, quienes al principio me habían dejado pasmada, sangrientos y gritando por todos los rincones, ahora parecían desvanecerse adquiriendo tonos cada vez más y más claros hasta casi desaparecer. Más tarde me di cuenta que los espectros, aunque incorpóreos, necesitan ser alimentados tanto como el cuerpo humano para poder seguir con vida. Pero no con carne: con recuerdos.

Sólo habían pasado dos revoluciones del calendario romano pero me encontraba ya en peligro mortal de olvidar, a causa de mi felicidad. Es traición admitirlo, pero aquellos años como esclava del Papa fueron unos de los más placenteros de mi vida, ya que fue la primera vez que tuve un acceso tan pleno a lo que más aprecio: el amor y los malabarismos.

Como lo he mencionado, la misión pontificia de Caterina era civilizarme, y así lo consiguió. Me mostró los embelesos que se esconden en la cama y el libro, dando igual atención a cada disciplina. Y fui una discípula ágil. Su fiel amiga la condesa Matilde —una majestuosa y rolliza montaña de mujer, que se ponía elegante para su Santidad usando parches de belleza en forma de estrellas y un miriñaque gigante— estaba perdidamente enamorada de ella y era lo bastante rica como para proporcionarnos edenes robados algunas tardes. Así que podrías haberme encontrado, si fueras espía, desnuda en toda mi extensión sobre seda rosa en un castillo campestre, vacío salvo por unos cuantos criados discretos que suministraban a nuestros debilitados cuerpos los melosos frutos que necesitaban para seguir con vida, ya que mi amada en verdad me agotaba.

Una de nuestras ocupaciones más extenuantes era lo que ella llamaba el Beso Eterno. Después de bañarnos en agua de rosas, me ordenaba cerrar los ojos, luego me acostaba en esa seda (o en el pedazo de césped del jardín del Vaticano o en la cama incrustada de oro de una marquesa amigable en Milán) y posaba su fina boca en mí. Lo que procedía era el viaje más delicado, se lo juro, hasta el mismo cielo. Después de dos horas con sus labios sobre mi piel, los bordes de mi cuerpo se disolvían y me volvía tan incorpórea como los antepasados que habían brillado con luz trémula desde las sombras. Yo era un rubí en su lengua, ¿acaso eso? ¿Me sentía como miel y azafrán en su boca? ¿Podría describir el relámpago en mi seno? ¿Sus dedos blancos al encontrar el placer rojo? Lo único que puedo decir es que morí y resucité con sus expertos encantos y su suave aliento; y después, mientras aún jadeaba, mi capataz me instruía paciente y vigorosamente para realizar esas mismas destrezas.

Ay, su cabello dorado sobre la almohada. Sus ojos encendidos.

Pero no habríamos de dormir. Caterina siempre gustaba de un poco de poesía después de sus conquistas.

Era mi maestra, después de todo.

Los campos de estudio aprobados para una monja y una esclava sólo podrían ser las ilustres enseñanzas de Cristo y el protocolo de la servidumbre, quizá un poco de bordado. Mi profesora tendía a desviarse de este currículo, habiendo descubierto que los arrebatos del lecho y del libro estaban más relacionados entre sí de lo que uno se imaginaría. Me enseñó que vértebra, por ejemplo, viene del latín versus, que significa línea, y está conectado, asimismo, a verso.

Y era cierto, según vi. Su columna era un verso de poesía. Le pasaba los dedos por cada perla grande.

Era una chica enloquecida por las palabras. Recuerdo el día en que se revolcó en la cama, estrechando un pequeño panfleto contra su pecho.

—Te tengo el regalo más maravilloso —dijo—. Aquí, entre mis manos, tengo los sonetos que Petrarca le escribió a su gran amor, ¡la gloriosa Laura! Una de mis amantes anteriores, la esposa de un profesor brillante (aunque he de decir que también era un simio absolutamente horroroso), me dice que según la teoría de unos estudiosos, la joven nunca existió y era tan sólo un producto de la fervorosa imaginación del poeta. Pero no creo en estos viles rumores. No, estoy segura de que esos exquisitos poemas líricos sólo podrían haber brotado de la pluma de un hombre que adoraba a una criatura de carne y hueso, una sirena viviente, una diosa, igual como yo te venero a ti, querida mía.

Se inclinó sobre las páginas y me alimentó con las añoranzas de Petrarca, palabra por palabra, hasta que las comprendí:

> Los pensamientos de ti son flechas, tu rostro un sol, el deseo un fuego; y con todas estas armas el Amor me perfora, me encandila y me derrite; y tu canto angelical y tus palabras, con tu dulce aliento contra el cual no me puedo defender, son la brisa ante la cual mi vida escapa.

Ella derramó lágrimas por esta canción. «¿No te encanta?»

Al recordar ahora ese momento, me siento joven otra vez. Si tan sólo pudiera mostrarte cuán hermosa se veía con los dedos tocando un extraño lenguaje. Pero no puedo.

Puesto que esa tarde sucedió hace muchos, muchos años, cuando yo era aún una ingenua en el mundo.

MI OTRA OBSESIÓN llenaba las horas cuando no podía besar a Caterina ni recitar canciones con ella. Para cuando Clemente VII firmara la Paz de Barcelona con Carlos V, yo era capaz de aterrizar hasta sesenta esferas, una marca inigualada por ninguno en nuestra compañía viajera salvo por su líder. También aprendimos por nuestra cuenta el espléndido arte del malabarismo ecuestre, y podíamos ir al galope por los campos circundantes montando los andaluces negros del Papa lanzándonos toda suerte de cuchillos y bolas como nadie nunca antes había visto.

No obstante, estos no eran los únicos pasatiempos en que se ocupaban mis hermanos. Como yo, muchos de ellos habían descubierto las delicias que podían encontrarse en la casa de este dios; lo cierto es que a pesar de toda la fidelidad ante el recuerdo de nuestro rey y todo nuestro dolor, la mayoría nos habíamos comportado como los perros de Moctezuma en nuestra patria, ni más ni menos. Algunos de mi linaje comían faisán trufado y bebían vino hasta hartarse, mientras otros se convirtieron en los amiguitos del harén de las monjas y criadas que andaban por doquier. Caterina me dijo que había habido una proliferación de excomuniones en los últimos tiempos, lo que coincidía con un número espeluznante de alumbramientos de bebés morenos en los conventos. Al igual que estas criaturas de piel lechosa nos parecían el sabor mismo del sexo exótico, al parecer nuestra piel morena tenía el mismo efecto en ellos y, a la vez que veíamos a nuestros antagonistas como monstruos y demonios, también proferíamos igual entrega por meternos unos a otros a la cama.

Como consecuencia, mis hermanos se pusieron gordos y lustrosos de satisfacción. Tuvimos que abandonar los espectáculos de pirámides humanas, así como los trucos contorsionistas. Cada uno de nosotros estaba tan encandilado por la felicidad, no obstante, que estos sacrificios no eran de gran importancia.

Es decir, todos éramos felices menos uno.

Maxixa.

Languidecía día a día. Estaba tan delgado que parecía un árbol moribundo. Sus ojos, que otrora habían albergado llamas encendidas, ahora estaban apagados y grises, y manipulaba sus esferas mágicas con toda la alegría de un simio encadenado. Hay que reconocer que ya no era un malabarista, sino simplemente alguien que arrojaba bolas. Ni siquiera aparentaba lamentar la pérdida de su genio. En lugar de eso, se sentaba en un rincón, manipulando uno de mis cuchillos, alucinando.

—Oh, mis hijos, oh, mi hija, veo ante mí el mundo humeante. Veo los templos de Hutzilopochtli hechos añicos en el suelo. Veo a sus madres y padres en esta misma habitación, en este momento, manchados de cenizas, con el pelo arrancado de sus cabezas y en tales números, que me asombra que ustedes, zopencos con cerebro de ratón, parezcan no darse cuenta de nada en absoluto. ¿Se han quedado ciegos? ¿Han perdido el conocimiento ahora con su fornicación y su comida? El dolor de estos espectros es un río que mana en mis adentros de día y de noche y exige una venganza feroz, pero este cuerpo viejo y marchito es demasiado débil para satisfacer esa tarea poco delicada. Ay, ay de mí, ay de mis dioses, soy un cáliz de lágrimas. Y mientras este espíritu, ennegrecido por el fuego y sangrante, me lo implora en este preciso instante, estoy ya demasiado débil para darle alivio.

Al principio, tratamos de disuadir a Maxixa de que saliera de sus horrores. Los espectros hacía mucho que habían desaparecido para el resto de nosotros. Pero no lo logramos. Después de un tiempo continuamos con nuestros ejercicios incluso con él sentado allí, sollozando. Supimos que su mente perfecta había sido destrozada y que ya no tenía arreglo.

Y fue así que llegado el día en que el Papa recibiera una visita, el famoso pintor Tiziano, y nos mandara a llamar para dar otra actuación, supimos que podría haber problemas.

Pues el gran Maxixa, el mago de magos, había dejado de existir.

EL ESTIMADO PINTOR VENECIANO Tiziano honró nuestra presencia con una breve visita antes de que él y Clemente VII viajaran a Bolonia, donde su Carlos V sería coronado como Emperador Sacro Romano. De cuarenta y dos años de edad y con una larga barba rizada color linaza, el hombre era un genio con el pincel y estaba a punto de embarcarse en la etapa más exitosa de su carrera. Caterina, quien una vez vio sus grabados y los bosquejó, ya me había familiarizado con su obra. Una vez que pude ajustar mis ojos a los esquemas refinados de estos europeos —ya que nosotros los aztecas esculpíamos y pintábamos la forma humana de una manera que se aproxima más a su alma en bruto— supe que merecía la más grande alabanza: Tiziano pintaba a las mujeres tan experta y voluptuosamente como Caterina las besaba.

Sí, mi ojo, al igual que mi mente, se ajustó. Desarrolló una avidez por su arte. Mi cuadro favorito de él era el glorioso Amor sacro y profano, el cual sólo podría haber sido pintado tomando en cuenta a mujeres como nosotras. Muestra, sin lugar a dudas, a dos safistas, una dama refinada vestida de sedas y volantes, la otra alegre y sonrosada y desnuda a excepción de un sucinto velo que le cubre el sexo y un chal rojo drapeado sobre un brazo. Están apoyadas en una fuente, soñando con el amor y las separa un cupido curioso.

¿Qué tipo de hombre podría haber pintado a mujeres como esas? ¡Él era un visionario con el gusto de un pornógrafo y un ego más grande que el del Papa! Ese gran artista entró al palacio pontificio con mucha alharaca y colorido, y aterraba a las monjas, quienes juraban que las miraba con un ojo tan penetrante que podía vislumbrar los tesoros rosados debajo de sus hábitos. Estos rumores sólo estimularon mi curiosidad y decidí que tenía que conocerlo. Cuando escuché que se hospedaba en los apartamentos Borgia, me robé un uniforme de criada y entré sigilosamente para encontrarlo agachado sobre un escritorio, haciendo un boceto. Levantó la vista y me lanzó una mirada furtiva.

—Una bárbara —dijo—. Qué interesante.

Alargó la mano.

—Ven aquí, niña.

Queriendo ser hospitalaria, le permití unos cuantos toqueteos descarados, aunque cuando me tocó no percibí nada erótico ni disciplinario en esa mano. En vez de eso, inspeccionó mi cuerpo como lo haría un científico: me tenía por una bestia extraña recién traída de la selva. Examinó de cerca los colores de mi piel, exclamando al hacerlo, después me escudriñó los ojos para maravillarse ante mis írises negros y, finalmente, hasta logró ofender mi temperamento benigno al explorarme la boca para examinar la inmensa blancura de mis dientes. Había visto a los mozos de cuadra del Papa hacer lo mismo con los andaluces.

—¿Qué diablos te crees que estás haciendo? —le pregunté.

Y al sonido de mi voz, hablando en un italiano perfecto, se desmayó al instante. ¡Ni siquiera se le había ocurrido que esa bestia que estaba ante él pudiera hablar!

No obstante, en menos de una hora, después de una recitación de Safo y de Petrarca, tenía al pobre mendigo locamente enamorado de mí.

—Ven a Venecia —me suplicaba—. Tengo que pintarte. Te daré cualquier cosa que desees.

Para entonces tenía sus manos en mis pechos. Me encogí de hombros.

Después de un poco más de esta comedia, el reloj dio la una y recordé que era la hora de nuestro ensayo antes de la presentación. Tan rápidamente como había entrado, me di la vuelta y salí de nuevo, dándole un beso rápido en la cabeza brillante.

Me pareció una criatura sumamente impresionable.

A LAS TRES EN PUNTO mis hermanos y yo nos reunimos para lo que sería nuestra última actuación.

El Papa en su reluciente indumentaria entró a la Stanze d'Eliodoro y los miembros del público se postraron ante él como un sólo cuerpo quebrado antes de tomar asiento. Vi a mi amante en la fila de atrás, su cara lustrosa de felicidad. La rechoncha condesa Matilde asistió también, sus faldas gigantescas ocupaban tres asientos. Tiziano se sentó a dos asientos del trono de su Santidad, las finas mejillas del pintor mostraban motas de color cuando se me quedaba viendo como un cocker spaniel famélico; mientras que yo no podía evitar ver boquiabierta a Maxixa, quien estaba de pie a mi lado, lívido, hablando entre dientes a la nada, las esferas cayendo de sus bolsillos.

Y entonces, como siempre, un sacerdote hizo unos gestos desesperados para que comenzáramos.

Empezamos con los cuchillos. Se lanzaron dieciocho puñales de plata con todo el encanto mortal de víboras y fueron agarrados de manera experta, todas las veces, por sus mangos aperlados. Luego vino el malabarismo con pesas, en el que Ixtlixóchitl arrojaba balas de cañón hacia el techo y las atrapaba con la nuca como si hubieran sido tan sólo plumas. En este instante dejábamos atónita a la galería con el arte icáreo del malabarismo con los pies, en el que ocho de nosotros lanzábamos llamativos misiles dorados a una distancia peligrosa de los frescos de Rafael en el cielo raso.

Nunca habíamos estado en tan buena forma como hoy con la sincronización, la precisión, la previsión, instintiva y sin palabras, de nuestras acciones mutuas; a excepción de Maxixa, quien simplemente barajaba una o dos esferas entre sus dedos y seguía refunfuñando contra las paredes.

Se aproximaba el final del espectáculo. Muy pronto sería la hora de la célebre apoteosis: la espectacular Danza del corazón agonizante de Maxixa. Pero llegado el momento, sólo salmodió su oración lastimosa a sus espectros, así que metí mi arsenal de cien esferas de plata en los bolsillos y di un paso al centro del escenario. Sin aliento, me preparé a intentar lo que no fue posible hacer en presencia de ese tal San Pedro.

Pero se trataba del acto favorito del Papa, después de todo.

Lancé veinte al aire de una vez y, en ese momento,

supe que el aire me pertenecía. ¡Ahora, de la nada aparecieron treinta, cincuenta, y muy pronto excedí mis habilidades al manipular sesenta, luego setenta! Todo se puso borroso en ese júbilo corporal, mejor dicho, sensual de mi dominio, y a las setenta y cinco, una chispa resquebrajó el clima. Era como si cada átomo estuviera encendido por un fuego secreto. Se oscureció el cielo por fuera de la ventana y apareció el destello más leve de un arco iris. Después, mientras ochenta ángeles giraban sobre de mí y la sala se llenaba de truenos y gritos, otro sonido penetró mi oído, suave como una pisada pero con fuerza suficiente como para sofocar la ovación de mis hermanos.

Pum pum. Pum pum.

Los párpados del Papa temblaron.

Ochenta y dos ahora ochenta y cinco ahora noventa.

Pum pum.

Noventa y dos. El Papa se desplomó y mi cuerpo tembló de gozo cuando la aerosfera se cerró como un puño a causa de mi magia.

Pero entonces, lo perdimos todo. Maxixa empezó a cantar una canción extraña y atroz.

—¿Acaso los ven? Hijos míos e hija mía. ¿los ven?

De repente, los espíritus de nuestros seres queridos resplandecían de nuevo ante nosotros, llenando la sala hasta desbordarla. Mujeres transparentes que llevaban las heridas horrorosas de las lanzas de los españoles mencionaban nuestros nombres verdaderos. Hombres famélicos que habían quedado reducidos a ojos y huesos cuando Tenochtitlán fuera sitiada durante un largo mes, se golpeaban los pechos destruidos. Y nuestros antepasados, sin importar cuántos estragos hubieran soportado sus fantasmagóricos cuerpos, se habían puesto en nuestro honor sus mejores disfraces dorados y de piel infantil para recordarnos lo que una vez había sido.

Era insoportable.

Noventa y dos esferas llovieron al suelo. Mis hermanos y yo nos hincamos ante nuestras familias difuntas, llorando. Maxixa se abalanzó sobre el Papa y trató de matarlo a mano limpia, sólo para ser acusado del peor delito punible con la peor pena de muerte que Roma pudiera inventar.

Dentro de este furor, oprimí la cara contra el suelo e imploré perdón a los dioses. Después sentí una mano en el hombro.

Cuando alcé la vista, vi a mi padre.

Estaba tan delgado y viejo que no supe cómo pudo tener la fortaleza para viajar a este lugar. Pero lo que no pude soportar fue su tristeza. Sus ojos me repetían su antiguo consejo de que sólo el corazón que conserva los corazones de sus antepasados puede sobrevivir en esta vida. Que ningún acto de derramamiento de sangre o de quema de un mundo debería quedar sin retribución. Me recordó cuál era mi deber en esta vida, olvidado hasta ahora, y que era matar al rey de estos salvajes.

¿Y cómo podría no sacrificarlo todo para cumplir con esa misión cuando vi su querida cara?

Los europeos pensaron que estábamos locos de remate, ya que rezábamos y le gritábamos a los muertos invisibles. El Papa, rodeado de sus guardias, huyó de la sala con sus ropajes dorados revoloteando al cruzar la puerta. Hasta mi niña estaba horrorizada de verme gritarle a la nada. Me fijé en ella mientras unos guardias fornidos me alejaban a rastras de mi padre, y reconocí su terror y su confusión.

Sólo Tiziano, el artista, mantuvo la calma.

Al día siguiente sobornó a los centinelas apostados ahora a nuestra puerta y pidió entrevistarse conmigo.

—Querida Helena, no me asustan tus supersticiones y mi oferta sigue en pie —dijo, estrechando sus delicadas manos—. Me creerás un viejo, pero puedo ofrecerte el mundo. Vivo en una gran mansión en Venecia y podría complacer todos tus deseos si me permites que te pinte. Cuentan las leyendas que soy, si acaso no lo has oído, un hombre de cierto poder e influencia. Te puedo presentar a mucha gente, hasta al mismo emperador. Te llevaré a su coronación en Bolonia, te llevaré a París, podemos ir a la luna si gustas. Sólo di que sí.

¿Lo había escuchado bien? ¿Acaso dijo que me presentaría a Carlos V? ¿Podría, como invitada de este famoso pintor, acercarme lo suficiente como para arrancarle el corazón a ese rey y satisfacer así a mi querido espectro?

Tomé la mano de Tiziano.

—Sí.

SALDRÍAMOS del Vaticano tres días después, ya que el Papa no tenía inconveniente a mi partida. Maxixa ya se había fugado en uno de los andaluces, ya que no había cadenas ni prisión que pudieran atar a ese nigromante astuto. Mis hermanos también hacían planes para su huida.

Pero yo, gracias al capricho de Tiziano, pude simplemente salir a mi antojo por esa puerta.

La condesa Matilde, a petición de Caterina, me

*proporcionó ropa de viaje, y me vi a mí misma vestida
en un curioso, si bien primoroso, uniforme de encaje y
seda color vino tinto. No pude encontrar En el espejo a
la aprendiz de malabarista sino en su lugar descubrí a
una bestia híbrida, bonita pero desconcertante.*

*—Ya veo por qué está tan encantada contigo —me
dijo la amable condesa. De todos modos, no estaba de
humor para vanidades.*

Llegó el momento de despedirme de mi amada.

*Caterina me llevó a la enramada donde nos había-
mos besado por primera vez y se enroscó en mi cuerpo
con tanta dulzura que hubiera abandonado mi plan,
pero ella me estrechó una vez, con fuerza, y no me permitió que hablara de quedarme.*

*—Sé feliz, mi dulce niña —me dijo, llorando—.
Olvídate de mí, olvídate de todo. Qué vayas con bien.*

Y luego desapareció entre los árboles.

*Fue en este momento que supe cuán difícil es la
tarea que me describiera una vez mi padre, aquella de
aprestar el corazón de uno. Sentí que mi corazón se des-
hilaba y creí que toda mi tristeza me ahogaría y me mataría.*

*Sin embargo, mi cuerpo sobrevivió. Recordé las úl-
timas palabras de mi padre y salí de ese lugar.*

 BOLONIA, PRIMAVERA, 1530.

*Uno de mis descubrimientos más sorprendentes fue
cuánto se parecían a nosotros estos extranjeros. Esta-
blecí con rapidez que el emperador de los salvajes no
era tan distinto de mi propio rey difunto, que ambos
hombres sufrían de la misma curiosa taenia solium: un*

hambre insidiosa, como si hubieran sido contagiados de una especie de gusano, y los únicos alimentos que pudieran satisfacerlos fueran el sometimiento de los cuerpos y la adquisición de tierra extranjera. Moctezuma se alimentaba de Tlaxcala, Cempoala, Tezcuco, y a Carlos le apetecía no sólo toda Europa, sino además el Imperio Otomano, rico en seda y especias.

Bueno, a la larga ambos se dieron cuenta de que el mundo es demasiado grande para caberle en la boca a cualquiera.

Carlos V, habiendo adquirido un legado lastimoso de su padre, Felipe el Hermoso, y de su madre, Juana la Loca, era un maquinador rollizo y de mandíbulas de pelícano que era dueño de España, Nápoles, Sicilia, los Países Bajos y Austria; y esto era sólo el comienzo. Ahora que había puesto fin a las aspiraciones francófilas del rebelde Clemente VII por medio del saqueo de Roma, estaba a punto de ser coronado Sacro Emperador del Imperio Romano.

Esto iba a suceder en tres días, en la Basílica de San Petronio y ante la crema de la sociedad italiana.

Como la nueva musa de Tiziano, iba a ser invitada y, a mi vez, yo también invitaría a un huésped secreto.

La cuchilla de obsidiana guardada entre mis muslos.

EL DÍA FESTIVO ANTES *del asesinato, Tiziano quiso prodigarme con obsequios al estilo en que, según él, las diosas debían acostumbrarse. Me llevó al Portico di Pavalione y describió las tiendas como arcas del tesoro esparcidas por la ciudad: ¿Me gustaría una capa de zorro del peletero más fino de Italia? ¿Seda te-*

jida por las ninfas de manos pequeñitas de Lucca?
¿Encaje fino y delicado como cristales de hielo?

—Escoge lo que gustes, mi querida Helena —
dijo—. Escoge todo lo que gustes.

Ninguno de estos lujos me llamaban todavía la
atención, ya que son algo a lo que uno aprende a to-
marle el gusto. Mientras estaba allí de pie, sólo conse-
guía pensar en mi amada con sus hermosos dedos
blancos sobre los versos de Petrarca.

Volteé a ver a Tiziano y sonreí.

—Me gustaría tener unos libros, por favor.

—Los libros hacen que las mujeres se vuelvan unos
demonios peligrosos —dijo.

Aun así, me compró todo lo que pudiera haber deseado y más.

Ahora era dueña de un Petrarca delgado, adornado con piel dorada; un Ovidio ilegal valiosísimo envuelto en piel de ternera roja; un ejemplar jocoso
adquirido en el mercado negro de los Versos Lascivos
de Aretino, ya que Aretino era un amigo cercano de Tiziano. Mi mecenas también me hizo entrega de una
edición de la Divina comedia de Dante impresa a
mano por el mismo Aldus Manutius. Fue allí que leí:

Entre los serbales amargos, parece excesivo
Cuando el higo en temporada da su fruto dulce.

Después de que tuve una probadita de Dante fue
que comprendí por qué las palabras y las imágenes
son patrulladas por los emperadores, ya que son cosas
peligrosas. Moctezuma tenía prohibido que las mujeres tallaran dioses o pintaran nuestro idioma en

corteza blanca, y estos europeos quemaban libros sin piedad.

Saben lo que hacen.

La belleza es una distracción peligrosa. Había venido aquí a arrancarle la vida a un rey pero mis tendencias voluptuosas hicieron que me sintiera atraída a una joven dorada y a pinturas de santos delicados y de cuerpos fracturados que me confundían. Los blancos y asesinos dientes de San Pedro habían sido ahora suavizados en mi memoria por Rafael. Y las canciones de amor de Safo podían distraerme e inspirarme tal lujuria que era capaz de comenzar a frotarme y retorcerme de mil maneras en mi ropa interior, buscando la satisfacción.

No, no podría jamás olvidar que mi única herencia era el serbal amargo de Dante, aun si quisiera chupar todas estas frutas radiantes en mi boca.

A LA MAÑANA SIGUIENTE mi mecenas me puso un vestido largo, amarillo canario, de seda de Lucca con un ribete de piel a rayas que me hacía parecer un tigre. A solas, me coloqué el puñal en un liguero engarzado con diamantes.

Únicamente lo mejor para la coronación del rey.

La iglesia sin terminar de San Petronio relucía bajo el sol del amanecer. La flor de la nobleza europea se encontraba aquí, los caballeros con sus gorgueras almidonadas, las damas prisioneras en sus vestidos, todos apretujándose más allá del mármol del templo, rosado como la piel de un ángel, o de los relieves de la Tentación. Tiziano señalaba cada friso, hablando del escultor Jacopo della Quercia y mostrándome las abundantes curvas de Eva, esa traidora blanda y voluptuosa.

—¿Te sabes la historia? —me preguntó.

Asentí, ya que Caterina me había hablado de esa mujer.

—Había una vez —comencé—una mujer de forma e inteligencia perfectas y, cuando Dios la vio, supo que había creado a una gobernante de hombres, niños y bestias sin igual. Para prepararla para esta misión, le ofreció un don más preciado que el oro de Moctezuma: arrancó una manzana del árbol del bien y el mal, y le dijo, «¿Prometes no revelar los secretos que te muestre? ¿Ni siquiera a tu marido, y sin importar cuánto te suplique o te lo quiera sonsacar?» «Lo prometo», contestó Eva y entonces comió.

—Al primer bocado, tuvo conocimiento de todos los misterios del mundo. Comprendió las estrellas y el gran céfiro que extingue el sol todas las noches. Entendió la ciencia de la lluvia y pudo hablar con el duendecillo que vive en la luna. Pero muy pronto Adán, quien no tenía mayor ocupación que rascarse el trasero contra un tejo, se puso celoso. «Dime tus secretos», le quiso sonsacar. «Mientras tú realizas experimentos en botánica y agricultura, me quedo en casa sin tener qué hacer».

—Debido a su gran amor por su marido, Eva pecó al darle a probar una rebanada de manzana a su marido. En menos de una hora, Adán se había comido toda la fruta del árbol, lo había talado y estaba sentado al lado de una hoguera gigante de madera de manzano, entrado en calor, gordo y acre debido a las ventosidades. Naturalmente, ella fue castigada.

Junté las manos sobre mi falda y le sonreí a Tiziano.

Él negó con la cabeza y rió.

—Qué niña tan extraña eres, mi encantadora Helena.

Cuando empezó a balbucear sobre un Adán totalmente inocente y la inteligencia endeble de las mujeres,
me di cuenta de cuánto estos europeos temen a la verdad. ¡Estos viejos murciélagos y jabalíes verrugosos
que se alimentan de la sangre de mis padres deben ver
a tales ángeles reflejados en sus espejos! Aun este pintor
que debía tener los ojos tan nítidos como los de un dios,
vivía en un sueño. Pero no discutí con él. Sólo lo tomé de
la mano y lo guié al interior.

CARLOS V, CON SU ROSTRO de sapo, estaba sentado en un trono al frente de la iglesia y se preparaba
para recibir la corona del Papa. Como a mi mecenas y
a mí nos habían obligado a sentarnos hasta el fondo,
me encontré separada de mi presa por un montón de
guardias y caballeros nobles perfumados de civeto que
se abrían paso a empujones para ganar lugar dentro de
este templo recubierto de lentejuelas.

Un palacio como este partiría mi alma añorante.
Todo aquí parecía encendido con el fuego de mi imperio
perdido. El oro resplandecía desde el crucifijo, recar-
gaba los cuellos de las damas, brillaba desde el interior
de las fauces oscuras de los obispos envueltos en ar-
miño. En las paredes había murales dorados, sin terminar, de Satán devorando a los moros. Un
maravilloso ricercar brotaba de un órgano enjoyado.

Fantasmas negros de olíbano salían de incensarios sobredorados y me drogaban las extremidades.

Sin embargo, Carlos me esperaba. Cuando Tiziano volteó la cabeza, me escurrí y me abrí paso por la multitud.

Pasé al lado de duques con diamantes en las orejas. Más allá de condesas con parches de seda en forma de corazón que les cubrían úlceras de la piel. A través de las nubes de almizcle, rozando las suaves capas de zorro, más allá de cimitarras con filo suficiente como para rebanar a una jovencita como si fuera un pastel.

Me acercaba a ese monarca con cara de sapo, la cuchilla de obsidiana raspándome los muslos.

Pero oh dioses, oh Dios, justo antes de acercarme lo suficiente como para arponear su corazón, de pronto me encontré enmarañada con tres borricos embajadores que se peleaban por uno de los asientos delanteros.

«¡Hazte a un lado, papanatas!» masculló el delegado gordo de Fiarra, mientras tiraba de la barba de su hermano de Génova.

Luego el embajador de Siena comenzó a pegarles en el cráneo. «¡Desgraciados mentecatos! ¡Zoquetes!»

Muy pronto cada uno de los tres tenía a uno de los otros tomado de la barba, creando una barricada tan fea que yo, pensando que no había alternativa, comencé a pellizcarles las nalgas a todos, y esto ocasionó un coro de gritos ensordecedores y entre otras imbecilidades los guardias de inmediato nos echaron fuera a todos.

Me hallé tumbada en el pórtico, magullada como una pera, y separada del rey por puertas cerradas y aún más guardias.

Los tres embajadores se me quedaron mirando, boquiabiertos, y comenzaron a hablar entre dientes sobre mi color de piel. Les mostré mi cuchilla.

Huyeron cual gallinas.

Una hora después, se abrieron las puertas de la iglesia. La chusma salió dando pisotones. Tiziano llegó a mi lado a toda prisa y me estrechó contra su pecho.

—Helena, corazón mío, ¿adónde fuiste?

No le respondí. Me quedé mirando al cielo y deseé la muerte. Había fallado. Le había fallado a mi padre. En algún sitio fuera de mi alcance, Carlos V iba ya camino a Austria.

Parecía que no había más que hacer, pero sin embargo comprendí que el áspid me pondría más allá de toda esperanza. Miré a Tiziano.

—Llévame a casa.

Me besó ambas manos y no comprendió lo que quise decir. Al día siguiente, zarpamos para Venecia.

5.

En las pinturas y crónicas de la Venecia del siglo dieciséis escasea la información acerca de la vida de las mujeres comunes. Las imágenes que nos quedan son de cortesanas famosas, de reinas locas y de condesas a quienes se recuerda más por sus vestuarios, que por sus filosofías o crímenes. Los registros de los aztecas que fueran importados a la región durante este período son aún más escasos. Rara vez llamados por sus nombres, se consideraban notables únicamente por sus cualidades animales y los rumores de sus hábitos caníbales, al menos entre los nobles y pintores cuyas notas conforman la mayor parte de estos anales.

Ahora son casi las once de la noche y se está llevando a cabo una de las fiestas escandalosas de Teresa, lo cual es causa de alborozo en una galería que está a menos de doscientas yardas de mí, ya que me encuentro en mi lugar favorito: el segundo piso de la biblioteca, dentro del útero frío de las Colecciones Especiales, que contiene una bóveda de seguridad Fort Knox llena de las historias poco comunes de aquellos venecianos. Sigo buscando cualquier indicio de Helena que pueda probar que el libro que estoy restaurando fue escrito por una azteca. He pasado días y noches hojeando anales y cartas murmurantes, así como trabajos de investigación más recientes sobre la ciudad del Dogo; he escudriñado el interior de las pinturas de Tiziano como una espía, y tan sólo por tener un vistazo de ella. No puedo dejar de pensar en ella. Me recuesto en la cama de noche imaginándome su cuerpo bajo los limoneros, y sus manos rozando la forma suave de Eva antes de entrar a la iglesia. Me la puedo imaginar de pie a las orillas de la República, mirando fijamente el agua, y la expresión en su rostro cuando de pronto recuerda con gran nitidez la apariencia de su hogar, aunque no lo ha visto en años.

El pasado es un lugar privado para el historiador, el conservador. Al leer sobre la nostalgia de una joven muerta hace mucho tiempo recuerdo a otra mujer que se sintiera igualmente acorralada y perdida. Quiero descubrir aquí a Helena, dentro de estos libros, para saber que la confianza que mi mamá tenía en lo robado, lo invisible y lo inescrutable no ha sido en vano.

Voy a inscribir el nombre de esta malabarista en las páginas de la historia, a pesar de que mis colegas tienen la certidumbre de que ella nunca existió. Como lo he notado, debido a las similitudes entre la caligrafía y el estilo narrativo, ellos atribuyen *La conquista* al padre Miguel de Pasamonte. No se sabe gran cosa de este monje excepto que era un hombre menudo y tranquilo cuya modestia física ocultaba tendencias hedonistas, hasta heréticas. Mantenía a una amante en España: una literata y bien conocida sibarita llamada Sofía Suárez. Varias crónicas la describen como muy hermosa y poco tímida en cuestiones de literatura y de la carne, y es la autora de una colección numerosa de cartas francas que demuestran su pericia tanto en la poesía como en el placer carnal (aunque lamentablemente, sólo se conservan unas cuantas dirigidas al monje). La mayoría considera que era la musa de de Pasamonte.

Y de ser así, ¡qué mujer debe haber sido! Los relatos que él escribiera sobre las pasiones prohibidas, la guerra y la magia negra suscitaron tal fervor en una sociedad irritada por los rigores estériles de la Inquisición, que estallaban disturbios en los días en que se distribuían los ejemplares de contrabando de su libro *Las tres Furias,* y, asimismo, se relacionaba las epidemias de brujería y sodomía con la novela. La corona estaba tan indignada por estos crímenes que asignó a mil guardias a que descubrieran al anónimo autor. Finalmente establecieron la identidad de de Pasamonte a través de delaciones de sus compañeros monjes y se lanzaron sobre su monasterio en el invierno de 1561, aunque cuando derribaron las puertas, él ya había huido a caballo. Los guardias únicamente encontraron en su habitación los manuscritos de otros tres libros que fueron confiscados por orden de su Santidad, y a una criada vieja y jorobada que lloraba y le rezaba a la Santa Madre. Más tarde hubo informes de que se había visto a de Pasamonte en Roma y Turquía, y dos libros suyos más fueron editados en la década siguiente, sus títulos *La Noche Triste* y *El santo de España.* Pero después de la década de 1570 no se sabe más de él, supuestamente debido a su muerte.

Varios especialistas en de Pasamonte ya se han puesto en contacto conmigo y están casi delirantes ante la posibilidad de tocar uno de sus originales. Les he dicho a cada uno de ellos que creo que se equivocan. Los libros de de Pasamonte apuntan a una imaginación prolífica, como de invernadero, provista de tales dioses y monstruos y rameras y gigantes fantásticos que se puede percibir el sello de la locura en él, como en Swift o en Lewis Carroll. Pero hay una lucidez, así como una intimidad en el tono de *La conquista* que no está presente en los demás, así como una familiaridad con las vidas de las mujeres y la cultura robada de los aztecas, la cual

la
CONqUISTA

113

creo sólo pudo haber venido de una Helena genuina. Durante meses he rebuscado en las bibliotecas para encontrar cualquier indicio de ella, comenzando con los registros del Vaticano, pero no hallé nada en esos anales. Pasé enseguida a los años que estuvo en Venecia, y es allí donde me di cuenta de lo poco que figuran las mujeres comunes en esta historia. Durante mucho tiempo, sólo fui capaz de esbozar una imagen del mundo en que Tiziano y sus congéneres vivían.

Lo que he encontrado, hasta ahora, es esto:

Estamos hacia finales de la década de 1530 en la República, que aun entonces se estaba hundiendo en los fétidos canales. En los lugares públicos, no se encuentra ni se escucha a las mujeres adineradas y analfabetas de la región por ningún lado, pero los nobles enmascarados dan traspiés por caminos adoquinados, y los judíos y las prostitutas, marcados con insignias amarillas, deambulan por los callejones. En el mercado al aire libre se hace desfilar a los esclavos ante la plebe que grita, junto con el frágil cristal de Murano, el ganado y las antigüedades. Apartándote de este espectáculo y abriéndote paso por una calle lateral, es probable que te pierdas en esta laberíntica ciudad donde los callejones azules serpentean como humo, salvo que hay una cortesana, su cabello peinado como cuernos y los pies cojeando montados en chapines de treinta pulgadas; dos criados le ayudan a mantener el equilibrio. La cargan por la puerta de un palacio muy fino, y el mayordomo la deja entrar al comedor atestado de gente, donde Tiziano ofrece una fiesta para su amigo, el poeta Pietro Aretino.

El día de hoy me parece haber encontrado a Helena en esta sala.

En el primer tercio del siglo dieciséis, vivía un miembro del clero veneciano llamado fray Donatello Tosello quien tenía la costumbre obsesiva de anotar cada una de las comidas y cada una de las prostitutas que había consumido alguna vez; y el Getty tiene en su haber un primer tiraje de sus diarios. Ya que se trataba de un epicúreo chaparro, calvo y pustuloso, su fealdad era igualada tan sólo por su legendario apetito, el cual era tan voraz y al mismo tiempo tan exigente, que se convirtió en un invitado muy solicitado en muchas cenas donde la diversión principal era ver cómo un torrente interminable de exquisiteces desaparecía por su mandíbula.

Y no sólo hablo de comida.

Fray Tosello era un héroe para la mayoría de los hombres. Una vez se había acostado con tres hermanas mientras probaba capón, y se rumoraba que había conquistado a la hija virgen de un otomano y se había empinado una damajuana completa de vino en un descanso de quince minutos. Es más, su reputación había adquirido más lustre cuando vanidosamente había mandado imprimir las páginas de su famoso diario para sus amigos. Desgraciadamente para el padre, Venecia no sólo estaba abastecida de putas y carniceros que procuraban sus antojos sino también de espías de la Inquisición, y él no tuvo el mismo talento para la fuga como su hermano de Pasamonte. En 1540, después de que su diario fuera a dar a manos de un informante, sería declarado culpable de herejía y castigado con encarcelamiento y ayuno. Al tercer día de su encarcelación, fray Tosello miró a su alrededor dentro de la celda minúscula, oscura y llena de pulgas, y luego al mendrugo de pan que iba a hacer las veces de cena. Al parecer, estas privaciones eran demasiado para su rechoncho corazoncito, ya que se suicidó esa noche, usando su cinturón como soga.

De cualquier forma, el 23 de agosto de 1538, durante la fiesta que Tiziano le hiciera a Aretino, no hay indicio del mal fin de Tosello. No es una noche fuera de lo común y por la mayor parte sus biógrafos no la mencionan. No rompe marcas gastronómicas ni priápicas, aunque parece estar en buena forma. Traducido, escribe:

Nuestro amigo Tiziano nos obsequió con la mesa más loable de Salchichas y Espléndidas chuletas en hojaldre y un hígado jugoso y selecto, asado a las brasas estilo florentino. Sazoné este ágape con una mujerzuela descarada, una Marcolina a quien nuestro Señor estimó conveniente bendecir con un magnífico par de Senos, con los cuales la Querida Joven casi me mata, aunque la Muerte por asfixia con tan Celestiales Almohadas no hubiera sido un precio demasiado caro que pagar por las exquisitas Agonías que soporté esta Noche...

Aunque se conoce a Tosello por su gula infatigable, su entereza en la página es igualmente digna de admiración. Su diario abarca trece volúmenes en total, y la entrada sobre esa noche en particular sigue por casi veinte páginas, con descripciones detalladas de lechones y mozas. Resulta fácil perderse en esta disertación, pero el lector atento encontrará un pasaje de mucho interés hacia el final:

[Tiziano] está que se muere de amor por una nueva Arpía, una criatura Negra como la Noche y tan malhumorada como el Diablo pero con una figura merecedora de muchos pellizcos lujuriosos. Pasó la mayor parte de la noche Rumiando y Suspirando pero cuando le pedí un pequeño Beso la Pagana blandió una extraña Daga y prometió degollarme, etc.

Pongo los dedos sobre estas oraciones. Sé que esta es Helena mirando por la ventana ondulada de la casa de Tiziano hacia los canales azul oscuro de Venecia. Se viste con la misma alta costura de las cortesanas y las mujeres nobles que imitan la moda de las putas: un canesú carmesí escotado enhebrado con hilo de plata y perlas, una falda roja con tajos hechos con cuidado para revelar las capas de prendas íntimas de moaré. Fray Tosello se tambalea hacia ella y ella le mete ligeramente el puñal entre los dobleces del mentón...

Y aquí estoy, tocando el espíritu de ella en este libro antiguo (me he quitado los guantes), que es tan frágil que debe guardarse en esta tumba fresca, como los huesos de los santos o el pequeño cuerpo de Tutankamón, mientras cerca, los investigadores se zangolotean en las galerías, bebiendo, divirtiéndose, violando todos los estatutos de la conservación a causa de mi jefa, Teresa Shaughnessey, quien debería estar a mi lado, ¡mirando estas páginas! Alejándome de la mesa de lectura, me abotono el suéter y me pongo la chaqueta que había colgado detrás de la silla. En este momento paso mi identificación por el lector de tarjetas y salgo de Colecciones Especiales, para poder convencerla o sacarla de esta fiesta.

EL PABELLÓN MERIDIONAL del Getty contiene dos galerías en la planta baja llenas de artes decorativas y de bellas artes de los siglos diecisiete y dieciocho. Retratos colosales de hombres y mujeres nobles cuelgan aquí, los sujetos de mejillas sonrosadas, todavía severos, anunciando sus grandes y lustrosas barbas y sus perros y sus anillos de sello fastuosos, o sus níveos pechos y sus rizos algodonosos. Durante el día una luz pálida y encantadora resplandece a través de las ventanas, llenando los salones de un ambiente aterciopelado y dorado en el cual flotan motas tan brillantes como la mica. Esta luz le saca brillo no solamente a los canapés Tilliard y a las cómodas *boissatine*, al bronce de Girardon *Plutón raptando a Proserpina*, sino también a los tapices orientales que muestran a los emperadores jugueteando con sus exóticos esclavos, proporcionando la única nota de la sangrienta empresa en México, África y la franja más amplia del Imperio Otomano, que alimentó a estos nobles adyacentes que una vez arrancaran los frutos de cortesanas a quienes hacían posar como diosas violadas.

Todos los días llegan turistas a observar estos artefactos bajo la mirada aburrida de los guardias. A Teresa le parece horrible, esta experiencia aséptica, e incluso creo que tiene razón: se nota por los rostros arrugados cuán difícil resulta observar. ¿Qué se supone que tienen que *ver*, durante los diez segundos que tienen el arte para sí mismos? ¿Las líneas expertas del cuerpo pillado de Proserpina? ¿La representación magistral de los ojos orientales? Susurran entre ellos, señalan los detalles —nunca se acercan lo suficiente como para que suene la alarma o un centinela los amoneste— o escuchan las cintas de los guías enchufados a sus *Walkmans*.

Antes todo era distinto. Falto de democracia, en efecto, ya que estas piezas colgaban de palacios. Pero estas obras presidían sobre las intimidades cotidianas de un puñado de personas, observándolos, fulminándolos con la mirada, como conciencias o monstruos. Era posible tocarlas o respirar sobre ellas. Se observaba un ritual distinto de mirar. Una niña noble, digamos, nacida en la Venecia del siglo dieciséis y con un ojo sazonado por esa edad, entró una vez a escondidas al estudio de su padre y hurtó una copita de vino para celebrar la locura secreta que sentía silbando y zumbando en su interior. Aquí arriba en una pared —ya que los desnudos no se consideraban apropiados para las habitaciones compartidas, donde pudieran residir las damas— vio la Venus durmiente de Giorgione, toda ella caderas luminosas de marfil y pechos como peras y delicado vientre. No había nadie allí que le indicara cómo reaccionar del todo. Nadie le diría que la Venus *no* se parecía a una puta en particular a quien una vez había visto tambalearse por fuera de su ventana. Y dado que esas leyes se suspendían en aquel cuarto ensombrecido, donde miraba y tomaba a sorbos el vino usurpado, la pintura se apresuraba a encontrarla y penetraba su mente, tan peligrosa y dulce como una idea nueva.

Esto es, de alguna manera, el equivalente a la experiencia que

Teresa brinda a sus amigos cuando da sus fiestas secretas aquí, y razón por la cual nunca la he delatado, aun si me pone los pelos de punta.

Salgo de la biblioteca, atravieso el patio, que ahora está inundado de sombras azules teñidas aquí y allá de color perla por la iluminación de jardinería, y entro por el pabellón meridional hasta donde llega una fina hebra de jazz. Dentro de las galerías, los investigadores, los curadores del museo, los artistas y los restauradores beben vino blanco de ciborios hechos de cristal romano y se toquetean sentados en sillones para desmayos del siglo dieciocho, *lits à la Turque*. Queso *brie* y galletas saladas (y no, a petición mía, paté) se sirven en plata barroca, los *gin tonic* se vierten en ánforas tipo ritón del siglo cuarto. En un rincón, una mujer que sólo lleva puesto un fondo interior se escurre dentro de un traje largo amarillo canario fantástico, con ribetes de opulenta piel a rayas, que según se cree fue diseñado para la cortesana veneciana Verónica Franco. Hombres y mujeres vivaces se han adornado con diademas de la Restauración y amuletos prehispánicos (despojo a los fiesteros de estas últimas piezas), de modo que relumbran y centellean con las joyas. La escena es repulsiva y jubilosa a la vez. Un historiador hace un quite con una espada de filigrana de la España de los comienzos de 1500, que pudo haber sido usada en duelos o para dar muerte a los naturales. La gente se sienta en los divanes, hojeando breviarios antiguos, salterios; otros deslizan los dedos sobre los bronces, riendo.

Fragmentos raros de conversaciones flotan a mi alrededor:

—¿Has intentado alguna vez cocinar según Apicius?

—¿Qué hiciste, un lirón?

—Barracuda con pasas, cabrito a la crema con alheña. Tartas de miel.

—¿Barracuda? ¿Cómo te salió?

—Horrible. Asqueroso. Más que asqueroso.

—Suena auténtico, entonces. No usaste tenedores, ¿verdad?

—¿Cómo?

—En tu cena. ¿Usaste tenedores?

—No.

—Porque no se usaban en absoluto hasta el siglo once, y no se pusieron de moda sino hasta el diecisiete.

—Ya lo *sé*.

El pequeño grupo se bambolea y baila al son de la música. Todos parecen estar atolondrados y un poco ebrios. Teresa, quien lleva puesto un vestido de seda plateado y un pañuelo de gasa rojo vivo amarrado alrededor del cabello, se encuentra de pie bajo uno de los retratos de los nobles mientras la mujer del fondo sigue probándose el vestido de la Franco. Dos amigas le ayudan a colocarse el bulto amarillo gigante sobre la cabeza y a deslizarse por la cinturita, lo cual no resulta fácil sin un corsé. Pero la mujer, demasiado huesuda para el vestido en línea A con el que llegó, logra ajustarse el traje sin mucho problema. Se transforma de una académica color grisáceo a una chica estupenda con pinta de leopardo, refulgente en la seda y la piel restaurados.

—Qué orgía —digo, deslizándome hasta donde está Teresa. Ella asiente.

—Exacto.

—Trata de cuidar que no manchen nada. O no se roben nada.

—Son investigadores, conocedores, *artistas,* no ladrones. No son idiotas.

—Anda, por favor, ¿los vigilas?

—Está *bien,* te lo prometo. Pero mira qué felices están todos. Nadie dañará absolutamente nada. No *mucho* —voltea a verme, luego amplía su sonrisa—. ¡Y estoy encantada de que hayas venido! Creí que ibas a estar demasiado ocupada acurrucada en brazos de ese marinero fornido tuyo.

—En realidad, vine a enseñarte algo.

—No estarás trabajando, ¡matada!

—Un poquitín. Y creo que encontré... una página en un diario.

—¿De qué se trata? —se me queda mirando—. Ay, Dios, otra vez ese libro, no.

—Sólo por un segundo.

—Eres una *maníaca*.

La jalo del codo, hasta que por fin accede.

—Es un segundo, te lo juro. Primero vamos a admirar a esta linda chica. ¡Te ves como una reina, mi amor!

La mujer en el traje amarillo parece florecer dentro de esa antigüedad, como si hubiera echado un tónico mágico en su sombría cara. El rubor se extiende hasta su frente y el cabello se le arremolina sobre los hombros descubiertos. La seda se ha deteriorado un poco por el paso de los siglos, a pesar de haber sido arreglada, pero el oro todavía arde dentro de los delicados hilos, reflejando destellos sobre su piel blanca y sus pequeños senos que flotan dentro de las gigantescas copas de seda. Permanecen en su lugar sólo gracias a los astutos tirantes de piel, réplicas, me parece, y rayados como la piel de un felino africano gigante.

—Hice mi tesis sobre Franco —dice—. Siempre quise tocar algo que le hubiera pertenecido: un libro que hubiera leído, un par de anteojos de lectura. Ni en mis sueños más descabellados... ¡Dios mío, me veo *sensacional*!

Se contempla a sí misma.

—Aunque me la imaginaba un poco parecida a mí. Había leído de su aspecto; era pequeña, creo. De cintura y senos pequeños. ¿Eh?

—¿De *verdad* es veneciano? —una mujer que lleva una de las diademas de la Restauración pregunta—. Para mí que es boloñés.

—¿Hay alguna diferencia de estilos?

—Muy sutil, pero sí la hay. Y no estoy segura de que el traje sea de la época apropiada para haber sido de la Franco.

La mujer se alisa la falda con las manos.

—Oh, ojalá que sí lo sea. Ojalá que se lo haya puesto.

Veo de nuevo el color de la seda y la piel de tigre rodear sus pequeños hombros. La gran falda pende en pliegues suaves, emitiendo luz. Establezco una conexión con mi propio sujeto en un instante: no me cuesta nada evocar unas extremidades morenas y rápidas y un «magnífico busto» dentro de esa substancia lustrosa, dejando chispas a su paso mientras merodea por el Portico di Pavalione, comprando libros y capas de zorro, tramando un asesinato. ¿Acaso no es igualito al vestido que describió Helena? ¿Podría ser? Ahora soy *yo* quien desea escurrirse dentro de esta reliquia debido a esta fantasía. Me gustaría acercarme aunque fuera a una sola fibra viviente de ella; tocar un filamento de esa herencia. Pero cuando me imagino metiéndome en ese traje, luchando dentro de esa faja de avispa mientras se descosen los hilos antiguos, el hilo de oro se tensa, se desgarra —en un extraño intento por habitar, hasta probar, su existencia— me detengo y tengo que reírme de mí misma. ¿Me estoy obsesionando o no? Veo a Helena por dondequiera.

Tomo a Teresa del codo otra vez. «Vamos».

DE REGRESO EN LA SALA de lectura de Colecciones Especiales, Teresa se agacha sobre el diario de Tosello y entrecierra los ojos al mirar los renglones. Me paro a su lado y ambas oscilamos sobre el libro, que parece haber estado años sumergido. Al estudiar las páginas envejecidas, me imagino los canales azules de Venecia, el aire envenenado y lleno de humo, los cientos de espléndidas comidas servidas por coquetas de pechos sonrosados.

—¿Qué te parece esto? —señalo la página—. Aquí, en este párrafo.

Ella lee, luego se pone de pie y niega con la cabeza.

—Pues, te dije que no me importa bajo cuál nombre lo catalogues, esas cosas en realidad ya no me llaman mucho la atención.

—A mí sí.

—Entonces no creo que te parezca lo que voy a decirte; es decir, esto parece ser una especie de broma tuya, desgraciadamente. No veo que compruebe nada.

—Pero esto muestra que Tiziano tenía una amante que no era blanca. ¿Y la daga?

—Podría ser cualquiera. Africana, turca. Los venecianos gustaban de «orientales» de tez morena. Además allí tienes el estilo de escritura de nuestro autor. Las descripciones de la magia, el énfasis en lo sobrenatural, *todo* esto es de Pasamonte clásico. Y el parecido de Caterina con Sofía Suárez es demasiado cercano, simplemente debe ser una alusión. Ella era rubia, mitad italiana. *Y* estuvo en un convento por muchos años. ¿Has leído sus cartas?

Recojo el diario de Tosello.

—Hace años.

—Tenemos los originales, ya lo sabes. Los compramos años atrás, cuando la gente comenzaba a interesarse por esa pareja. Es una de las razones por las que nos sentimos atraídos a este libro nuevo de de Pasamonte, como una forma de darle cuerpo a la colección. Y son algo asombroso. Las cartas que se conservan estaban dirigidas en su mayoría a los miembros de su tertulia literaria y a esa amante suya, esa chica. En verdad hay mucha información allí. ¿Estoy segura que recuerdas que describe la vida del convento? ¿Su madre italiana? Hay un retrato famoso de ella por algún lado, además. No debería ser difícil conseguir una copia.

Me quedo callada por unos momentos. Después digo:

—No se me ocurrió. Pero todavía no estoy convencida. Voy a seguir buscando.

Teresa me hace una cara.

—Tengo que decirte que me gustaría que desistieras.

—¿Por qué?

—Bueno, para empezar, te estás empezando a ver un poco paliducha, como una de esas tísicas preciosas de Rosetti, si no te molesta que lo mencione. Pero no es tanto tu cutis lo que me preocupa como esta extraña, sí, *fijación*, como lo dije antes, por una especie de misterio que en realidad no existe. Es como si estuvieras inventando fantasmas para asustarte a ti misma o creando algún tipo de amigo imaginario, ¿cómo hacen los niños solitarios? Quiero decir, es una *novela* y está bastante claro quién la escribió. Lo que estoy intentando decirte es, no creo que te haga mucho bien, cariño.

—Creo que yo puedo decidir lo que me hace bien.

—Es sólo mi opinión.

—Está bien.

Baja de nuevo la mirada al diario, el que me arrebata y pone otra vez en el escritorio. Da vuelta a las páginas para examinar la letra.

—Aunque se trata de un objeto bonito, ¿no es cierto? Y qué duende tan travieso era este Tosello. Me lo imagino como una especie de gnomo royendo huesos, —sospira—. De todas maneras, este asunto ya no me interesa como antes. Y eso que yo era *mucho* peor que tú, más que obsesionada. En alguna ocasión *vivía* aquí. Y ahora, ummmm... He estado pensado en algo, un poco en serio.

—¿De qué se trata?

—Si mis próximos análisis salen bien, ya sabes, todavía me encuentro en esa zona de peligro. Todavía no saben qué va a ser de mí. Si salen bien, sin embargo, creo que voy a tener que renunciar a este trabajo. Sin importar cuánto dinero me ofrezcan. Es hora de que me embarque en una nueva aventura. Algo más futurista, no tan lleno de polvo y de moho y de viejo.

No digo nada, pero por un momento me imagino a Teresa en el hospital blanco, cerrando los ojos mientras la máquina de rayos X le saca una foto. Después pienso en mí misma acostada en una habitación sin adornos muy similar, ya que he tenido algunas experiencias en hospitales.

—Pero cuando averigües que *no* hay nada allí, quiero que me avises —prosigue y me sacude el codo con delicadeza—. Me puedes decir que tenía mucha razón.

—Yo no estaría tan segura, —la agarro del hombro—. Y además, no deberías preocuparte tanto por mí.

—¿Y por qué no?

—Porque estoy enamorada de alguien.

Le da risa.

—Bueno, es cierto. Lo *estás*, ¿verdad que sí? Qué suertuda.

Con eso, me da una palmadita de despedida y sale de la biblioteca, dejándome con las sombras y las historias frágiles del mundo y todos los misterios que creo que existen.

Me siento al escritorio y cierro el diario de Tosello. Me siento casi mareada; el decir «estoy enamorada de alguien» en voz alta ha causado algo en mi interior, y me gustaría simplemente sentirlo por un rato.

No me molesta estar a solas.

Mi corazón late que late.

Aquí está tranquilo y fresco. La luminosidad y el silencio de la habitación y el frío me recuerdan un hospital o un convento. Las paredes blancas y los escritorios de lectura de madera sencilla no ofrecen ninguna distracción de los sacramentos que pueden ocurrir aquí, y el libro se ve tan hermoso en este espacio moderno. Las hojas tienen un color cálido e intenso, oscuro como la miel. La piel se desmorona al tocarla. Me agacho para inhalar las eras que se desprenden de las páginas y me imagino que aspiro el ámbar y el oro junto con el aire.

A pesar de los consejos de Teresa, creo que una persona podría encontrar aquí algo misterioso y sin embargo real, entre estos libros y tótemes; dentro de este silencio voluptuoso. Una persona hasta podría sentir su alma en este lugar, si se queda quieta y es muy paciente. Mientras estoy sentada aquí, sin hacer ruido, creo que puedo sentir la mía.

¿Cómo se la describiría a él? Está compuesta de ámbar y aire y no pesa nada en absoluto. Pero aquí, en este cuarto, puedo imaginarme su forma y su corazón rojo y parchado. Me gustaría pintársela si pudiera, de ese mismo color, la manera en que flota y baila. La manera en que se mueve hacia él aun a esta distancia. Tiene brazos que se extienden más allá de estas paredes, que bajan por las calles, a través del tiempo azul y el tráfico calamitoso de Los Ángeles, hasta la playa y Karl.

MIENTRAS VOY POR la autopista 5 y me encamino de regreso a Oceanside, la brisa es delicada como la gamuza y el mar arde hacia las boutiques, los restaurantes de mariscos, los moteles descascarados como un fuego verde. El día anterior, la tarde de la fiesta de Teresa, Karl me llamó a la oficina y me dijo «tenemos que hablar»: acerca de claire, del sexo que tuvimos la semana pasada y de cómo tenemos que «resolver» este asunto. (No se lo dije, pero tengo planes de «resolver» las cosas con una repetición de nuestro encuentro anterior.) De camino al restaurante donde Karl y yo cenaremos esta noche, paso por los escaparates de los comercios de un tono azul atenuado por la luz tardía, y por las lámparas que glasean los cráneos pelones de los infantes de marina que están de asueto, con los brazos anudados alrededor del busto de novias extáticas. Al ver a estas mujeres, con sus elaborados peinados de viernes por la noche parecidos a la arquitectura de pasteles de boda y con sus caras de pitucas, ahogadas de la risa, puedo imaginarme aquí hace un año, o antes de eso en ciudades parecidas en Florida y Virginia, estrechando a Karl y haciendo el intento de comprimir un mes de experiencias en uno o dos días de conversación.

No era fácil. A veces, en las horas después de encontrarnos en el aeropuerto o en el muelle, cuando ya me había estrechado a su bello cuerpo y asimilado sus pequeños ademanes familiares —su dedo gordo en forma de almeja sobre mi muñeca, su manera de sonreír con los labios apretados, la manera en que se le cerraban los ojos cuando le contaba mis historias, de modo que podía verle las venas azules grabadas en sus párpados— yo comenzaba a hablar de los precios de bienes raíces en Los Ángeles o él sacaba el tema de, digamos, mudarse a otra base, y entonces era como si un invierno hubiera soplado en la habitación. Mi reacción era siempre envolvernos en una fantasía, así que inventaba a una Penélope o a una Xochiquetzal para hechizarlo y hacer que volviera a mí, pero llegó el momento en que esta artimaña ya no surtió efecto. Me di cuenta de que las historias son como el vidrio y, si les aplicas demasiada presión, se rompen. Las mías se empezaron a resquebrajar, creo yo; ya no sentía ese antiguo torrente emocional que repiqueteaba cuando las contaba y el viejo ritual dejó de funcionar igual de bien por un rato.

Después de que atravesamos un año difícil en particular, cuando Karl todavía estaba en Carolina del Norte y yo acababa de aceptar la oferta del Getty, ambos decidimos, en una discusión calmada, salir con otras personas, un experimento que parecía abrigar posibilidades auspiciosas sólo cuando se le consideraba en su forma más abstracta. Una vez que surgieron los detalles más concretos, los aspectos menos atractivos de esta prueba se hicieron evidentes de inmediato: esto fue cuando descubrí que mi sustituta era una mujer a quien él había conocido antes en una fiesta, una rubia llamada Melissa que parecía como si la hubieran esculpido de una barra de pan Bimbo colosal y que tenía la suerte de gozar de un atractivo sexual capaz de achicharrar todas las pituitarias dentro de un radio de diez millas. De solo pensar que Karl le permitiera a ella sacudir su cabello rehabilitado sobre su cuerpo desnudo hacía que me entrara tal pánico que apenas podía deletrear las obscenidades que plagaban el diario que llevaba en esa época; pero al mismo tiempo yo también estaba demasiado ocupada con mi propia aventura para repasar mi ortografía.

James era un vendedor de piel amelazada que me enamoraba con un entusiasmo que todavía recuerdo con afecto. Todos sus gestos eran de una novedad encantadora tal, que por uno o dos meses, me distraje felizmente del caos que había dejado atrás en Carolina del Norte. Un fin de semana me llevó a Santa Bárbara en coche para que tomáramos champaña a la orilla del mar y viéramos la puesta del sol. Y qué Romeo parecía mi pretendiente, con la camisa blanca resplandeciente contra su piel bronceada y su pelo oscuro volando hacia atrás, despejándole la cara, mientras alzaba la copa en un brindis. Comimos caviar y salmón junto con el Clicquot, mientras desaparecía el sol y el aire se ennegrecía. Mientras hablaba sobre su madre y los jardines que había visitado en Alemania, de casualidad me di cuenta que el tiempo en Santa Bárbara producía las condiciones perfectas para mirar las estrellas. Admiré el fulgor especial de las Osas, y mientras describía su niñez yo trazaba discretamente el mapa del cielo usando la misma educación informal en astronomía que había recibido en los últimos diez años. Aun más tarde, después de que finalmente nos habíamos quedado dormidos, las imágenes de las constelaciones seguían vívidas en mi mente y soñé con incubadoras de estrellas, con estrellas enanas blancas, y con un astronauta ágil que daba volteretas y se zambullía por el espacio, para luego coger deprisa una nova rutilante del cielo y colocarla, como un diamante, en mi mano. Cuando desperté a la mañana siguiente estaba tan deprimida que me sentía como muerta, sobre todo cuando vi a ese extraño durmiendo en mi cama.

Esa noche llamé a Karl y le dije que tenía que verlo.

Tenía pensado mostrarle a Karl cuánto lo amaba al llevarlo tan cerca del lugar que él más amaba como me fuera posible. Le compré un boleto a California, después hice arreglos con una compañía de Palm Springs para que nos llevara en un planeador, y cuando llegamos al desierto era un día brillante y dorado, de montañas violetas y vastas franjas de arena clara desde donde relucía un calor azul. La avioneta de fibra de vidrio blanco sería jalada cuesta abajo por una camioneta, después de lo cual algún misterio de la aerodinámica haría que flotara por sí sola antes de que nuestro piloto entrecano la hiciera aterrizar sin ningún percance en el suelo. Yo nunca antes había estado en un artefacto como éste, y se veía tan diminuto que apenas podía creer que no se astillaría al hacer impacto.

Karl puso la mano en un ala y entrecerró los ojos mirando al sol.

—Vamos a estar como en casa.

El capitán le sonrió, reconociendo el corte de pelo.

—¿Jets?

Él se encogió de hombros.

—Helicópteros —caminó alrededor del planeador, tocando la trompa, asomándose dentro. Era obvio que lo estaba disfrutando.

—Puede que esta cosa se zarandeé —frunció un poco el ceño—. He de decirte que aquí toda la cuestión digestiva puede entrar en juego, no sé si lo sabías cuando nos apuntaste.

—A las mujeres les *encanta* —nos aseguró el capitán—. Ustedes dos van a estar dándose besitos de esquimal allá atrás.

—Va a estar bien, aunque iremos apretados —concurrí, después levanté la vista a Karl—. ¿Te parece bien?

Se me quedó mirando.

—Sí, está bien —se raspó el zapato en el pavimento y luego me tomó de la mano—. Te he echado de menos, sabes.

No dije nada y lo llevé a la parte trasera, donde nos acurrucamos con las rodillas rozando. Metí el brazo dentro del de Karl y observé al piloto meterse a rastras en su asiento y escudriñar a través del parabrisas sucio. La camioneta que remolcaba al planeador comenzó a moverse y después el paisaje *beige* empezó a pasar a toda prisa, más y más rápido, hasta que quedó abajo y nosotros estábamos en el aire.

Era hermoso. Estábamos ingrávidos dentro del tiempo desnudo. El desierto se extendía bajo nosotros como una pradera color bronce que se arrugaba y se elevaba a nuestro paso. Unas bolsas de tormentas de arena viajaban por la llanura y me aferraba a Karl, gritando sobre los colores del cielo. Unos claros rosados y finos llovían a través del oxígeno azul y un manto de ocre descansaba en el espinazo de montañas circundantes. Nubes como dalias gigantes arrojaban un rocío en nuestros ojos mientras garras invisibles aporreaban las alas del planeador: yo me imaginaba grandes bestias de Dakota respirando debajo de nosotros, parecidas a las serpientes marinas que emitían vendavales, dibujadas en las esquinas de los mapas del siglo dieciséis. El aire *sí* se sentía encerrado dentro de nuestra cabina plástica que atrapaba el dióxido de carbono, pero ignoré cualquier incomodidad ya que Karl me puso el brazo alrededor del hombro, mientras describía los diversos aspectos técnicos de nuestro vuelo como la resistencia del viento y la física aerodinámica que olvidé tan pronto como entraban a mis oídos. Su cara estaba iluminada por una sonrisa que hacía mucho tiempo no había visto y me asomé por la ventana, tratando de sentir lo que él sentía cuando se arrojaba de aviones o se imaginaba disparándose en cohetes por el espacio. Y no me costó mucho trabajo. Por supuesto que había estado antes en aviones, pero lo insustancial del planeador eliminó la barrera entre el cuerpo y los maremotos de viento que nos aporreaban por doquier. Era muy fácil fantasear que yo era John Glenn o Gordo Cooper volando a toda velocidad hasta la inconsciencia, más allá de estrellas, *quarks*, agujeros negros y lluvias de asteroides antes de un aterrizaje forzoso en Marte.

—Hay que volver a intentarlo —gritó Karl—. Vamos a dejarnos de boberías y sentar cabeza y tener un montón de niños y hacer de tripas corazón.

Traté de responder, pero me costaba un poco hablar. Me pregunté si nuestro paseo estaba a punto de terminarse, ya que parecía que habíamos estado arriba por demasiado rato.

Todavía no se acababa. La brisa le hincó los dientes al planeador unos minutos después y lo sacudió como un perro se deshace alegremente de sus juguetes chillones, de manera que Karl y yo acabamos uno encima del otro al momento propicio y él me empezó a estrechar para mi casi absoluto deleite. Imágenes cinemáticas de nuestros cuerpos retorcidos en catapulta a la Tierra comenzaron a interferir con mi habilidad de ponerme como cucharas, no obstante, y una extraña nostalgia empezó también a apoderarse de mí. Comencé a recordar cada una de sus decisiones profesionales que a mi parecer eran menos benévolas, las cuales me habían llevado misteriosa aunque inexorablemente a embarcarme en este vuelo, y esa película que se proyectaba en mi cerebro —que no sólo nos mostraba a nosotros dos arañándonos y gritando por el espacio sino también (por alguna razón) a ese otro desafortunado mexicano, Ritchie Valens— me inspiró a empezar a enumerar cada uno de esos puntos en un grito inteligible y didáctico.

Después de que el piloto por fin aterrizó el planeador y me recuperé en el baño, Karl y yo nos peleamos como nunca. La luz del sol nos caía en la cara mientras discutíamos y recuerdo la certeza de que las arenas del desierto me estaban engullendo.

—No puedo creer que aceptaste ese trabajo —dijo, acerca del Getty—. Me hace sentir, no sé, ¿sin siquiera consultarme? He tenido una sensación aplastante dentro de mí desde que me lo dijiste. Tengo una sensación aplastante y chocante dentro de mí por eso.

—Puedo hacer cosas allí que no puedo hacer en ninguna otra parte.

—¿Puedes hacer cosas allí que no puedes hacer en ninguna otra parte? Te *amo*, Sara. Estoy hablando de cómo te amo y de cómo te quiero. Pero yo no puedo hacer *esto* en ninguna otra parte. ¿Cómo voy a llegar allá arriba desde cualquier otra parte?

—Entonces parece que hasta aquí llegamos —dije, demasiado enojada para pensar si realmente quería decir eso.

—Está bien, pues —empezó a llorar—. Se acabó. Es el gran final. Ya no hay *nada* entre tú y yo.

Se alejó de mí hacia el edificio donde trabajaba el piloto y no lo seguí. Me restregué la mugre de la cara y contemplé la vista con rabia mientras un dolor extraño y de pulsaciones rápidas empezaba a extenderse por mi pecho: yo lo interpreté como una tristeza encarcelada que traqueteaba mis costillas. Me oprimí el pecho con la mano y entrecerré los ojos al ver el asfalto. Un ex cadete que trabajaba medio tiempo en el negocio de los planeadores acabó por darle a Karl un aventón de vuelta a la ciudad, y el último recuerdo que tendría de él durante meses sería el de su cabeza rapada que rebotaba en la cabina de una camioneta roja *pick up* abollada. Lo observé mientras se perdía de vista hasta que lo único que pude distinguir era un punto de sangre en el horizonte y unas cuantas motas de polvo. Cuando se había ido, me metí al coche y me fui a casa.

6.

Después del chasco que nos llevamos en el desierto, comencé una etapa nueva de mi vida sin Karl. Comencé mi trabajo en el Getty y me dediqué a los libros que aguardaban mi atención. Llegaban a mí empacados en ataúdes sin ácido, con el cuero grisáceo, el lomo resquebrajado y las tapas pandeadas. Con frecuencia habían sido dados por muertos por herederos que poseían unos ojos incapaces de distinguir el cuidado demente que resultaba evidente en la caligrafía fantasmagórica de un maestro consumado, en una ceja sobredorada, en una mayúscula ribeteada de rosas y letras grotescas. Estos tomos me eran de gran consuelo, me sentía como si estuviera en compañía de unas matronas agradables, y pudiera pasar todo el día y la mayor parte de mis noches reparándolos.

Fue durante estos primeros meses que adquirí fama de ser una restauradora diligente con pocas inquietudes más allá de la oficina.

La nitidez de mi tarea mitigaba el temporal

incontrolable que soplaba en mi interior, y de esta manera hiberné casi un año en el Getty. La vida fuera del museo me parecía más peligrosa; enfrentada con el tumulto del tráfico, las noticias vespertinas húmedas de sangre, mi recámara sin iluminar en la que entraba esperando a medias ver a Karl, ese dolor que había sentido en el desierto traqueteando por mis costillas regresaba. Noche tras noche, me escondía de mi dolor al trabajar en mis tareas. Me sentaba en mi escritorio con la hoja de oro derritiéndose en mis dedos y lentamente me dejaba hundir hasta el fondo de un libro, a mi parecer el lugar más seguro del mundo.

Una noche de ese abril, no obstante, descubrí que no había refugio que me resguardara. Me había quedado hasta tarde en la oficina para trabajar en el romance español del siglo quince, *Las sergas de Esplandián*, que cuenta el relato de un caballero que anda por selvas indómitas en busca de una reina amazona de gran belleza. El libro en sí es para quedarse boquiabierto, cada hoja de vitela está bordeada de una brizna delgada de oro bruñido, algo descascarada, y el texto es un magnífico ejemplar del arte de la caligrafía que floreció durante el reinado de Fernando e Isabel. Mientras me agachaba para reparar la orilla con un pincel, mi mano dio un espasmo en dirección contraria a mi cuerpo y arrojó filamentos del metal líquido, los cuales aterrizaron en el folio impar como cualquier otro lenguaje enjoyado. Al principio creí que se trataba de un sismo, pero cuando el dolor se empezó a dilatar en mi pecho comprendí que el temblor no estaba afuera, sino dentro de mí. Me temblaba la mano y el cuerpo, la boca y las mejillas me temblaban con una electricidad espantosa que bombeaba desde mi corazón, mientras un entumecimiento adormilado y agradable me subía velozmente por los brazos. Sudé frío hasta que mi piel se cubrió de una capa oleosa, de la misma manera en que (de pronto ahora) veía sudar a mamá, balanceándose en la cocina como cuando le habían dado ataques similares. Me alejé a traspiés de esta imagen de Beatriz y me acuclillé con los nudillos en la alfombra, casi ciega y aterrada.

Por un tiempo, me asustaba demasiado la idea de ir al doctor. Hacía citas, las cancelaba. Me acostaba en la cama por las noches con los dedos en la garganta para sentirme el pulso, recordando un día en mi niñez cuando abrí la puerta de la sala de recuperación donde se encontraba mi mamá, sólo para ver a un médico quitarle las sábanas de su cuerpo decolorado y agacharse para examinarle las puntadas mientras ella se llevaba la mano buena a la cara. Recordaba también a Karl, metido hasta la cintura en el mar o tratándome de agarrar desde el otro lado de su cama blanca, y la mitad de las veces estos recuerdos hacían que me dieran los ataques otra vez, de manera que sentía la somnolencia y la transpiración, un peso como plomo en el pecho y la respiración superficial. La enfermedad hacía que me sintiera sola y el miedo me embotaba la mente, pero a la larga salí de mi atontamiento y fui al hospital.

Hice una cita para ver a una doctora rubia y atlética en el centro médico de la Universidad del Sur de California, quien me dio unos toquecitos en los omóplatos con sus pulgares gélidos y me tomó el pulso.

—A estas alturas podría ser cualquier cosa —dijo, sacándose el estetoscopio de las orejas.

—Son los nervios —le dije—. Es la angustia. Estoy deprimida.

—Tal vez —vio mi expediente con los ojos entrecerrados.

—Es psicosomático. Terminé con mi novio.

—Quizá, aunque tu historial no es bueno —dijo, luego ladeó la cabeza hacia mí y sonrió—. Vamos a hacer unas pruebas. Es mejor estar seguros, ¿no lo crees?

—No mucho —le dije.

Pero tres días después, ella envió una cámara diminuta por mi arteria para verme el corazón. Y no eran buenas nuevas. No era cuestión de hipocondría ni de nervios. Tenía la misma afección cardíaca de la que mi mamá había muerto hacía diez años, la cual sólo puede curarse con una cirugía en la pared cardíaca: algo que la doctora quería hacer lo más pronto posible.

Entonces llamé a Karl por teléfono, pero me enteré por su contestador automático que estaba de vacaciones en Hawái. Dejé un recado, aunque decidí de inmediato que había cometido un error, y decidí que sería mejor no contestar cuando devolviera mis llamadas. Pasé el día siguiente en un estado de calma ensoñadora que algunos podrían confundir con la valentía. No recuerdo mucho de mis interacciones con la gente durante este breve período, aunque tengo un recuerdo de estar sentada para comer con mi papá, Reinaldo, la noche anterior a la cirugía. Tomó lugar en mi casa de Pasadena, donde él se iba a quedar a dormir en el sofá esa noche antes de llevarme al hospital, a la mañana siguiente. Papá es una persona de abundante energía, moreno, barrigón, que normalmente no dejaría que un huracán le impidiera amar la vida o ganar dinero, pero esa noche una palidez cenicienta se traslucía bajo el tono cálido de su piel y no paraba de moverse, dándome palmaditas con las manos rechonchas o jalándose el bigote. También me había preguntado por Karl una o dos veces, y parecía dar brincos a todo momento para agarrar el teléfono que no dejaba de repicar. De otro modo, se quedaba viendo su sopa y protestaba.

—Vas a estar bien —decía, tirando de algunos mechones de su cabeza—. Vas a salir *bien*. No es ningún problema. Si alguien tiene un problema, *yo* tengo un problema. Mi problema eres tú, ¿eh? Me estás subiendo la presión. ¿Que mi nena tiene qué cosa...del corazón? ¿Cómo diablos le dices? Como tu madre. Me dan malas noticias, les rompo el hocico. Más les vale que te compongan, nomás eso les digo.

—Cálmate, papá.

—Ay, estoy calmado, no tengo *ninguna* preocupación —unas

pequeñas lagrimitas le empezaron a escurrir del ojo izquierdo y después otra vez sonó el teléfono y dio un brinco para contestarlo. Por mi parte, cerré los ojos y sentí como si pudiera flotar hasta el techo, impulsada por la nube de rechazo hermosa, ligera y blanca que había creado ante mi situación.

No obstante, una vez dentro la sala de operaciones, catorce horas después, todo era distinto. Era mucho peor. Se trataba de una sala grande, de mucha actividad, blanca como paloma, al centro de la cual había una cama bajo un bombardeo de luz donde el se postraba sujeto. La puerta al quirófano tenía una ventanita de vidrio que daba al pasillo color crema donde médicos con bata pasaban de vez en cuando. Yo estaba flanqueada por unos científicos enmascarados, mi gorra de plástico para el pelo crujía alrededor de mi cráneo, y aunque una enfermera se inclinaba de cerca y pronunciaba palabras incomprensibles en una voz que buscaba tranquilizar, no podía dejar de ver a mi mamá llevándose la mano a la cara mientras el doctor examinaba su cuerpo azul. Inhalé el amoníaco y escuché el *bum bum* del equipo del anestesiólogo, al tiempo que mis dedos intentaban convulsivamente aferrarse a algo bajo las sábanas. El pánico lanzaba chispas por mi cerebro y yo trataba de calmarme al fijar la vista en las luces del techo, y luego en una chica envuelta reflejada en los lentes de plástico de la enfermera. Fijé la vista por detrás de ella hasta la puerta, con su ventana que daba al pasillo color crema.

Dentro de esa ventanita podía ver ahora a Karl.

Estaba parado muy derecho, como en posición de firmes, con una barba de tres días que apenas podía sostener el peso desplomado de su cara, aunque pude distinguir por sus labios gesticulantes que me estaba hablando. Supe después que se había enterado de dónde estaría por mi papá, luego tomó el primer vuelo disponible de Hawái para poder llegar a tiempo a decirme que todo saldría bien. Sostuvo la cabeza en ese ángulo severo como le habían enseñado en el cuerpo militar, dándome a entender que haría guardia de día y de noche hasta que yo pudiera salir de allí por mi cuenta, y mis manos dejaron de aferrarse bajo las sábanas. Dejé de temblar tanto. Los doctores con bata se le quedaban mirando mientras pasaban por allí, y el guardia de seguridad que no lo había dejado entrar a los preparativos para la operación intentó también sacarlo de este pasillo, pero él ni siquiera los volteó a ver. Se quedó allí y me ayudó a salir de ese infierno apostado al otro lado de la ventana, porque aunque no pudiera escucharlo sabía lo que me estaba diciendo y me afiancé a esas palabras con tanta fuerza como fui capaz. Karl. Mantuve los ojos en él y en su boca que gesticulaba mientras me ponían el estupefaciente por vía intravenosa. Y después se detuvo todo.

Salí airosa de la cirugía. No te imaginarías que había sido una paciente de verme ahora, salvo por esta cicatriz. Una noche, demasiado pronto después de la cirugía como para hacer el amor, me desabrochó la camisa y me recostó debajo de una lámpara que iluminaba las grietas y las contusiones de mi cuerpo. Y no me sentí cohibida ni por un segundo. No me importaba que viera el mapa parchado sobre mis senos porque sabía que nunca podría parecerle fea. Crucé los brazos atrás de mi cabeza y él besó todos los lugares que no estaban adoloridos. Ambos contemplamos mis moretones, hablando sobre ellos, preguntándonos cómo se veía la cicatriz cuando sanara.

—Me siento hecha pedazos —dije—. Todavía ni siento como si fuera mi cuerpo. Ya no me siento a gusto en él.

—Bueno, en cuanto a la cicatriz, vas a quedar bien —dijo—. Hasta en un bikini, no será la gran cosa. Nadie lo notará.

—Nadie más que tú —le dije.

—Es cierto, nadie más que yo —se acurrucó a mi lado de manera que sus rodillas estaban metidas dentro de las mías y su vientre estaba apretado contra mis costillas y muslo, y hablaba sobre mi cabello—. Ah, pero ahora *sí* que me asustaste, eh. Más vale que te portes bien de ahora en adelante y no vuelvas a ese hospital. Porque de otra forma, de seguro que no tengo para los boletos de avión.

—A que te salió caro.

—Pues sí, mi consentida. Me traes marcando el paso y todo.

—Melissa debe haberse enojado bastante.

—Pues sí, bueno, ya todo eso se acabó.

Le toqué la cara.

—Gracias, Karl.

Se quedó callado por un minuto, frotando la palma en mi muslo. Respiraba sobre mi cabello.

—Siento mucho que hayamos peleado. Lo único que he querido en la vida es hacerte feliz y mantenerte a salvo, Sara. Lo digo en serio. Haría cualquier cosa porque así fuera.

Me besó la oreja y entonces traté de reconfortarnos con historias del corazón, las teorías más descabelladas de los antiguos griegos, los mitos fantásticos inventados por los primeros médicos. Pero no surtió mucho efecto; todo parecía aún atroz y aterrador. Así que Karl se incorporó y me volteó a ver, tratando de encontrar una manera de mejorar las cosas. Empezó a ponerme las manos en el cuerpo.

Cerré los ojos y dejé de hablar.

Siempre he pensado que me volvió a armar esa tarde: me había sentido desgarrada y desparramada después de la cirugía, pero cuando él me tocó la rodilla, el hombro, cuando me acarició la costilla y me agarró de la cadera, algo en mí se soldó. Sostuvo mi cuerpo entre sus manos por horas.

—Me encanta esto —dijo, trazando círculos sobre mi hombro con los dedos—. Y me encanta *esto*. Me encantas aquí y aquí.

Me apretó el muslo, ligeramente. Me puso la mejilla contra la parte plana estómago. Sus palmas me bajaban por los brazos y me subían por la espalda, me frotaba las manos y me pasaba los dedos por el esternón y la clavícula, aunque todavía evitaba el área amoratada; me alisaba el cabello.

Finalmente llegó a mi pecho. Alzó la mano y la ahuecó sobre la cicatriz, arriba del seno, con un tacto suave y acariciador. Apreté las manos contra las sábanas. La luz del atardecer se colaba por la ventana y le iluminaba el cabello y los ojos. Murmuraba sus propias teorías sobre mi corazón. Su mano permanecía sobre mis puntadas como un nido; sus dedos cálidos se esparcían ligeramente sobre el lugar.

—Te amo aquí —dijo, en voz baja. Y pude sentirlo, cómo había transformado esa marca de cicatriz en un signo que nunca más leería de la misma forma.

¿QUÉ SUCEDIÓ DESPUÉS? El tiempo pasó y nos puso en su molinillo gigante de manera que en un puñado de estaciones hubiéramos preferido tener una endodoncia que dirigirnos la palabra, aunque nunca pensé que nuestros problemas pudieran sofocar esa cosa entre nosotros que hizo que él me susurrara algo desde aquella ventana del hospital para que estuviera a salvo, y ahuecara la mano sobre mi corazón como un mago hace desaparecer un huevo en la palma de la mano. De todas formas, hace tres meses, cuando lo seguí a Oceanside, un lugar lleno de tiendas de curiosidades y bares de vaqueros y esos infantes de marina con licencia y cabezas como paneras, lo vi con su chava, la famosa Claire. Después de escuchar por teléfono en su voz esas campanas que advertían peligro, hubiera llegado equipada con *goggles* de visión nocturna y un arma inmovilizadora de ser necesario para seguirle la pista, pero después de sólo unas horas los divisé a ambos caminando por la calle del abuelo O'Connell, sin nada de pena. Ella es una pelirroja, una bizcochita muy linda a quien no me hubiera molestado pegarle un mordisco, sobre todo cuando vi la manera en que él se le colgaba como si se hubiera desmayado. Pero eso no fue lo peor: *eso* vino cuando ella ladeó la cabeza para murmurarle algún chiste comiquísimo de hetaira, de modo que el hombre soltaba unas risotadas y salpicaba saliva, como solía hacerlo cuando íbamos a Bob's Big Boy a tomar un helado. Cuando me doy cuenta, ya se había calmado para después ahuecarle la mano en el mismo lugar que según él iba a reservar para mí.

Y es por eso que estoy de vuelta aquí, en Oceanside, para embelesarlo con todas mis artimañas. Voy de camino al restaurante donde cenaremos muy pronto, a través de las calles invernales de un azul oscurecido, rodeadas de moteles que incitan a los amantes ilícitos a acostarse en sus sábanas suavizadas con detergente Tide. Es un viernes bullicioso, lo cual quiere decir que algún buque acaba de llegar. Los infantes de marina agarran a sus chicas de los hombros y las acompañan más allá de los bazares que venden conchas en forma de rosas y pociones para curar la piel chamuscada, a los bares donde bailan esposas blandiendo cervezas. Principalmente son las mujeres a quienes observo, húmedas de colonia y de labios lustrosos. Varias de ellas son muchachas del cuerpo de infantes de marina, de pelo muy corto y un modo de andar robusto, pero esta noche no se comparan con las novias que por tanto tiempo han estado esperando un poco de cariño de sus hombres. Se vuelcan de las puertas de los bares vestidas en blusas sin espaldas y con los labios pintados, tan animadas por el sexo y el encuentro que se bambolean del puro gusto. Y conozco muy bien esa sensación: como esta chica, que se levanta el cabello para que su amante pueda admirarle el cuello y besarle la bruma que se eleva de este. O esta enamorada apasionada que bebe de la boca de su amado. Ahora veo a una mujer de cabello dorado, reluciente y largo que atraviesa la calle corriendo para abrazar a un militar fornido que la alza en lo alto.

La miro por un momento, después me volteo. Siento como si conociera a esa mujer, pero no es así.

De todos modos, me recuerda a alguien.

La novia de ese marinero, la famosa Penélope, tenía un cabello parecido, ¿o no? Y la red que tejía y destejía todas las noches era también del mismo color. Si la arrebatara del poema de Homero y la arrastrara aquí afuera a la luz del día, me pregunto qué haría, rodeada de todas estas otras damas pacientes y de este mar conocido. Creo que se la presentaría a otra de sus hermanas, la fiel Ixtacíhuatl, una mujer que se convirtió a sí misma en un volcán por amor al gran guerrero Popocatépetl.

Y justo ahora, puedo sentir la punta de un cuento en mi interior, otro de esos poemas que me gusta susurrarle al oído. En este instante no me cuesta nada ver la maravillosa algarabía que ocasionarían estas muchachas si salieran de sus fábulas y se insertaran en esta calle:

Aquí, frente a esta tienda que vende conchas, las dos hermanas se examinarían en los escaparates y tendrían frío y estarían desnudas, escandalizadas ante sus propios cuerpos delgados y morenos reflejados en el vidrio. Los transeúntes apartarían la mirada, se cubrirían los ojos, pero el reconocimiento se esparciría lentamente en el aire como un perfume ligero. Las novias empezarían a llorar ahora al ver las hebras del sudario dorado todavía enredadas en los dedos de Penélope, el barro rojo en el cabello arruinado de Ixtacíhuatl, aunque no sabrían por qué.

Las hermanas también estarían confundidas.

No les diría que su Atenas y su Tenochtitlán están muertos. O de cómo Calipso tienta a Odiseo, de cómo el cuerpo de Popocatépetl es ahora una montaña de piedra y fuego.

Se pondrían sus vestiduras blancas. Descalzas, caminarían por esta calle fría, fría, deslizándose más allá de las tabernas y las tiendas de baratijas como si estuvieran en el camino que seguramente las llevaría a casa. Dormirían en la playa esta noche y despertarían, sobresaltadas, ante un sol gigante. Mendigarían comida en las esquinas y se bañarían en el mar. Parecerían mujeres inofensivas y débiles. Pero cuando se cruzaran en el camino con esta muchacha que se levanta el cabello para dejar ver un cuello blanco y largo, o esta novia que bebe de la boca de su amado, dudarían sólo un momento antes de tocarlas con sus manos tibias, y así inyectar la memoria debajo de su piel como un veneno.

Y me enseñarían a tocarte así, Karl.

Nadie puede amarte como yo.

Me parece que tienes mi niñez entre las manos. Soy la única mujer que te abrazó, una vez: todas esas noches, la noche después de la cirugía cuando besaste la mancha azul de mi pecho.

Los griegos pensaban que el corazón era la morada de la inteligencia, te dije entonces. Platón lo describía como un cojín. Hipócrates como una pirámide. Usamos el anillo de boda en la mano izquierda porque ellos creían que la vena del amor iba de este dedo al corazón.

Tú ahuecaste la mano sobre mi cicatriz. «Diría que tu corazón es como un diamante», me dijiste.

Y, querido, tenías razón. Cuando pienso en la piedra caliente de mi corazón creo que me podrías arrancar un diamante de ese lugar. O pudiera ser una telaraña de oro donde podría atraparte como a un pez.

Veo mi forma morena y delgada en el escaparate de vidrio del restaurante. El reconocimiento se esparce en el aire como un perfume ligero.

Levantas la vista.

KARL Y YO CENAMOS a la luz de las velas, que convierte en gemas líquidas el vino de nuestras copas. El restaurante tiene paredes amarillo huevo con molduras blancas, y pisos de pino sólido decorados con tapetes rústicos. Los meseros giran como patina-dores de hielo entre las mesas apiñadas mientras los clientes están como tortolitos, pero Karl parece no darse cuenta todavía del lugar tan romántico en que estamos. Su cara pálida se inclina hacia su plato y se queda mirando su comida intocada, la barra de pan en su canasta.

—La última vez que te vi —comienza, después menea la ca-beza—. Necesito entender toda esta onda. Necesito atornillarme bien la cabeza y aclararlo todo de una buena vez.

—A mí me parece bastante claro.

—Porque ya le hice promesas a alguien. Compré un anillo.

—Tranquilízate —ignoro el asunto del anillo.

—No me estoy distinguiendo exactamente por ser una per-sona honrada, en esta situación.

—Si quisieras ser honrado, entonces no te habrías comprome-tido.

—Conocí a alguien que es capaz de estar conmigo.

—He estado contigo desde que tenía quince.

—Mucho tiempo antes que esto, no podías dedicarle tiempo a nuestra relación. Sabes que tampoco era la primera vez que eso su-cedía. Y luego, cuando te veía, nos peleábamos por... no sé.

—Karl.

—Lo mismo de siempre, eso era.

Lo miro y tomo vino hasta que se calma de nuevo y se pasa la mano por los ojos.

Arranco un pedazo de pan y se lo pongo a los labios. Lo arranca con los dedos y se lo mete a la boca, traga. Después deja salir un aliento.

—Es que ya no estoy seguro de lo que estoy haciendo —dice.

—¿Creíste que podrías *casarte* con otra?

—No lo sé. Sí.

—Bueno, allí está el error, ¿no crees?

Karl se empieza a reír, después se detiene y de pronto se pone serio.

—Lo único que se me antoja hacer en este momento es abrazarte. Abrazarte y despeinarte ahora mismo. Y no quiero ser así; andar de mujeriego nunca ha sido mi especialidad. Pero cuando te veo con... —hace un ademán con la mano—. Con el pelo suelto así. Y luego te pusiste ese vestido la última vez.

Menea la cabeza, se queda callado por un rato.

—No, no es el vestido.

Me pongo de pie.

—Vámonos de aquí.

—¿Por qué? —se ve exhausto. Un mesero revolotea a nuestro alrededor, indicando que le gustaría tomarnos la orden—. Este muchacho se muere por servirnos un pollo a la parmesana o qué sé yo, y no sé si debíamos decepcionarlo.

—Karl, vámonos.

—Sara, dime, ¿para qué?

Nada más sonrío y lo agarro de la mano.

—Ya lo verás.

LO LLEVO A LA PLAYA. Aunque es invierno, una capa de nubes entibia un poco el viento, y el mar nos saluda tal y como lo hizo hace quince años, con la luz de la luna destellando y titilando sobre las olas que yacen bajo esta larga noche. Karl está de pie a mi lado con las manos metidas en los bolsillos, mientras la arena se acumula en la parte superior de sus zapatos, y se queda mirando las pequeñas catedrales hechas de olas. Una bruma fina cubre de lentejuelas el aire que está encima de la espuma pero me quito las sandalias, los lentes, después doy un paso al borde del agua que se abre a esta boca vasta y fría donde viven las ballenas y el coral. En una noche como esta no me cuesta nada imaginarme llevarme a Karl más allá del banco de arena, el agua rizándose al cernirse sobre nuestras cabezas, mientras lo guío más allá de las trampas para langostas y las aletas de los tiburones, los pecesitos que esparcen mercurio, hasta que llegamos a un lugar azul muy tenue a un mundo de distancia de gente como Claire O'Connell.

—Me encanta el mar —es lo único que digo.

Karl está de pie detrás de mí y, cuando lo volteo a ver por encima del hombro, su camisa está tan brillante como una perla en esta luz. A unas cuantas yardas de distancia una fogata emite un halo rojo y se pueden escuchar los sonidos de una guitarra, aunque no se alcanza a ver a nadie. Le sonrío.

—Karl, háblame del cielo esta noche.

—Está muy nublado hoy como para ver las estrellas, pero creo que puedo distinguir mi horóscopo y no pinta nada bien.

—Anda.

Se acerca al agua, me mira por un rato. Después entrecierra los ojos, señala.

—Está bien. ¿Ves allá arriba? Esa es la Osa Mayor, con Mizar y Alcor que apenas se distingue.

—Correcto, me acuerdo de eso.

—Además está la Osa Menor. Y el extremo por donde el osito hace sus necesidades es Polaris, la estrella polar.

—¿Algo más?

—No mucho. Pero Casiopea debe poderse ver mejor en unos meses.

—La madre de Andrómeda, la mujer encadenada.

—Así es. Ahora está un poco borrosa, pero a principios del verano se verá tan clara como un sueño.

Deja de hablar, cierra los ojos. Después de unos segundos, dice:

—Ojalá que pudiéramos... sería magnífico si tan sólo pudiéramos *quedarnos* aquí.

—¿Quedarnos dónde?

—Aquí mismo, en esta playa. Con la luna así sobre ti. Nada cambiaría. Nada más tendría significado. Me podría simplemente quedar aquí parado, mirándote, toda plateada y bella.

—Por lo general no hablas así, de quedarte en un solo lugar —me volteo y doy un paso hacia la espuma de manera que la orilla de mi falda se oscurece y flota alrededor de mis pantorrillas. Me arremango el suéter, me agacho y meto las manos en el agua, dejándolas allí hasta que me hormiguean las muñecas. Pienso en hacerle presión con las palmas, frías y móviles, en el pecho.

—Bueno —dirige la mirada hacia el agua—. Acabo de recibir unas noticias: entré a la primera ronda del programa. Quieren entrevistarme dentro de un mes. Y si paso esa ronda, eso quiere decir Houston.

Hago puños las manos, luego las abro.

—¡Qué... *maravilloso*!

—Todavía no es un hecho. Me van a hacer otra prueba de personalidad, otros exámenes médicos.

—Sé que lo conseguirás.

—¿*Quieres* que lo consiga?

No titubeo.

—Sí.

—Porque Houston es un lugar grande. Hay trabajo para ti. No debería *ni pensar en esto* mientras Claire me está esperando allá en Pendleton —guarda silencio por un segundo y luego—: Pero si lo que quieres decir... ¿me estás diciendo que ahora ya estás lista?

Sólo me quedo viéndolo.

—Porque si esa tu intención, entonces...

—¿Entonces qué?

—Entonces necesito saberlo. Porque de otra manera, ¿para qué me traes aquí? Las cosas están ya muy avanzadas en mi caso para andar con jueguitos —nueve el mentón—. Y ya no estoy tan dispuesto como antes.

—Karl, anda ven —me salgo del mar y me quito el suéter. Lo aviento en la orilla y me arrodillo frente a él, tocándole las rodillas y los muslos. Le desabrocho los botones de la camisa y se la deslizo por la espalda; ninguno de los dos protesta por el tiempo que hace. Y una vez que estamos sumergidos hasta la cintura, con el agua chorreándole de los hombros y el frío contra mi piel, dejo de sentirme nerviosa. El mar se extiende a nuestro alrededor, ardiente, murmurante, invisible salvo por el lustre que se resbala de las grandes olas. Me le enrosco al cuerpo y arqueo los brazos en el aire cortante, después me lanzo a darle un beso en el mentón.

—¿Qué estás haciendo? —susurra, sus labios teñidos por el frío—. ¿Qué traes?

Lo llevo más adentro de las olas y después me volteo de espaldas para mirar el cielo. Con el agua en los oídos no puedo escuchar nada más que mi pulso y mi respiración entrecortada. Karl flota verticalmente y me acuna en sus manos, y cuando volteo a verlo contra el fondo de la costa, su cara medio visible en la luz, me doy cuenta de que lo he atraído a una buena distancia pero me siento con fuerzas suficientes como para conseguir que se aleje de esos árboles que nos hacen señas para que regresemos, de la arena que se extiende hasta la ciudad. Hace años, leí acerca de Luandinha el espíritu del río que se eleva de las neblinosas orillas de las aguas selváticas para tentar a los padres de familia y llevarlos lejos de sus hogares. Una diablilla hermosa vestida de raso verde sopla por conchas de *cachaça* y toca una música tan poderosa que los maridos se levantan de la cama tambaleándose, mascullando un nombre incomprensible. Cuando ven la serpiente refulgente que los espera a la orilla, la siguen sin pensar y se zambullen en el agua, nadando hacia abajo tan deprisa como anguilas hasta su tocador plateado para fumar puros y acariciarle los pies.

Pongo ahora las palmas en el pecho de Karl y le toco la marca azul con la boca, resbalando los labios por lo mojado hasta la clavícula, arriba hacia el cuello, besándole el cabello corto de la nuca.

Comienzo a contarle los siguientes capítulos de la vida de Helena. Moldeo los detalles, omitiendo algunos, inventando otros, hasta que he sacudido y relamido la historia hasta que adquiere la forma perfecta para la ocasión esta noche, y es elegante como una lágrima que pueda meter en su oído. Cierra los ojos y le describo la ciudad flotante de Tenochtitlán, después el Vaticano blanco como marfil con sus espléndidas enramadas, la biblioteca prohibida, las salas rafaelitas. Hablo de la iniciación de la malabarista en el eroticismo de Petrarca, las grandes hazañas fallidas de Maxixa. Después viene la oferta de Tiziano y la despedida de la monja en los jardines del Papa: lo que me lleva a San Petronio, encendido como un atardecer con murales, y el atentado fallido contra la vida de Carlos V.

—Pero mientras ella vagaba por Boloña —digo—, rodeada de soldados, embajadores idiotas, testigos a la coronación recargados de oro, a ella le obsesionaba un sólo pensamiento, si volvería a ver a Caterina otra vez.

—Bueno, ¿y lo consiguió? —Karl se ríe mientras le castañetean los dientes.

—Tendrás que esperar.

Dejo de hablar. Escuchamos el mar y nuestra propia respiración mientras forcejeamos en el agua; nuestros cuerpos se estrechan y retroceden en la frialdad de la oscuridad. El ritual surte efecto. No hay nada que se interponga ahora entre la riquísima frotación de nuestra piel. Al mirar por encima de su hombro, apenas distingo los árboles temblorosos o la arena tan blanca como ropa lavada. Enrosco los dedos alrededor de la parte interior de su muslo. Oprimo mi lengua contra su pecho. Él ahueca la mano sobre mi hombro.

—Cásate conmigo —dice—. Casémonos esta noche.

Me equilibro en el agua, alargo los brazos y hago gestos hacia el horizonte negro.

—Vamos más adentro —pataleo por la sustancia fría para mantener la cabeza erguida—. O te podría contar otro cuento.

—No.

Flota hacia atrás para encontrar un lugar donde pisar firme, con los ojos todavía puestos en mí.

Me atraviesa una ola fría y no proviene del agua. Floto hacia él y le agarro la mano.

—Ven a *nadar* conmigo, Karl.

—Te haré feliz. Te lo juro, no echarás nada de menos.

Me sumerjo en el agua, subo de nuevo a la superficie.

—Acepto. Pero no puedo hacerlo todavía.

Él asiente con la cabeza.

—Ya veo.

—Estoy próxima a algo. Estoy próxima a *encontrar* algo.

—Estás próxima a algo —se oprime el mentón con el pulgar y no habla por mucho tiempo. Luego dice—: Bueno, sé que sea lo que sea, debe tener mucha importancia para ti. Y he tratado de comprenderlo. He *estado* tratando de: por qué no querrías estar conmigo después de todo este tiempo. Estar conmigo de forma permanente. Pero es demasiado para mí, creo. Estoy agotado. Y la verdad es que, yo también estoy próximo a algo. Estoy próximo a alguien a quien debería saber valorar —intenta esbozar una sonrisa—. Ella está lista para casarse el catorce de julio. Está marcada con una equis grande en su calendario y todo.

Alargo la mano hacia su cara y él se levanta y la toma. Me acaricia los nudillos con sus dedos fríos.

—No puedo ir contigo esta noche debido a mi... —aquí titubeo—, debido a mi trabajo.

Pero *trabajo* no es la palabra indicada.

No puedo casarme con él todavía porque si lo hiciera, sé que probablemente no acabaría lo que mi mamá comenzara hace más de veinte años atrás, cuando se robó esa reliquia del museo. No excavaría esta pieza oculta de la historia en la que ella creía tanto que la hacía parecer extraña, incluso ante mí.

Aunque no se me ocurre ninguna manera lógica de explicárselo a Karl.

Y ahora le cambia el semblante, de una manera que no puedo interpretar.

—Realmente es increíble, cómo tu apariencia no ha cambiado nada desde la primera vez en que te vi —dice—. Cuando no eras más que una chiquilla. Y yo también.

Mueve el pulgar de un lado a otro en mi palma.

—Tengo cada parte tuya memorizada, ¿te lo dije alguna vez? Ha habido veces, cuando tenía que estar en alguna base, con toda esta gente a la que no conocía muy bien, los días festivos eran los peores en ese sentido. Si me sentía deprimido, podía hacer algo para sentirme mejor. Te dibujaba en la mente. Te imaginaba. Este remolino de pelo aquí, qué diseño tenía. La forma de tu labio. Tu cuello, cuán largo era. Tus pequeñas manitas. Y me hacía sentir mejor, el saber que te llevaba dentro de esa forma. Era un gran consuelo para mí —la boca se le retuerce—. Sólo quería que lo supieras.

El mar se ondula negro entre nosotros, y su pecho y su cintura despiden un brillo blanquecino sobre este. Una brisa carga con electricidad las gotas sobre nuestros cuerpos, sopla por mi cabello y graba pequeñísimas plumas brillantes en las olas. Me aprieta la mano contra su boca, después me masajea suavemente la muñeca con el pulgar antes de soltarla otra vez.

—Adiós, Sara.

Karl se da media vuelta y se desplaza hacia la orilla, luchando a través de una ola, y lo miro mientras camina hasta la playa y agarra los pantalones que había dejado allí. Se pone la ropa y los zapatos, sin preocuparse de abotonarse la camisa, y sólo entonces empiezo a correr también hacia allá, o de intentarlo, empujando contra la fuerza de la marea. Para cuando llego a la playa ya me lleva mucha ventaja, está cerca de los árboles y las aceras que conducen a la ciudad.

Pero no puedo alcanzarlo. Porque para cuando arranco y me pongo la ropa, ya lo he perdido de vista. Así que espero a que regrese. Me siento en la playa y espero. Te estoy esperando, Karl. Me quedo mirando el aire negro. Miro el rojo fuego que brilla con luz trémula hasta que se extingue y su humo hace juego con la neblina. Y no vienes. Después sólo quedan los árboles verdes que se sacuden el cabello y la arena pálida y el mar que fluye y se arremolina y fluye y se desborda y ruge más fuerte de lo que puedo soportar.

7

La primera vez que Tiziano me vio desnuda casi se queda ciego.

Me encontraba de pie en la tarima de su estudio glacial, aguardando sus órdenes. Asintió y dejé caer mi manto. Hubo un momento en que el rostro le brilló como una perla y después se tapó los ojos con las manos.

—Tu morenez —gimió—. Tu belleza.

Después de eso llevaba lentes con tinte y sólo era capaz de trabajar de noche. Sus ayudantes, temerosos por la suerte de sus propios bolsillos, lo cual era comprensible, exigieron mi destitución. Mi mecenas no quiso ni escucharlos.

—Aun si jamás pudiera volver a pintar, valdría la pena —me confió—. Pero volveré a pintar. Te pintaré, y entonces el mundo caerá de rodillas.

Esos eran los hombres con los que había venido a dar. Genios y hedonistas que pensaban que el globo sería conquistado no por la guerra sino por una pincelada de pintura o una gota de poesía.

Quizá sus sueños brotaban de las aguas misteriosas de la ciudad, donde dicen que nació

Venus. O quizá eran los torrentes de vino tinto que bebían o el embrujo de todas las cortesanas de lustrosos muslos.

A la edad de diecisiete me encontré en esta tierra de fantasía.

Esta era la república del placer.

VENECIA, LA SERENÍSIMA, 1530.

En el otoño, cuando mi mecenas y yo pusimos pie en la *Piazza San Marco* y vi la relumbrante basílica a través de una tempestad de aves, quedé embelesada con la belleza de esa ciudad. No percibí ningún peligro en el aire dorado o en las iglesias de piedra pulida o en los canales azules como joyas. No escuché ninguna alarma en la música de la catedral que me penetraba cual espíritu apasionado, ni señales de advertencia en un arte tan esplendoroso que podía hacer que uno se desvaneciera. Tampoco probé ningún veneno en los deliciosos alimentos, las pequeñas y dulces tazas de café y el vino color granate.

Pero allí había peligros.

Tenía pensado quedarme en Venecia por unas vacaciones breves, después robarle a Tiziano y dirigirme a Alemania para poder encajar la ensangrentada cabeza de Carlos V en mi estaca. Creí que mis únicos impedimentos serían los soldados, la plaga, las violaciones y la hambruna, y que sin estos problemas en breves meses remojaría mis manos en la sangre del emperador. Lo que menos me imaginaba es que yo sería mi peor enemigo. No pude predecir que mis ansias de felicidad, belleza y libros —aquellas cosas que los venecianos tenían en mayor estima que cualesquiera otras— me tentarían y me alejarían de mi más alta vocación.

Aunque guardaba mis bolas de malabarismos en un estuche de cedro forrado de terciopelo, prestaba atención a otras cosas, y practiqué muy poco con ellas. Estaba muy entretenida con las diversiones de la ciudad. En Venecia me volví aficionada al arte. Ahora me apetecía el pulpo en aceite de oliva y llegué a dominar la manera correcta de probar el vino. Una noche tres putas divinas me leyeron a Petrarca, después me acariciaron hasta que casi reviento.

No tuve fuerza de voluntad.

He cometido un gran crimen.

Distraída por el lujo, el saber y las mujeres más hermosas del mundo (la única excepción siendo mi amada Caterina), le fallaría a mi padre una vez más. Me quedé en Venecia durante diez años.

ME CONVERTÍ EN UNA MUSA.

Debido a las dificultades oculares de Tiziano en lo concerniente a mi desnudez, me pidió que me dejara ver en etapas. En le tarde, después de mi pan con chocolate acostumbrado, luego de un largo baño en las manos hábiles de la doncella de mejillas sonrosadas, me llamaba a su estudio y me ponía en el pedestal donde me había de desvestir a sus órdenes. Se paraba frente a mí, ruborizado por un éxtasis artístico, y de vez en cuando le gritaba al harén de cortesanas que trabajaba para él y que se arremolinaba por el estudio en toda suerte de desnudez.

—¡Quítate la ropa, bellísima! —me gritaban y luego se descubrían sus propios pechos como incentivo.

—¡Silencio, arpías! —les contestaba, propinándoles quizá un pincelazo repentino o amenazándolas con descontarles dinero de su paga.

Pero ellas nunca guardaban compostura. Eran unas pícaras descaradas y me parece que se sentían algo atraídas a mí. Las jóvenes se ponían colorete en los pezones y llevaban perlas ensartadas alrededor de caderas rosadas. Eran ajenas a la vergüenza. Muchas eran tan frescas como para acercarse a mí ante el maestro mismo, ofreciéndome peras maduras poco comunes, o monedas de oro a cambio de siquiera una tarde en sus lechos. La más hermosa y la más acaudalada era una joven española rubia que acechaba el estudio como un gato pero nunca se me acercaba de ese modo. Una cortegiana onesta de nombre Isabela, que era la favorita del ganímedes debido al pelo muy corto, las polainas de niño hechas de cuero y una braqueta ingeniosa. Isabela poseía un aire de misterio muy atractivo: era una mujerzuela versada en libros, siempre leyendo de su copia muy usada de la Metamorfosis de Ovidio, y corría el rumor de que aún suspiraba por un amor perdido, una duquesa española de quien había sido doncella o algún cargo similar. Aunque no podía imaginármela en atuendo de sirvienta, poseía la agudeza de una mujer que había aprendido a ocultar su corazón. Además de sus carreras como cortesana y musa, era una ladrona que robaba fortunas de los tesoros que encontraba regados por la mansión de Tiziano. En las ocasiones en que él perdía los estribos y reprendía a las putas, ella gustaba de ponerle su blanca mano en el pecho y reprenderlas también.

—¡Si no obedecen al maestro les voy a dar unos

azotes! —bramaba, y sus hermanas se ponían bien coloradas al contener la risa. Luego, cuando retiraba la mano, veíamos que había arrancado alguna joya de su persona, un broche de oro o un arete de perla, y nos guiñaba el ojo mientras se lo metía a su propio bolsillo.

—Así está mejor —decía mi mecenas. Y después volvía a verme, pestañeando un poco, y me ordenaba que le dejara ver una pequeña gloria. «El hombro», decía. O, «el seno». O, «una rodilla».

Durante años, el pobre imbécil sólo podía soportar visiones breves de mí. Las musas de otras tonalidades no se acostumbraban mucho en la Venecia de ese entonces. Para el ojo blanco yo era tan deslumbrante como la Helena original e igualmente peligrosa para la salud del artista, ya que aquella joven en efecto dejó ciego al poeta Estesícoro. Tiziano tomó la fábula como una premonición y persiguió mi forma como si fuera el sol. No me había pintado todavía, prefería en cambio pasar días sin fin mirándome detenidamente un codo; o bien podía por meses mirar boquiabierto mi muñeca bien torneada. Mi pequeño pie era capaz de causarle paroxismos que podían durar dos temporadas completas. Y así, cuando no me encontraba comiendo, leyendo, contemplando obras de arte y arquitectura maravillosas, o siendo seducida por rameras que, por más que lo intentaran, no podían borrar nunca a Caterina de mi mente herida, uno podía hallarme en el estudio de mi mecenas, envuelta por completo en sábanas salvo por un dedo del pie desnudo, o una nalga firme, sobre los cuales él agasajaba sus ojos rasgados.

—Estoy aprendiendo a ver —decía mientras me miraba fijamente—. Es como si hubiera abierto los ojos por vez primera. Antes de esto un hombre jamás podría aspirar a reproducir la noche con su pincel pero tú, amada mía, eres la oscuridad que cobra vida. Tu siniestra belleza haría que los flagelantes se azotaran a muerte, ¿tienes idea? La tuya no es simplemente la ausencia de luz, no, eres lo que temen generales y sacerdotes. El tuyo es el color de la sombra de Suleimán en esta orilla, y también el color del súcubo cuya asfixia es una libertad tan dulce. Los demonios y los santos gritarían ante tu magnífica piel de mora. Eres la esposa de Salomón, eres la esposa de Lot. Eres la temible Dalila.

—Y tú, mi mecenas, eres un pazguato formidable —le contestaba—. Me sorprende que no hayas muerto ya de pura estupidez. ¿Acaso no requiere el animal humano de alguna inteligencia para sobrevivir?

Y así seguimos, durante años y años. Tan ocupada estaba saboreando las perlas de la isla —las habas y las aceitunas, las naranjas con coco, las jóvenes cual cervatas, los retratos de la diosa María y su Cristo incontrolable hechos por mi mecenas que te rajan el corazón y, no vaya a ser que se me olvide, las famosas impresiones venecianas de Ptolomeo, las Historias Romanas, las Odas a Laura, las Confesiones, ¡Cuán fervientemente anhelaba, Oh Dios mío, cuán fervientemente anhelaba volar hacia ti lejos de las cosas terrenales!; tan ocupada e involucrada estaba en estas carreras que no comprendí que mis otros sentidos más agudos se entorpecían día a día.

Me distraje con su Dios. Rodeada por el mobiliario de esta deidad, pronto descubrí que los amados rostros de mis ídolos se volvían cada vez más tenues en mi mente, a la vez que mi corazón seguía sediento de un gran padre que pudiera contener mi alma feroz. Estas cruces brillantes y estos templos como de encaje, los dulces rostros de las Vírgenes, los Santos y los Hijos delgados y pálidos seducían mis facultades, de modo que me encontré arrodillada en oración pagana. Y las cuestiones de teología coincidían con las cuestiones de arte. Sabía que Carlos usó a la hermosa María para clavar la espada que mataría a mi padre, para armar de valor a sus sujetos contra Martín Lutero, pero yo también me convertí o me confundí. La fama de Tiziano creció durante el tiempo en que lo conocí, y la corona le concedió el título de caballero en 1533, pero para entonces mi alma había engordado en demasía y me limité a temblar entre el público y desperdicié la oportunidad. Aún así, de ver a Tiziano trabajar, uno no podía menos que pensar que un poder supremo movía su pincel. Mi mecenas pudo haber sido un idiota, pero he de admitir que también era un genio.

EN 1537 TIZIANO empezó a pintarme con tal manía, a tal extremo, que uno creería que era un viejo virgen que había irrumpido en el serrallo del rey y ahora se encontraba observando la figura femenina por vez primera. Lo cual, en cierto modo, supongo que era cierto.

Me ponía de pie en el pedestal trabada en una pose absurda —los brazos alzados, las uvas cayéndome por los dedos, estrellas de diamantes en el cabello, mascadas diáfanas y doradas que no alcanzaban a disimular mi magnífico delta, hay que admitirlo— mientras el maestro me engullía con sus ojos hambrientos e intentaba copiar la asombrosa oscuridad delante de él.

Durante un año entero, no obstante, fracasó. Hacía un guiño a sus lienzos como un cíclope imbécil, y después llenaba el lienzo de unos grafitos burdos de monstruos negros de enormes pechos que estaban totalmente fuera de proporción con la figura humana. Pensé que se trataba del mismo fenómeno como cuando Cortés intentó describir los habitantes de Tenochtitlán a sus coetáneos: «Animales», nos había llamado, luchando por encontrar palabras, «con fuego en los ojos y las bocas manchadas de sangre, mitad humanos, mitad monos, tan sanguinarios como los tiburones». El idiota, efectivamente, parecía creer estas ficciones, pero quizá uno no debería ser tan severo con un alma tan débil como la suya o la de mi mecenas; se trataba únicamente de que nuestros prodigiosos cuerpos ejercitaban al máximo la imaginación de estos hombres, y el efecto sobre sus ojos y lenguas era mucho más nefario que la ceguera pura o el silencio. Los habíamos orillado al borde de la desesperación con nuestra belleza peligrosa. Sus facultades no eran lo suficientemente vastas como para contenernos. Pero a la larga, Tiziano me sorprendió. Su ojo se ajustó y su genio rellenó los grandes espacios que yo había creado. Comenzó a pintarme y ahora con éxito, en estos murales gigantes dedicados a mi espléndida desnudez, aunque las diosas que yo modelaba no eran aquellas de su antigua ralea: no había ninguna Dánae en mi repertorio, ni Venuses, ni Didos, ni Marías. Ya que yo inspiraba brujas de otra índole.

Ante mi iluminado mecenas, yo aparecía como la figura de todas las pecadoras oscuras de las historias eu-

ropeas. Me convertí en Eva, así como en la mala esposa de Lot, en una Medea de tez morena, una Calipso de nalgas acorazonadas, también una Celeno negra y colmilluda. Aunque Tiziano completó varias obras durante esta época, entre ellas la Venus de Urbino y la Presentación de la Virgen (ambas usaron a Isabela como modelo y ambas eran mis favoritas), pasó todos los momentos libres dedicado a su nuevo proyecto exótico, el cual, aseveraba, resquebrajaría el mundo del arte como un huevo. Sin embargo, a pesar de sus bravuconerías, también estaba bastante nervioso y no mostró ninguna de las pinturas que hizo de mí por casi una década. Ya habíamos advertido los peligros de introducir las atracciones de mi patria a estos nativos endebles: la complexión europea era sencillamente demasiado anémica. Se daban casos de españoles que, al adoptar una dieta basada en nuestro maíz sin aprender la manera correcta de prepararlo, muy pronto se habían envenenado y se habían vuelto tan locos como monos. Y había sido harto divulgado que cuando ciertas damas de la nobleza habían visto los orgullosos y fantásticamente largos penes de nuestros dioses de piedra (que habían sido robados), comenzaron a frotarse a sí mismas con tal agilidad y desenfado que parecían infectadas por el mismo Satanás.

Fue a consecuencia de una responsabilidad cívica que Tiziano mantuvo veladas sus obras maestras, pero a la larga se apareció el fantasma babeante de su ego. En el invierno de 1540, entró con garbo en el estudio y puso los toques finales al mural de Salomé, quien llevaba todos sus velos brillantes.

—Ya no puedo seguir ocultándolas —gritó—. Es un crimen contra el arte. Un crimen contra la belleza. ¡Un crimen contra la humanidad!

Y fue así, con esa pequeña muestra de modestia conmovedora, que el maestro anunció que llevaría a cabo una exposición de todas las obras maestras en las que yo figuraba como estrella.

LA INAUGURACIÓN TOMÓ lugar en marzo de ese año en la Casa Grande del mismo Tiziano. Aunque por muchos años me había deslumbrado con sus espectaculares fiestas, no habíamos visto nunca un banquete semejante.

Nos dimos un festín de gallina asada, camarones en vino y lechón asado, y él había importado estos ingeniosos arpones de tres dientes con los cuales clavar la carne. Fue todo un éxito. Aretino estaba allí y el Dogo de Venecia, y toda suerte de gente de alta alcurnia y del clero, entre ellos un favorito del emperador, un sacerdote de ojos de pescado llamado Leonardi, quien al parecer no había comprendido que estaría en compañía de mujeres livianas. Se persignaba cada vez que una cortesana eructaba o se descubría un seno en la mesa, lo que nos resultaba encantador.

—¡Mira esa rana tonta! —rió una cortesana de nombre Lucía. Después le pellizcó la nariz.

—No soy una rana —replicó Leonardi, sonrojándose.

—No, no lo eres —dijo Isabela, con un tono de voz bastante tenso esa noche—. ¡Eres un ciervo lujurioso y deseo que me poseas al instante, con todo y bragueta!

—Vaya, por Dios —exhaló Leonardi.

—Déjenlo en paz, señoras —afirmó Tiziano—. El clérigo tiene bastante de qué preocuparse sin que las putas lo atormenten.

—¿Tiene acaso una mente con la cual preocuparse? —pregunté, después me asomé a su oreja peluda—. ¡Juro que he conocido zapatos más inteligentes que este sujeto!

—Soy un hombre de Dios y un servidor del emperador —afirmó Leonardi, manoseando los tridentes—. El Señor me ha hecho inmune a las tentaciones de la carne y por tanto no me afectan sus pullas ni sus maldiciones ni sus pezoncillos rosados.

—Qué lástima —suspiró Lucía.

—Leonardi, no les hagas caso —interrumpió Tiziano—. Y cuéntanos de los asuntos de la corona. ¿Es cierto lo que dicen?

—Sí —interrumpió el Dogo—. ¿Acaso Carlos va a capturar a Barbarroja en Argel?

—¿Qué es esto? —preguntó Leonardi, agarrando el tridente.

—Un tenedor, caballero —contestó Tiziano—. Es lo último.

Leonardi sonrió.

—Qué curioso.

—¿Es cierto? —insistió el Dogo—. Sólo espero que sofoque a los bárbaros, teniendo en cuenta la humillación que sufrimos en Prevesa.

—Hermano, no olvides a los franceses —Tiziano farfulló.

—Por supuesto.

—De hecho —dijo Leonardi—, Carlos tiene sus planes. En octubre zarpará de Mallorca con Doria. Será una victoria certera. El ilustre Duque de Alba lo acompañará. Y el admirable Cortés.

En ese momento comencé a prestar mucha atención. Mallorca, Carlos, Cortés. Con esas palabras, de pronto se me ocurrió que había estado aquí, teniendo una variante de esta misma conversación durante diez años, mientras que el cuerpo de mi padre Tlacaélel se enmohecía en el polvo sangriento de Tenochtitlán. Me empezó a brotar sudor del cuello.

—¿Qué miras, doncella? —espetó el Dogo.

—Nada, señor —fingí una timidez repentina—. Únicamente tengo interés en escuchar a genios conversar.

—Pues váyanse a la porra, putas apestosas —dijo el Dogo—. Ya he visto bastante corrupción este año.

Las jóvenes se erizaron, pero Tiziano las consoló con ademanes que prometían paga adicional más tarde. Dio la señal y nos despidieron a todas. Muy pronto estábamos en la sala de Tiziano, donde varias mujeres comenzaron un juego de albur.

Isabela, no obstante, miraba con cólera desde un rincón y toqueteaba su ejemplar de Metamorfosis que había dejado antes en un trinchero. Parecía estar de un humor de perros esa noche.

Me acerqué a ella y cité lo que recordaba de ese libro, de la historia de Tiresias:

Este amor entre varón y hembra es asunto extraño.
Una inversión a medias en la locura
Más ella obtiene nueve décimos del placer.

Isabela levantó la vista.

—*Te lo sabes bastante bien.*

—*Sí. Mi antigua amada solía leérmelo.*

—*Al igual que a mí. Una joven que conocí una vez en España.*

—*Qué curioso que tengamos los mismos tipos de recuerdos.*

Me lanzó entonces una mirada candente.

—*¿Qué haces aquí, Helena? ¿Por qué permites que te convierta en una tonta con esos retratos?*

—*No sé. Comienzo a preguntarme si acaso no he perdido la cabeza.*

—*Deberías marcharte. Este lugar será tu ruina.*

—*¿Y tú?*

—*Tengo mis propios planes. Venecia está muerta. Una amiga mía, una bruja, me ha dicho que en diez años habrá una plaga.*

—*He pensado en irme. Justo ahora. Justo ahora que el Dogo hablaba de Carlos en Mallorca.*

—*Sería fácil escaparte, con suficiente dinero.*

—*¿Cómo?*

Me mostró el tridente que se había birlado, el «tenedor».

—*Estos bufones no saben qué artefactos tan ingeniosos inventan. Podría abrir el alijo de Tiziano ahora con esta cosita.*

Me senté en una de las sillas de terciopelo de Tiziano y observé a las cortesanas jugar a las cartas.

—*Me siento muy triste.*

—*No deberías estarlo. De nada sirve.*

—*Mi dulce niña, Caterina, era de España. Cuando la conocí era una monja hermosa, en el*

Vaticano. La Inquisición la mandó allí. Y amaba la poesía.

En ese momento, Isabela parecía haber dejado de respirar.

—¿Qué?

—Una vez me robaron el corazón, como habrás escuchado —dijo lentamente—. El nombre de mi amada era Caterina Lucía Gloria de Carranza.

Monté en cólera.

—¿Estás tratando de herirme? ¡Eso es imposible!

Intentó recobrar la compostura, aunque una lágrima rodó de su ojo.

—Por lo visto no. Yo era su aya. Hace mucho, mucho tiempo.

Me sentía ahora atrapada dentro de alguna especie de tormenta. Tenía la cara completamente encendida.

—Loca desgraciada —susurré—. Este lugar te ha envenenado la mente.

Pero ella sólo me tomó de la mano.

—Si la conociste como yo, entonces debes haberla amado.

No pude decir nada.

—Y eso —continuó—, nos hermana.

Apretó más su mano contra la mía.

—Te ayudaré a salir de aquí, con todas las provisiones que necesites. En Venecia sólo corres peligro.

No, no pude contestarle, debido al estrépito de mi corazón. Todos mis recuerdos se aparecieron como horribles fantasmas y casi me dejan ciega. Pero justo mientras recobraba el aliento y trataba de decirle algo que tuviera sentido, los eventos se retorcieron y se enredaron de nuevo.

Desde los aposentos interiores de la casa escuchamos un bramido estruendoso, como si acabaran de matar un oso.

—Silencio, Helena —dijo—. Sucedió algo.

Y luego hubo otro rugido.

Entonces nos apresuramos a buscar a nuestro mecenas.

EN EL ESTUDIO donde colgaban mis retratos, descubrimos un tropel de nobles y sirvientes revoloteando alrededor de un bulto en el piso, que al examinarlo más de cerca resultó ser el costal de huesos que fuera fray Leonardi sólo cinco minutos antes. Tiziano estaba bastante perturbado ante el efecto que su hospitalidad había tenido en el sacerdote, aunque en mi opinión era sumamente evidente que el espíritu de ese hombre se hallaba tan incómodo en sus ropajes que buscaba el menor pretexto para fugarse. En cualquier caso, el cadáver yacía allí, con una expresión emocionada en el rostro: el muerto verdaderamente sonreía, y juro que aún se podía entrever el dejo de una chispa concupiscente en sus ojos saltones. Bueno, a mí no me causó confusión, ya que era cierto que había visto con anterioridad bastantes versiones de ese semblante: en los rostros de los caballeros que salían de las habitaciones de huéspedes de Tiziano todavía con el estigma del colorete de las cortesanas en sus gruesos labios. Además, estaban en evidencia sobre los santísimos restos otras influencias de las curiosidades eróticas del padre.

—¡Santo Dios! —gritó nuestra tímida Lucía—. ¡Mirad ese caballo!

—¿Qué diablos pasó aquí? —el Dogo gritó por encima del barullo—. ¿Ha sido envenenado?

—¿O quizá ahorcado? —preguntó Isabela.

El Dogo tomó ahora la espada de su sirviente y la blandió al techo.

—¡Asesinato!

—Os aseguro, príncipe, que nadie ha sido envenenado o estrangulado en mi casa —afirmó Tiziano—. Esto fue puramente muerte natural.

Otro de los huéspedes de Tiziano, un cirujano real con cara de ave de nombre Martelli, asintió.

—Natural, diría yo.

El Dogo volteó a verlo.

—¿Qué quiere decir con eso?

—Según mi opinión médica —Martelli salmodió—, el pobre hombre murió de una sobreabundancia de lujuria.

—¿Y cómo es posible? ¡No había mujeres por aquí!

Martelli y Tiziano intercambiaron miradas graves.

—Me temo —dijo Tiziano—, que es mi genio lo que lo ha matado.

Y con eso señaló hacia arriba, a los murales develados que de forma tan dramática había desplegado ante sus invitados. El Dogo miró hacia donde le señalaba, pensó por un momento y luego asintió.

—Ah.

Tiziano sacó todo del estudio menos las pinturas que había hecho de mí durante los últimos años. Sobre estas paredes yo era Eva y Salomé y la mujer de Lot, y todo tipo de traidora y ramera contenida en la Biblia y los mitos griegos. Yo misma había observado estos murales repetidas veces y nunca había visto nada más que esplendor en ellos. Mis pechos brillaban como granadas y mis muslos estaban hechos de puro néctar. Cuando veía a la joven que allí posaba, me veía a mi misma tan bella como me imaginaba que Caterina me había visto. Pero entonces, cuando Tiziano apuntó a los retratos con un dedo acusador, fui testigo de otra cosa, que era el extremo opuesto a la belleza verdadera.

De pronto vi la manera en que ellos me veían.

Comprendí que si yo les parecía hermosa, no era la belleza del abrazo sobre el largo césped de los jardines del Vaticano, ni de los dedos de mi querida tocando mis labios mientras me miraba a los ojos. Ah, mi delicada novia. Ah, cómo te añoraba, tú que te encontrabas a un universo de distancia de este lugar. No hallé en su arte la belleza del amor, ni siquiera del retozo alegre sobre sedosa cama. ¡Esta era la atracción de las tierras vírgenes en bruto, pero no era, como Tiziano había dicho, natural, o ni siquiera yo! Era como la reflexión distorsionada de nuestros rostros que se dibujaba en los ojos de Cortés, la cual, a su vez, era sólo la sombra de su propia pasión enfermiza por matar, saquear y violar sin piedad: y las mortíferas pinturas servirían como licencia de Dios para continuar con esos crímenes.

Tiziano, sin saberlo, había pintado unos retratos propios de Europa, no de mí. Y ahora el grupillo de gente retiraba la vista de los murales y del cadáver, y la dirigía hacia mí, supongo que en espera de que estallara en llamas o les mostrara mis cuernos.

Deseaba poder hacerlo, pero tan sólo me encogí de hombros. Después de eso le lancé una mirada de complicidad a Isabela y me retiré a mis aposentos.

CUATRO NOCHES MÁS TARDE *junté mis esferas de malabarismos, luego le prendí fuego a todos esos diez retratos, así como a todos los estudios y esbozos que había hecho de mí. Con la ayuda de Isabela, me robé una pequeña alcancía que provenía de la fortuna de Tiziano para financiar mi huida. Le pedí a ella que me acompañara, pero negó con la cabeza y me dijo entre dientes algo sobre que se convertiría en la ladrona más grande que el mundo hubiese visto jamás.*

—Bueno, espero volver a verte, te conviertas en una gran ladrona o no —le dije.

—Y yo también, hermana —dijo ella, dándome uno de sus trajes de muchacho como disfraz—. Ahora márchate.

Le di un beso rápido y nos separamos frente a la mansión que justo ahora ardía en llamas.

Dejé esa Venecia de placeres terrenales y de manjares tan calmantes como las aguas de Leteo. Di un último vistazo a los canales azules, después contraté a un traficante de moros para que me llevara a otro territorio peligroso.

Por supuesto, no tenía otro destino que Mallorca.

8.

Los Ángeles bulle por fuera de la ventana de mi oficina esta noche. El aire es tan negro como una tormenta. Las luces de la ciudad arden como una hoguera.

Entro a una de las galerías oscurecidas, narrando en mi interior la historia de la malabarista. Los guardias me saludan con la cabeza desde sus puestos. He aquí figuras pétreas de Calipso, las sirenas de piernas de ave, Medea. Un ejército incompleto de las jóvenes menospreciadas que Helena representara ante Tiziano.

Medea fue la extranjera que tejió un vestido envenenado para la amada de Jasón, para luego ahogar a sus propios hijos en el mar. Y además tiene una hermana, aunque Helena no la hubiera conocido, ya que nació hasta después del sitio de Cortés: la bruja mexicana la Llorona, quien también ahogó a sus hijos en el río para fastidiar a su marido errante.

Estas son mujeres que se vuelven poderosas una vez que sus novios escogen a otras amantes.

Poseen pasiones sorprendentes y transformadoras. Vuelan por la noche en las negras alas de su melancolía, arrebatando víctimas en sus garras mientras millones de personas a través de los siglos escrutan los cielos para obtener siquiera un vistazo de ellas.

Y transformaron sus lágrimas en algo duradero, ¿no es cierto? Su dolor las convirtió en estrellas.

Pero ojalá y yo no sintiera nada.

PASAN LAS SEMANAS y él no responde a mis llamadas. La nauseabunda finalidad de nuestra última conversación se filtra en mi interior como una contaminación y por diez días llamo al trabajo para decir que estoy enferma y así quedarme bajo las cobijas. Pero de nada sirve. Me siento tan mal en mi cama oscura como dentro de la luz, así que regreso al trabajo, aunque no al que me han asignado. Tengo una sensación casi alucinante, a medida que me sumerjo en estos libros viejos, de que huyo de la imagen de Karl tambaleándose por la playa, y que a la vez persigo a una mujer morena por oscuros corredores, y casi estoy tan cerca como para tocarle el hombro o el cabello largo, las manos rápidas y el corazón afligido.

Es posible encontrar secretos si tan sólo *observas*, como mamá me mostró una vez. Todo es robado pero puede ser recuperado. En ocasiones, cuando acecho estos pasillos por la noche me imagino que la veo posada encima de una pila de mamotretos antiguos, limándose las uñas largas y pintadas, o admirando su reflexión en las vitrinas que protegen a las sirenas o al códice azteca. Las cuentas le repiquetean alrededor del cuello y la muñeca. Lleva unas trenzas oscuras. *¿Crees que te rompieron el corazón?* pregunta. *Imagínate a la* putana *a quien le pagaron un par de quintos para que posara para esta cosa. Imagínate los países que fueron asesinados para que un rico pudiera poner este libro viejo en su biblioteca. No veo eso es-*

crito en el letrerito, ¿o sí? Y si no tienes cuidado, también te van a meter en una de estas jaulas.

Parece que fue hace mucho que asumí la ocupación de liberar libros robados de sus santuarios, aunque no sabía entonces qué trabajo tan extraño y duro sería.

De todas formas, sigo dale que dale, aunque con una cierta desazón. Me escondo en la biblioteca y reanudo mi investigación acerca de Helena, hundiéndome en el silencio de los investigadores que también han sido acogidos por el Getty. Me he apropiado de un cubículo en el segundo piso de la biblioteca, y en el espacio contiguo al mío hay un experto en estudios de la cultura griega que intenta imaginarse el color de las flores que fueran esparcidas a los pies de Atena. A mi otro lado hay un especialista en estudios de la cultura romana que ha pasado años traduciendo un poema de amor escrito a Venus. Creo que todos nosotros estamos huyendo de algo. Todas las mañanas, después de unos tragos de café y un poco de charla, cada uno de nosotros se retira a sus libros y viaja a siglos de distancia de este lugar.

Yo huyo de vuelta a la República Veneciana durante la época del Dogo. Las mujeres más visibles de la Venecia del *cinquecento* son estas mismas diosas suaves pintadas en retratos gigantescos por el maestro que reinara en esta era. En *Dánae*, la heroína de Tiziano se reclina sobre sábanas de seda, su desnudez acentuada solamente por unos aretes de perla mientras Zéus desciende sobre ella como una lluvia de oro. También estudio el retrato de Acteón que espía la figura espléndida y prohibida de Diana. Y en la pintura que ahora cuelga en el Uffizi, Venus está de pie en un pedestal, con un velo drapeado sobre sus muslos desnudos, mientras cupidos y hadas que tocan címbalos le rinden culto.

Pero veo también que Venus era una prostituta de pie en un estudio frío, cubriéndose las partes pudendas con un paño, mientras Tiziano le ordenaba posar así o asá. Cuando el día de trabajo terminaba, ella se bajaba, se volvía a vestir y cobraba sus maravedís. Después desaparecía por la laberíntica y anegada ciudad.

A la caza de Helena por Venecia, sólo ahora descubro a más de estas *meretrici*, alzándose las faldas para dejar versus piernas blancas. No hay otras menciones de ella en el diario de fray Tosello, ni en ninguna otra parte que pueda encontrar, aunque me topo con muchas mujeres sospechosas rondando por las calles, algunas de ellas cargadas de perlas y rubíes. Tintoretto pintó a la famosa cortesana Verónica Franco como una reina de mejillas color ciruela envuelta en joyas. Pietro Aretino escribió poemas sobre la belleza, el garbo y la corrupción contagiosa de las cortesanas. Los sabores de sus perversiones variaban. Algunas vestían de hombre; otras invocaban la magia amorosa y el Tarot para seducir a sus pretendientes más difíciles. Se sospechaba que se acostaban con el diablo así como con reyes. En 1586 la *meretrice pubblica* Emilia Catena recibió azotes en la Piazza San Marco por brujería. Los legisladores adoptaron leyes suntuarias y los espías recorrían las calles. Sin embargo, durante el carnaval, destacamentos de cortesanas se metían con delicadeza en góndolas, sus pechos descubiertos y sus caras oscurecidas por antifaces emplumados que dejaban traslucir narices empolvadas y bocas rojas, rojas.

Encuentro todo esto, pero ningún otro registro de una joven morena al servicio de Tiziano.

Después paso a Argel durante la Guerra Otomana, en la que ella afirma haber participado, pero aquí hay mucho menor rastro. Después de capturar Túnez, el emperador, junto con el Duque de Alba y Hernán Cortés, surcaron la costa algeriana —conocida entonces como Al Jazira— para abatir a Khayr ad-Din, el famoso corsario de Suleimán. Carlos, de magnífica peluca, se encontraba de pie en la proa y ordenó a sus hombres que capturaran el territorio de los moros. Esta era una región de exiliados españoles, agua, tormentas de arena, fruta cítrica, vino y el árbol *Quercus suber* de donde se extrae, en capas, un corcho fino y resistente. Dentro de las delicadas ciudades de Sinan, mujeres envueltas en velos se levantaban de las alfombrillas de rezo al sonido de los disparos del mosquete. El Mediterráneo emitía destellos que se reflejaban en las extrañas armaduras de los soldados santos. Para los europeos, todos eran idénticos menos el feroz Khayr ad-Din, quien saqueaba las costas de Italia y Rodas, cuando una catarata de turcos salieron corriendo desde el puerto, invocando una tempestad sagrada y derrotaron al Sacro Imperio Romano.

Es imposible encontrar más que un puñado de nombres dentro de estas tormentas de cuerpos. Y después de un rato, me doy cuenta de que no es tan sorprendente que no pueda recuperar a una joven apócrifa: Argel mismo desapareció en su totalidad una vez. Los fenicios fundaron la ciudad y después de la caída del imperio de César fue incendiada y eliminada del mapa durante siglos, sólo para que los españoles la colonizaran en 1511, un puñado de años antes de que le prendieran fuego a Tenochtitlán y del comienzo del viaje de mi supuesta heroína.

FEBRERO. ESTOY RODEADA de montones y montones de libros y de mapas antiguos. A las nueve de la noche, Teresa se aparece en mi escritorio.

—Parece ser que tienes razón —digo—. No hay nada aquí que pruebe que ella existió. Ahora me parece una bobería. Es mucho más probable que de Pasamonte haya escrito la historia.

—No dije que fuera una bobería —dice.

Pero hago a un lado el libro que estaba leyendo. Todo es mentira. No existió una Caterina, ni un Maxixa, ni una Helena.

No hubo ninguna malabarista azteca, ni musa, ni asesina.

Tampoco hubo boda con Karl. Y he cometido un error.

A mi lado, el especialista en cultura griega sigue garabateando sobre los colores de las flores que flotaban en el aire de Atenas durante una antigua celebración. Cierro los libros sobre Venecia, Argel, la guerra santa de los moros, las cortesanas y comienzo a regresar todos los volúmenes, uno a uno, a sus anaqueles.

PARA PRINCIPIOS DE MARZO, TERESA ha empezado a trabajar a regañadientes en un ejemplar del siglo quince del *Canzoniere* y *Trionfi*, iluminado en el vívido estilo de Girolamo da Cremona, para evitar que la despidan. Oscila sobre una miniatura del poeta que sueña con su Laura y aplica con mano segura delgadas láminas de oro a las orillas del libro. El oro se refleja en su cara sobria y pálida como una pequeña flama.

—En *serio* que debería renunciar a este empleo —dice, pero sigue trabajando.

Yo no me pongo tanto empeño. *La conquista* está sobre mi escritorio, aún con marcas, aún carcomido. Hace semanas que no lo toco, aunque ella no se ha quejado. Examino el pegamento y la plegadera de hueso y las hojas de fino papel japonés apilados junto a mi codo. Levanto una hoja del papel y la sostengo contra la luz. Es tan transparente como un velo o una membrana y veo a Teresa a través de ella.

Estamos rodeados de objetos tan inflamables, me doy cuenta. No sólo papel, sino también los tapices y los disfraces frágiles y antiguos. Más los jardines de tejos y matorrales autóctonos con los que el señor Getty se hubiera quedado embobado. Los Ángeles tiene fama por sus incendios de maleza.

Como me lo advirtió mi mamá hace años y años, no seríamos las primeras victimas de ese tipo de catástrofe.

La famosa biblioteca de Tenochtitlán también era vulnerable, de acuerdo a la leyenda. Me refiero aquí a la oscura Amoxcalli, en náhuatl. Mamá me la describió de niña y ¿cómo podría olvidar la historia? Dentro de ese santuario había habido miles y miles de libros, cada uno cuidadosamente impreso en papel amate suave hecho de las fibras hervidas y machacadas de la corteza. Los aztecas escribían de una manera que resultaba agradable tanto para el ojo como para la lengua, ya que sus letras no eran unos palos entrecruzados como las nuestras, sino imágenes de animales, ciudadanos, plantas y dioses. Un ojo cerrado, por ejemplo, simbolizaba la noche; un escudo indicaba guerra. Un cadáver envuelto para ser enterrado servía como el signo de la muerte y una vírgula que salía de la lengua de un hombre denotaba el habla.

Los eruditos de Tenochtitlán codificaban todos sus secretos usando este sistema —las historias locales perdidas, los misterios religiosos, las guerras que devoraban los cuerpos de miles de hombres cuyos nombres se evaporaron hace siglos. Un lector curioso, al entrar a la biblioteca, debe haber encontrado algo muy parecido al gran florilegio de Alejandría o a las fantasías caleidoscópicas de Borges.

Podríamos, por ejemplo, imaginarnos aquí a Bernal Díaz del Castillo, recién llegado a Tenochtitlán.

Y tal ensoñación es peligrosa, por supuesto, ya que inevitablemente conduce a otra historia, y las historias siempre requieren quien las escuche.

Aunque más tarde sería el autor de apuesta barba de la famosa *Historia Verdadera de la Conquista de la Nueva España*, en 1520 Bernal Díaz era todavía un joven tosco que se abría paso por la selva tórrida a espadazos virando continuamente a la derecha y con esas fantasías de oro que le obstruían la mente. A medida que seguía al general por esa ciudad extranjera y completamente silenciosa, de mezquitas de piedra e infinidad de cuerpos morenos, debe haberle deslumbrado la rareza de los ciudadanos que se apartaban formando un camino mientras trababan en él sus miradas de ojos pintados.

No, no eran ciudadanos, se hubiera corregido. *Bárbaros*, que veneraban la sangre como él mismo veneraba la cruz. Y él los había

la
CONQUISTA
177

corregido con su espada. Había visto ya a cientos morir a sus pies y cada vez comprendió su justificación divina. La comprendía ahora, mientras rondaba por la ciudad invadida. Su apostasía era evidente, pensó, en estos templos con sus montones de calaveras rojas, y en esta Lilit que llevaba puesta una piel de bebé y dientes de oro, con las tetillas descubiertas como una perra. Por todos estos siglos Satanás había criado aquí una prole muy discretamente y sin las exhortaciones saludables de Cristo esta gente se había oscurecido y deformado como árboles privados de los rayos del sol.

Siguió al general por la multitud estupefacta, más allá de los jardines y zoológicos rojo sangre que albergaban bestias extrañas y de la piedra sacerdotal que se encontraba atascada en un suelo resbaloso debido a los despojos humanos. Él y sus cohortes se abrieron paso hacia las arcas de Moctezuma, que se rumoraba contenían todas las riquezas de este Midas infernal.

En el camino, no obstante, se distrajo.

Pasó por un templo que aparentaba no estar a la disposición de ocupaciones asesinas ni domésticas. Era tan grande como los demás, pero no estaba decorado con chucherías de hueso, ni en su entrada había cabida para niños y mujeres dando pecho. En su lugar había dos hombres apostados a la entrada, que llevaban un atuendo llamativo parecido al de los sacerdotes, aunque desprovistos de los abominables estigmas del sacrificio humano. Uno de ellos sostenía lo que parecía ser una sábana de la más alta calidad; y según lo que Bernal Díaz podía ver, el interior del templo era umbrío, silencioso, completamente familiar de alguna manera y, por lo tanto, desconcertante.

Dio un paso al interior. Le tomó unos momentos descubrir que estaba en una biblioteca, y que este sistema de casillas no contenía sábanas como había pensado, sino pergaminos.

El bibliotecario de llamativo atuendo se le acercó, reconociendo a un lector entre la tropa loca de Cortés. Bernal Díaz observó al hombre —quien tenía un rostro impenetrable, de huesos de halcón y dientes blancos, blancos— este hombre desenrolló una sábana que contenía signos maravillosos y en una voz profunda y sonora comenzó a recitar algo. ¿Una canción? No, un poema.

Bernal Díaz comprendió de algún modo que este hombre le estaba leyendo un poema de amor. Y que estos dibujos de diosas y flores eran palabras. Fue como el momento en que el alma entra al niño que descansa en el vientre materno —el momento en el embarazo en que se siente el movimiento del feto, cuando la criatura puede ser tanto amada como condenada— vio en esos segundos el destello exterior del alma del bibliotecario y el genio inescrutable de este clan que guardaba sus muchos secretos en esta casa oscura y fría.

¡General! Gritó. ¡General! (Ya que sabía que había hecho un descubrimiento tan importante como el de Colón.)

Pero entonces escuchó las pisotadas y los bramidos y vio humo en el aire. Sus compañeros de armas pasaron por ahí, con pesados dioses de oro a cuestas. Una niña, con el cabello en llamas, corría por la calle. Las mujeres gritaban, grandes edificios de piedra se desplomaban. Los hombres de Cortés acababan de comenzar la destrucción de Tenochtitlán.

Toda la noche, la biblioteca ardió.

VEO A TERESA ahora, todavía agachada sobre el Petrarca y la lámina de oro como una llama en su mano.

—Teresa.

Trato de recitarle esta aventura, que fuera uno de los cuentos que mi mamá me contaba para dormirme. Creo que sus temas pudieran coincidir con la filosofía de Teresa. Mi jefa cree que debería permitirse que todo se desmoronara hasta convertirse en polvo, pero quizá esto ya sucedió hace mucho tiempo. Las historias grandes y pequeñas nos muestran que estos tipos de incendios siempre han puesto en ridículo a los archivistas, ya que han reducido a cenizas a los reyes, los juzgados, los mercados, así como a las historias de amor, mi historia de amor, la de la madre. Tanto se esfuma. Aunque quizá no toda aniquilación sea tan mala. Por lo menos *esa* biblioteca conserva su misterio, a diferencia de este depósito de libros falsos, lo cual es una especie de pesadilla, ya que aquí nada cambia y todo es exactamente lo que parece.

Pero entonces me doy cuenta que no puedo mencionar estas cosas.

Levanta la vista de su trabajo y toma aliento. Camina hacia mí y me pone la mano en mi hombro que se mueve.

—Ay, Sara. Perder a un hombre no es el fin del mundo. Vas a estar *bien*.

NOCHE. DENTRO DE MI PEQUEÑA casa del sur de Pasadena, espero a mi papá, Reinaldo, quien viene a cenar. Me encanta mi casa, habiéndola abastecido de placeres privados. Aquí está mi sillón mullido de París y mi sofá de cuero y mi librero de madera de cerezo y mis libros. Aquí están mis pequeños jardines en macetas, uno inglés del siglo diecinueve en el porche y otro tropical del siglo dieciseis en el patio que da a mi recámara.

Vivo sola. Cuando no estoy deshecha, lo disfruto. En la noche me doy largos baños perfumados de esencia de rosas y escucho la felicidad calamitosa de Thelonious Monk y Tito Puente. Cultivo flores hermosas, tulipanes amarillos de lenguas rojas que oscilan entre los pétalos, orquídeas blancas de labios violeta y huecos genitales amarmolados. Soy dueña de una colección bellísima de libros. Además de *El jardín de senderos que se bifurcan* firmado, tengo una primer edición de *Ficciones* que yo misma encuaderné en cuero amatista y un facsímil costoso de *Don Quijote* que me gusta leer mientras tomo jerez español. También tengo una primera edición estadounidense de *La señora Dalloway*, comprada en una librería fina de Los Ángeles por un precio por onza más alto que la heroína pura. Y el libro es una droga. Sus páginas son color marfil y están onduladas como una ola; porta el estigma de la firma de la misma Woolf en su famosa tinta morada.

Pero esta noche no tengo interés en mis cosas. Me siento en el sillón y sujeto un volumen frío en una mano, después me levanto para preparar la cena. Por la ventana de la cocina, el cielo detrás de los árboles se oscurece, mientras pico cebolla y muelo semillas de ajonjolí para hacer una pasta en el molcajete. Después siguen los chiles, el chocolate y los pedazos de guajolote, puestos a hervir sobre la estufa durante el mayor tiempo posible.

Una cena bastante convencional, he de decir. Cuando era niña, a mi mamá y a mí nos gustaba prepararle a mi papá comidas espectaculares y extrañas. Sacábamos ideas de libros: una vez leímos *Cándido* como si fuera un menú, para luego hacer el mejor intento de reconstruir sus sopas de loro, colibríes guisados y empanadas de testículos de mono asados con ingredientes de la sección de comida exótica de Ralph's. Cuando terminé *Emma* hubo la morcilla temblorosa; después de la exposición de Tina Modotti en el museo, nopales fritos y esqueletos de merengue; después de *Shogun,* mi mamá insistió en usar kimonos y tuvimos comida japonesa cruda por toda una semana.

Mi papá se sentaba a la mesa y se quedaba mirando la obra maestra en su plato, después miraba embobado la calavera de azúcar que le sonreía o los palillos orientales en mi cabello mientras intentaba vislumbrar algún indicio de sus genes en mí.

Beatriz *rugía* de risa, de una manera que no me pareció distinta hasta después.

A veces creo que todavía me mira como lo hacía entonces.

Corto la lechuga y los corazones de alcachofa y las zanahorias

hasta que los faros de su coche pintan de blanco las paredes amarillas de la cocina. Suelto el cuchillo, camino a la puerta. Cuando
pongo los dedos en la perilla suena el timbre y después aquí está,
con una sonrisa en el escalón de enfrente: es tan alto como un
panda, moreno, de bigote y trae su vieja guitarra hecha de una madera clara y pulida, al estilo español.

—¡Nena! —grita.

EN EL COMEDOR, papá devora de manera experta el mole de
guajolote metiéndose cucharones grandes bajo el bigote de modo
que no ninguno de sus bigotes aún negros se la bañe en salsa.
Todo en él es pulcro: la camisa de seda blanca cuidadosamente
arremangada, los pantalones de sport caqui con dobleces como el
filo de una navaja, el exuberante cabello plateado que forma ondas
hacia atrás como el de Ricardo Montalbán en *La isla de la fantasía*.
Yo, sin embargo, no me siento tan elegante hoy y *él* no es tan tí-
mido como para abstenerse de mirar fijamente mi peinado o mi
ropa mientras saborea la comida.

—Papá —digo—, no me mires así.

Levanta la mano.

—¿No puedo mirar a mi nena linda, con el pelo de escoba?

—Mi pelo no tiene nada. Come tu comida.

—Un gato ahogado tiene más clase, ¿okey?

—Okey. Ahora, come.

—Una muchacha con la cabeza quebrada como su madre, pero
mira qué chula, qué preciosa, tan guapa, si tan sólo te pintaras un
poco los labios o algo así.

—Papá.

—Y además estás muy flaca —sigue, agarrando un poco más
de mole con la cuchara y metiéndolo junto con la lechuga rallada
en media tortilla. Mientras hace esto, la manga se le desenrolla y
deja ver la parte superior de una cicatriz que me ha causado impre-

sión desde que era niña. Papá dobla la tortilla en un triángulo ordenado y me lo pasa, haciendo que se le desenrolle aún más la manga, y mostrándome así un tramo más grande de la piel manchada del antebrazo, que no solamente es un tramo blanco de tejido de cicatrización sino también una mancha tenue de azul.

—Quiero ver que te lo termines todo, chiquita —dice, acerca de la comida en mi plato.

A papá nunca se le ponen los nervios de punta a menos que sea algo que tenga que ver conmigo; de otro modo, pertenece a los que creen que al mal tiempo buena cara en cuanto a problemas personales o tragedias, según sea el caso. Después de que mamá muriera, sólo lloró enfrente de mí una vez y siguió llorando su muerte a puerta cerrada, en su habitación. Todavía en pleno duelo, asumió sin inmutarse el rol de papá solo, enseñándome acerca de la regla, los muchachos, la historia mexicana, así como discutiendo a gritos en las reuniones de la asociación de padres y maestros sobre los programas para niños superdotados y preparándome mis almuerzos escolares, como si fuera la cosa más natural del mundo. Y lo era. Me levantaba a las cinco y media de la mañana para domarme el cabello y hacerme trenzas antes de irse al trabajo, y yo comía una cena hecha en casa todas las noches aunque él trabajaba más de setenta horas a la semana en su negocio de construcción. Esa cicatriz blanquiazul que se le asoma ahora por la manga es, no obstante, el único vestigio de los días en que papá no era tan disciplinado. Son los restos de un tatuaje en forma de puño, el cual hizo que le quitaran hace dos décadas en un proceso bárbaro que le dejó un área de su piel morena de un rosa moteado, pero que no alcanzó a borrarle los contornos tenues de un pulgar azul.

Extiendo la mano y trazo el estigma con mis dedos. Él baja la vista y frunce el ceño al mirar su brazo.

—Voy a hacer que me lo limpien un día. Ahora pueden hacer cosas buenas con rayos láser, cirugía plástica.

—Nada más no te gusta porque te recuerda qué gallito eras.

—Qué *menso*, dirás. No gallito. Ya te lo dije, el chamaco a quien le pusieron esto era un chamaco con el cerebro revuelto.

Papá me ha contado antes de su juventud, más de una vez, aunque la historia del tatuaje no es una que me canse de escuchar.

Se lo puso a principios de los sesenta, cuando sólo había estado en los Estados Unidos menos de un año, pero ya se había distinguido ante su patrón por la calidad delicada de su trabajo de construcción y ante sus compañeros de trabajo por su carácter insubordinado. Había dicho una vez que era el *puro maldito y pinche orgullo* lo que lo había hecho enojar tanto que quería propinarle un puñetazo en la cabeza a todos los hombres que tan siquiera lo miraran feo. Había trabajado en una cuadrilla de la construcción de cincuenta hombres, casi anglosajona en su totalidad, a excepción de dos sudaneses y otros tres mexicanos —todos *ellos* de Veracruz, *no* de Chihuahua como él— que sabían cómo no meterse en líos. Trabajaban en las torres de apartamentos que brotaban por Long Beach —días largos, duros y sucios de golpear con martillos neumáticos y de balancearse colgado de los andamios, que dieron lugar a unos de los edificios más bonitos que la ciudad había visto— columnas altas y blancas que se erguían a través del aire brumoso.

Pero aun con todo y que hacía buen trabajo, papá tenía una sensación agria. A algunos de sus compañeros no les importaba decirle groserías o participar en otros hostigamientos trillados. Había un provinciano caritativo procedente de Arkansas, el estadista más viejo de la obra llamado Lufft, quien se hizo cargo de papá. Los dos hombres comían el almuerzo juntos la mayor parte de los días; Lufft compartía su bizcocho y hablaba sobre los puntos más sutiles del béisbol en un inglés casi incomprensible o aconsejaba a papá sobre cómo sobrevivir en el negocio de la construcción. *No levantes la cabeza, es lo que dijo, más que nada. Cuando*

los demás hombres me echen maldiciones, dijo, *no hagas mucho escándalo, mantén las narices limpias y nadie te hará daño. Eres un buen muchacho, no te metas en líos, acuérdate de quién eres y todo va a salir bien, chico, yo te cuidaré.* Al otro extremo del espectro había un vaquerote llamado Weathers a quien le gustaba congregar a varios de sus cuates para que le ayudaran a atrincherar a papá contra la carretilla elevadora, para luego susurrarle comentarios racistas en voz de sonsonete, hasta que Lufft les gritaba que lo dejaran en paz.

Todas las noches papá regresaba al motel donde vivía, luego se acostaba en su pequeña cama y repasaba cada insulto del día hasta que lo hubiera fijado en la memoria. Antes de que terminara su primera temporada en los Estados Unidos, esta forma de estudiar había logrado que tuviera un dominio absoluto de la abstrusa gramática de las blasfemias estadounidenses. También logró que se convirtiera en un experto imitador de los modales de Weathers, caminando por la obra con los hombros enderezados a un cierto ángulo de modo que chocaba con frecuencia con sus compañeros de trabajo, de manera que no parecía totalmente cortés o accidental. Lufft trató de hablar con él, acompañado de una buena tajada del bizcocho cortesía de su mujer, y a papá no le costó trabajo interpretar sus advertencias, sobre todo porque iban acompañadas de apretones en el hombro un poco fuertes, aunque paternales. Pero las advertencias no evitaron que su saliva aterrizara en los zapatos y las mangas de sus colegas, o que le devolviera miradas cargadas de odio a Weathers, seguido de un silbido bajo e irritante que debe haberle erizado los vellos del cuello a todos a su alrededor.

Aunque quizá no se hubiera metido en problemas si aquella muchacha no se hubiera aparecido.

Un día a principios del verano en la obra del centro, los trabajadores vieron a una rubia que tal vez trabajaba como secretaria en una compañía cercana, pero que había nacido para posar en calendarios de herramientas y en los sueños indecentes de hombres jóvenes. Weathers y sus cuates se asomaban de los andamios y le gritaban las maneras en que colmarían los deseos ocultos de ella con el sexo abreviado que era su especialidad. Entonces papá se les acercó en silencio, sintiendo que la sangre se le agolpaba en la cabeza y que el corazón le chasqueaba como un martillo, y comenzó a darle una serenata a esta señorita con el vívido léxico que había aprendido del mismo Weathers, enumerando felizmente a Miss América las muchas maneras en que él satisfaría sus deseos con la nívea carne de ella, en ese lenguaje torpe, obsceno, sumamente específico y venéreo, de modo que la pobrecita salió corriendo de allí y papá se revolcó en el estiércol donde sólo se admitía a hombres blancos.

Se hizo un silencio en la obra. Lufft se quedó sentado mirando su sándwich de mortadela, mientras que a Weathers le dio tanta rabia que ni siquiera pudo tartamudear *spic*, y papá se pavoneaba de tarea en tarea sin un rastro de remordimiento en su cara sonriente. Pero al final del día, después de que se había ido el capataz, papá se dio cuenta de que todos los hombres merodeaban y no se iban a casa como solían hacerlo. Mientras agarraba su chamarra y su lonchera, comenzaron a aglomerarse a su alrededor. No dijeron mucho, pero se le quedaban viendo, el sudor les caía en capas de la cabeza y rechinaban los dientes; sobre todo Weathers, quien fulminaba con la mirada y resoplaba y agarraba una pala con la que podría haberle arrancado la cabeza a papá. A los otros cinco hombres de color no se les veía por ningún lado, aunque Lufft estaba allí. Se encontraba de pie a una orilla, meneando la cabeza y hablando entre dientes, mientras la turba se engrosaba alrededor de papá y Weathers se le aproximaba lentamente con la pala. Justo antes de que papá tratara de salir disparado, Lufft empezó a caminar hacia ellos, lenta y calmadamente. Se le acercó a Weathers y le quitó la pala. Y después la usó para pegarle a papá hasta dejarlo sin sentido.

Seis días después de que Lufft le recordara a papá quién era, papá se presentó de nuevo en la obra, con la cara como un jamón aplastado y con unos mechones de menos en la cabeza, y también con algo adicional, que era el puño azul que había hecho que le tatuaran en el brazo. No fue el fin de sus días de broncas. Todas las noches seguía con su ritual de memorizar todas las indignidades y no pasaba una semana sin que su tatuaje fuera inscrito de nuevo con otra pelea, aunque había aprendido a alejarse de Lufft. A pesar de que hacía un trabajo excelente, lo corrieron de esa obra y de siete más, algunas de las cuales tuvo que salir a gatas, literalmente, debido a huesos rotos.

Mi papá nunca me explicó cómo pasó de ser un joven de memoria perfecta al hombre sentado a mi mesa esta noche. Lo que sé es que años después de que se casara con mamá hizo que un cirujano le borrara esa marca y los rencores que le hacían compañía, según parece. ¡*No te dejes, baby*! le gusta decir hoy en día. ¡*Ve el lado bueno de las cosas*! ¡*Borrón y cuenta nueva*! Y esa buena actitud le ha funcionado: socialmente, fiscalmente, es todo un éxito en su negocio de construcción. Cada mañana cuando sale el sol no ve más que un nuevo día. ¡Este es un hombre moreno dueño de su propio destino! ¡No necesita aparentar ser un rufián para probar lo fuerte que es! Pero mientras le pongo la mano en la cicatriz, me alegro de que todavía esté allí y que no haya sido alisada con láseres.

Papá ahueca su mano sobre la mía y me la aprieta, menea la cabeza. Y ahora interrumpe la conversación sobre el tatuaje, de modo que ya no me queda escapatoria.

—¿Entonces? ¿Por qué diablos no estás contenta? Dime y lo compongo. Tengo que componer *algo*. Te voy a componer esa cola de caballo para empezar.

—Me veo bien.

—Qué, traes esa carota triste, pareces un conejo cacheteado. ¿Okey? ¿Te estoy hablando claro? Te ves toda desarreglada con ese pelo y ese suéter. Cualquiera que te vea puede darse cuenta de que andas deprimida.

—Bueno, no puedo hacer nada al respecto. Come tu cena y haz de cuenta que estoy bien.

Se da unas palmaditas en el estómago.

—«Come tu cena», me dice ella. «Cómete la cena». Pues, ya me la comí y estuvo *buena*, mejor que todas estas mujeres profesionistas con quienes salgo que ponen el *Bird's Eye* en el micro y luego quieren que haga de cuenta como si fueran esa Judy Childs, ¿la conoces?

—Julia Child.

—Esa mera —se ríe—. Sí, esa señora que cocina. Le podrías enseñar dos que tres cositas, muñequita linda.

—Gracias, papá.

Se empuja de la mesa, echa un vistazo por el comedor.

—Está bonita tu casa. ¿Ya te lo había dicho?

—Ajá.

—Bueno, pues está bonita. Y nomás estoy bromeando. Te ves bien. No te ves tan mal —se jala el bigote, mirándome con detenimiento—. No, sí, sí te ves mal. Te ves tan mal que quiero ir a golpear a ese chamaco.

—No vas a ir a pegarle a nadie.

—¿Crees que no lo sé? Ese me mataría. Lo atropellaría con mi carro.

—Papá, tú quieres mucho a Karl.

—No quiero a nadie que haga llorar a mi hija ni una lagrimita, ¿ves?

Me pongo de pie, después camino alrededor de la mesa y le masajeo los hombros.

—Vamos al sofá.

En la sala, agarra su guitarra y la rasguea por unos segundos antes de dejarla de nuevo en el sofá y mirar mis repisas.

—Libros, libros, libros —dice, sacando *Don Quijote* con suavidad—. La ratona de biblioteca.

Me siento en el sofá.

—¿Cómo va el trabajo?

—Cómo va el trabajo. El trabajo va bien. Conseguí este contrato en Pacoima y conseguí aquel contrato en San Diego y conseguí el del Valle de San Fernando.

—Ah, qué bien.

—Sí, está bueno —no está pensando en lo que dice. Está viendo mi ejemplar de *Don Quijote* y ahora lo sostiene para que yo lo vea—. ¿Tu problema? ¿Quieres que te lo diga?

—No.

—Tu problema creo yo son libros como este. Con el cerebro en las nubes. A tu mamá le encantaba este libro.

—Me acuerdo.

Deja salir un profundo suspiro.

—Tu mamá estaba reloca. Era buena mujer y la amaba, y ojalá que todavía estuviera aquí pero no es así y podemos decir la pura verdad. Estaba chiflada y cuando veo eso en ti me pongo como loco, ¿okey?

—No se me está patinando el coco, papá.

—Sí que lo está. ¡Mira esa pinche ropa! —se le pone la cara colorada e hinchada, y sé que se pone muy tenso cuando cree que no estoy en control de la situación.

Se me acerca y me da un abrazo demasiado fuerte, de manera que me apretuja la cara contra su pecho.

—Mira. No era mi intención decirte maldiciones. Eres una dama y te respeto y te quiero. Sólo quiero que tengas el cerebro en la cabeza.

Mascullo contra su pecho.

—*Sí* tengo el… cerebro en la cabeza.

—No, además está todo revuelto. El problema es que piensas demasiado. ¿Eh? Ya lo sé, antes yo pensaba en cosas todo el tiempo. ¿Me entiendes, loca? Cuando alguien me causaba problemas, me hacía daño, era un estúpido y me lo guardaba todo *aquí* en la panza. «Ayyy, estoy tan enojado», decía. O, «Ay, quiero llorar. Todo el mundo me odia. Buaaah. Bla, bla, bla». ¡Pero luego! Me puse más listo. Puse la mira en otras cosas. Trabajé, trabajé. Me callé la boca. Sigo dale que dale. Pensé, ¡olvídate de ellos, hombre! Voy a hacer que esto sea mío. Y luego, ¿ves? Cuando te veo, pienso, bueno, mi nena ya lo consiguió. Todo lo que está aquí, es tuyo. Es tu, cómo se dice —truena los dedos con la mano libre.

Hemos tenido una variante de esta conversación casi doscientas veces antes y sé justo lo que va a decir.

—Derecho natural.

Asiente.

—¡Eso! Derecho natural. Es tu derecho natural. Naciste aquí, *pum*. Todo es para ti. Tus problemas son problemitas y nomás tienes que aguantarte. Lo único que tienes que hacer es cerrar los ojos ante lo malo. ¡Pero en vez de eso andas aquí dando vueltas como una burra con ese pelambre!

Me suelta y yo tomo su cara en mis manos y lo miro. Tengo el cuerpo de Beatriz, pero la tez y la barba partida vienen de él. Lo beso en la mejilla.

—Sólo quiero que estés bien, ¿okey? —dice, pellizcándome ligeramente el bíceps.

—Está bien.

—Porque tu mamá, ya sabes. Veía las cosas y quería que todo fuera distinto.

—Ya lo sé.

—Estar con ella no era como andar de fiesta.

Asiento, luego voy hacia su guitarra.

—A decir verdad —prosigue—, estar casado no siempre es como andar de fiesta, ¿okey? A veces era una mujer infeliz. Una persona rara y no sé por qué. No sé por qué no podía salir adelante como yo. Era una mujer terca. Una mujer bella.

Se recuesta en mis libreros y aprieta una mano dentro del bolsillo del pantalón de sport.

—A veces me pregunto, ¿que tal si viviera? ¿Cómo sería? ¿Estaría bien? ¿De la cabeza? Sabes, eso espero. Pero no estoy seguro, la puritita verdad. Y así es como te veo que andas. Creo que saliste mucho a ella y no sólo en las cosas buenas.

—Papá, deja de preocuparte.

—Qué, toda mi vida han sido puras preocupaciones. El día en que te tuve me empecé a preocupar. El día que empezaste a ir a la escuela me preocupé. Me preocupé cuando anduviste en bicicleta. Me preocupé cuando te recibiste de la universidad. Mejor no hablemos del día en que dejaré de preocuparme, ¿vale?

Recojo su guitarra y se la paso.

—Anda, ya basta de todo esto.

La agarra y por fin se ríe.

—¡Exacto! ¿Ves lo que te estoy diciendo? ¡Camina con un poco de brío!

Aunque mi papá es un hombre práctico, tiene una debilidad por la buena música, y posee un talento para tocar la guitarra con una delicadeza y una emoción que sorprende a la mayoría que no lo conoce bien. Le gusta decir que es puro indio hasta la médula, a excepción de las manos que son pequeñas, casi femeninas y ágiles. Dice que son manos españolas porque son perfectas para tocar el flamenco, y he escuchado sus serenatas desde que era niña.

Se sienta en el sofá y acaba de rasguear unos cuantos acordes cuando se detiene y me mira.

—Sabes, también me recuerdas las cosas buenas de tu madre. No quiero hablar solamente de lo malo.

—¿Como qué?

—Ah, a ver... ¿cuando estaba contenta? Sonreía, bailaba. Ligera de pies. Y te quería *tanto*, acuérdate de eso. Siempre besando, abrazando.

—Sí.

—Pero luego, al momento siguiente, andaba de cabeza, como cuando se robó esa cosa del museo. ¡Santo Dios! Siempre estaba enojada. Siempre con sus genios. Cuando yo era joven, teníamos eso en común.

—Pero ya no.

—No... caray, si todavía estuviera tratando de echarle bronca a todos los buscapleitos que me hacían hacer bizcos, nunca hubiera tenido tiempo de ganar dinero.

—¿Qué te hizo cambiar de parecer?

—¿Qué quieres decir que qué me hizo cambiar? *Yo* mismo cambié de parecer.

—¿Por qué?

—¿Por qué? —se encoge de hombros—. La supervivencia de la especie, nena.

Agacha la cabeza y parece estar pensando en esto por unos segundos más. Sus dedos comienzan a hilar una pieza de música suave y complicada. Después dice:

—No, no fue eso.

—¿Entonces qué?

Me mira, con mucha nitidez, mucha seriedad y muy lleno de amor.

—Chiquita, cambié porque te tuvimos.

Sus dedos comienzan a hacer su magia y la música se derrama de la guitarra como un sueño. El flamenco de papá dice cosas suaves que él no puede decir, y eso ayuda. Después de un rato mi tristeza se desvanece.

Hace que el momento perdure al tocar por un largo, largo tiempo, tantas canciones como quiero.

DESPUÉS DE QUE PAPÁ SE VA, una quietud ensoñadora se cuela de nuevo en la casa y mis sentimientos anteriores regresan con un estruendo, empañando mi alegría. Un viento divide los árboles a poca distancia del jardín afuera de modo que las sombras giran y parpadean sobre las paredes de mi estudio. Doy vueltas por un rato, recojo un florero, sacudo un cojín, luego me siento al escritorio y examino mi libro carcomido, el cual saqué de contrabando de la biblioteca (infringiendo las normas del Getty) temprano por la tarde.

Esto es lo que se encuentra en mi escritorio además de *La conquista:* una pluma fuente, un tintero, una vela en su candelero y una caja de cerillos.

Me quedo sentada aquí hasta que se hace de noche y pienso en la oscuridad.

Supongo que no debería sorprenderme que este sea un libro apócrifo, y que esa sea la mentira en que todos creen. Desde antes de *Otelo,* los genios blancos han sido travestis. El propio William Shakespeare probablemente se teñía la piel para representar el papel del moro trágico o escondía sus partes privadas para jugar el papel de Porcia.

Aunque hace que me cuestione. ¿Quién tenía razón? ¿Mi mamá o mi papá? Siempre había hecho caso omiso de su certeza en los «derechos naturales», es decir, el derecho a todo *esto,* todo lo que puedo tocar, ver, oír, probar u oler. Creí, como *ella,* que mi patrimonio real era mucho más difícil de percibir, ya que había sido incendiado y enterrado hacía cientos de años, y sólo podría ser sacado a la luz con mucho trabajo y mucha suerte.

Pero si él está en lo cierto y éste es mi derecho natural, entonces no lo quiero.

¿Qué he estado restaurando precisamente todos estos años, de cualquier forma?

Todas las riquezas de los antiguos están vertidas en el museo como miel. Y Jean Paul Getty, quien una vez se paseaba por las salas de su mansión y examinaba sus varias esculturas, joyas, los diarios de los reyes derrocados, los calendarios de los que adoraban el agua, debido a su fabulosa fortuna tuvo acceso a las memorias recobradas de un grandioso mundo.

Debemos recordar, sin embargo, el día en que su dinero fue requerido para otro propósito.

En noviembre de 1973, el nieto de Getty, un drogadicto llamado Jean Paul III, fue traicionado por un socio y secuestrado en Italia. A través de una serie de notas y llamadas telefónicas, sus captores exigieron quince millones de dólares a cambio de la vida del muchacho.

Getty, recluido en su mansión de Surrey, se negó.

Los diarios pedían a gritos un comentario, aunque Getty permanecía atrincherado en su mansión, revisando sus documentos, vestido con un traje impecable del cual se erguía su cabeza grande y marchita. No le preocupaba en lo absoluto, convencido de que su nieto había orquestado un fraude muy elaborado para robarle fondos destinados a la droga.

Siguió en esta creencia hasta que sus secuestradores le enviaron por correo sla oreja cercenada del joven.

Entonces Getty pagó.

Si le contaba esa historia a papá, le restaba importancia y decía que «Getty» era la misma palabra que el cheque que me daba de comer. Pero sé que también se trata del hombre en cuyo nombre trabajo.

Si mi mamá viviera y le dijera lo que he encontrado, ¿no estaría decepcionada? Diría que este pedazo de vitela no vale lo suficiente como para repararlo, mucho menos para robarlo. Argumentaría que no valdría la pena ni siquiera gastar en el franqueo para mandarlo de vuelta a sus dueños originales. Después quizá me volvería a contar esa historia acerca de las bibliotecas y los incendios premeditados.

Ahora, al pensar en ella, recojo los cerillos de mi escritorio y enciendo uno. Un aroma de sulfuro carga el ambiente. La luz de una iglesia cabrillea por la habitación sobre el libro maltrecho y falso, que se ve tan delicado como la mano de una abuela. Y he de admitir que por un momento considero dejar que el fuego consuma las tapas y lama las hojas hasta ennegrecerlas y acabe con aquello que me ha separado de Karl (que sólo soy yo misma, sólo mi propio error). Alzo el cerillo, la pequeña llama arde. Pero sólo enciendo la vela. Mi papá puede quedarse tranquilo. Soy incurable. Tengo dificultades con la nostalgia, pero mi imaginación me vacuna contra la demencia. Y aunque es tentador, nunca podría hacerle eso a un libro.

tercera
PARTE

9.

Dos meses después de que había observado a Karl luchar con las olas y abrirse paso hacia la playa, me levanto temprano por la mañana, me pongo unos bluyines y un suéter, luego me subo a mi coche y me quedo sentada más de una hora en la entrada para coches. Los vecinos que salen rápidamente de sus puertas y se meten a sus coches me lanzan miradas raras antes de irse, debido quizá a mi cara de agotamiento o mi postura inmóvil detrás del volante. Lo que no saben es que mi organismo se encuentra en estado de *shock*. He metido el dedo en el enchufe. Siempre había creído que el terrón de lodo que denominamos realidad se encontraba a un océano de profundidad bajo la superficie, y que si tan sólo buscaba con suficiente ahínco (o contaba suficientes historias), podría vislumbrar un conocimiento secreto desde las turbias profundidades. Bueno, lo he buscado con muchas ganas y ahora doy crédito a mis ojos.

¿Adónde van las almas harapientas a tener sus visiones?

De mis lecturas previas, diría que al desierto y al fin del mundo, que son patria de lo desconocido, lo oscuro y lo exótico.

El único problema es que vivo en Los Ángeles, California, que se encuentra en el desierto y es la última parada del mundo. Y debido a que soy mexicana, ya encarno lo desconocido, oscuro y exótico, y sé qué tan ordinario es.

Así que esta mañana, corto por lo sano y huyo a los confines de la tierra tan lejos como sea posible. Lo cual no es nada lejos.

Una vez más me desplazo a la playa.

Me dirijo hacia allá a toda prisa, todo el trayecto como a veinte por encima del límite de velocidad, hasta que llego a la región de bikinis, compradores, policías y esquizofrénicos, donde el rocío hace crujir las hojas quemadas de las palmeras que adornan el malecón como rajáes altos y andrajosos. Por lo general, con todo el alboroto, una playa del sur de California no sería el lugar más meditabundo, pero todavía hace frío en Santa Mónica, así que la playa está easi desierta, y entre las nubes y la bruma se ve tan yerma y limpia como me siento por dentro. Marcho a la orilla hasta que encuentro un lugar plano, me acuesto en la gélida arena, titiritando al interior de mi chamarra, y considero la escena desde una nueva perspectiva. Escucho a los pájaros graznar mientras destrozan algún alimento lívido. Miro hacia arriba a las ondas electromagnéticas que vibran de color turquesa en lo que consideramos el cielo y contemplo los sueños impregnados de dios que tenemos de ese espacio en blanco. Permanezco aquí por mucho, mucho tiempo, de manera que los granos van a dar a ranuras remotas y suscito miradas de surfistas de cabellos verde limón y piernas de hule. Observo al mar comerse al mundo y al niño feliz en su ignorancia que construye castillos al borde del agua. Veo a un octogenario encorvado que empuja su detector de metales por la arena. Viste pantalón corto anaranjado neón con flecos peludos y una camiseta rescatada que incita a la plebe a RAGE AGAINST THE MACHINE. Por la expresión de su rostro es obvio que se imagina que va a descubrir el diamante Kohinoor en las tenazas de un cangrejo.

—¿Encontró algo? —le pregunto.

—Todavía no, señorita —dice.

—Y no lo encontrará.

—Pues, ah, me encontré aquí un reloj Seiko y me encontré sesenta dólares en quintos y este año ya encontré un suéter Tommy Hilfiger.

Me río.

—¿Qué le dije?

El viejo lobo de mar me despacha con un gruñido y se va por ahí.

Me recuesto en la arena y escucho las olas, preguntándome si acaso la historia y el amor serán del todo distintos de las chucherías que recolecta aquel hombre. La medida, ya sea de la historia o del amor, podría ser yo o un elote o el tratado de Guadalupe Hidalgo o un Seiko o una pelirroja llamada Claire, porque son tan sólo unos armazones vacíos sobre los cuales el sujeto puro transforma el objeto puro en su igual, como en las historias que mamá solía contarme sobre la bolsa mágica de Ali Babá que quedaba vacía hasta que su dueño desarrollaba algún deseo ridículo.

Pero no debí haber pensado en eso; porque ahora, cuando la bruma se eleva del mar como un fantasma, pienso de nuevo en ella y en los relatos con que me deleitara ese año que estuvo en el hospital.

Según el doctor, el primer derrame cerebral de mi mamá fue menor, aunque lo suficientemente grave como para deformarle y debilitarle la mano izquierda. En el hospital, su cara y su cabello adquirían un resplandor oscuro que contrastaba con las sábanas, y ella me pedía que le ayudara a ponerse el lápiz de labios color ladrillo y la sombra de ojos morada que eran el sello distintivo de su belleza.

Ven acá, nena, me susurraba cuando terminaba, te voy a contar un cuento.

Me inclinaba hacia ella, a través de las olas de alcohol y medicina, hasta que me aproximaba al entorno tierno de su piel. Cualquier temor que hubiera tenido se disipaba al calor de sus cuentos; en esos últimos meses su narración llegó a un extremo de intensidad y miedo, y contó los rumores más afiebrados sobre guerra y magia que hubiera oído jamás. Con su cara morena ardiendo contra la almohada, contó en su voz ahora áspera la historia de la diabla Malinche que llevó al general Cortés al precipicio más alto del reino y le ofreció íntegro aquel país dorado si tan sólo le rindiera culto de rodillas. Murmuró de nuevo sobre las bibliotecas aztecas incendiadas, una de las cuales contenía la única copia de *Lauh al-Mahfuz*, la Tablilla de la Vida descrita en el Corán y sin la cual Dios está perdido ahora. También me susurró al oído las confesiones de Xochiquetzal, la diosa de las flores que comiera del fruto prohibido del conocimiento y se cegara a sí misma cuando esa sabiduría le reveló que se había acostado con su madre y matado a su propio padre; y de la Llorona, la gran bruja que ahogó a sus pequeños hijos varones en el río como pago por la infidelidad de su marido con Glauce, la hija de Creón.

Mi papá se sentaba en la silla junto a la mía, tratando de distraerla con otros temas o tratando de contarle chistes, hasta que por fin desistía y escuchaba sus alucinaciones, aunque al hacerlo apretaba y molía sus puños.

No eran fácil, para él esas últimas épocas, cuando los extraños arranques que ella sufría iban en sentido opuesto a la filosofía de tener los pies bien puestos sobre la tierra, algo que él creía y aún cree necesario para sobrevivir. Hubo ocasiones en que se sentía tan perturbado por las rarezas de ella, que hacía aspavientos con los brazos y salía de la habitación. Le desconcertaba que fuera posible que ella pudiera hablar por toda una hora para luego pararse en seco y quedársele viendo, extraña y silenciosa; podría empezar a discutir con él o a llorar o a sonreír. Salía a hablar con los doctores y luego a llorar donde no lo viéramos. Iba a la tienda de regalos a comprarle revistas, flores, perfume, que ella no quería.

Pero no me habría apartado de su cabecera por nada.

He escuchado a gente decir que olvidan los rostros de sus difuntos más queridos, aunque mis poderes de recolección se acrecientan cada día. No sólo puedo tallar la forma de su pómulo en esta arena, casi escuchar su voz de azúcar quemado e invocar los detalles de su genio sorprendente y mestizo, pero al estar sentada entre las baratijas y los pepenadores marinos, también puedo reconstruir todo el dolor anidado y enloquecido del que parecía nunca poder prescindir. Recuerdo todo sobre la época previa al hospital: los accesos de llanto por las noches y los desayunos de menudo inmetabolizables que me servía en cama a la mañana siguiente como indemnización; su desconfianza ante los desconocidos; sus abrazos calientes y estrechos por los pasillos de la casa, las manos temblorosas, y las horas que pasaba escribiendo, escribiendo, escribiendo *algo* en su pequeño escritorio de la recámara, aunque nunca sabré qué fue, ya que todos esos papeles fueron destruidos y quemados. Hubo días en que no quiso salir; expresaba su nostalgia por México al fingir no saber los nombres de los vecinos; recuerdo la noche en que leyó *Don Quijote* bajo la luz de la lámpara, y tachó el último renglón —*pues no ha sido otro mi deseo que poner en aborrecimiento de los hombres las fingidas y disparatadas historias de los libros de caballerías*— con el furioso rasguear de su pluma. Y puedo ver la ira anacronista encrespándole el rostro un minuto antes de que se robara esa reliquia del museo, luego la sordera sublime y selectiva más tarde cuando la policía aporreaba la puerta.

La envoltura de un caramelo me vuela por los pies, el último vestigio de una barra de Mars ya digerida y terminada hace mucho. He perdido de vista a los surfistas; la arena se abre paso intrépidamente por mis piernas. Las grandes olas desprovistas de Karl pulsan y se retiran, revolcándose en sus cálices verdes desde donde brillan conchas y botellas de cerveza quebradas color ámbar, pedazos de yates hundidos y peces despedazados; y sé que si alguna vez quiero volver a contemplar el misterio con detenimiento, y no sólo ojear estas cosas sueltas y la basura y los restos amarillentos del día, tendré que admitir los problemas de mi madre en una reinterpretación de sus historias y también en una retraducción de la forma en que he pasado estos últimos diez años.

DOS DÍAS DESPUÉS estoy de nuevo en la oficina, trabajando frente a Teresa. Su aromático perfume de sándalo y lila impregna la oficina, y el compás insistente de Beethoven nos llega desde un radio distante. Estoy cortando una hoja de papel japonés con un bisturí para colocarla en una hoja de *La conquista*. Un moho tenaz está devorando el último tercio del infolio y sofoca párrafos enteros del texto, de manera que más parecen unos jeroglíficos que un español castizo. El papel japonés, conocido como *kozo*, es una destilación de fibras blancas y sedosas, como una membrana gruesa y afelpada. Pego un cañamazo a la página que estoy restaurando, usando un pegamento ligero, y casi se funde con la vitela.

Bajo esta película, apenas puedo distinguir las frases que voy a copiar con mi tinta casera. Estas relumbran por debajo de la deformación, en espera a ser puestas en libertad. Y tenemos suerte: todavía es posible descifrar las palabras así que no tendré que estar adivinando.

—¿Cómo te va por allá? —pregunta Teresa—. Yo estoy aburridísima.

Está sentada en su escritorio atiborrado y vuelve las páginas de un misal del Renacimiento italiano que tiene unas iluminaciones brillantes de Giorgio d'Alemagna de unos demonios dorados que atacan a un San David arrodillado. A ella le ha crecido el cabello y se le ha rizado, y no puede dejar de tocárselo.

—Bien.

—Quería preguntarte, ¿has vuelto a hablar con Karl?

—¿Y tú qué crees?

—Lo tomo como una manera hostil de decir que *no*. ¿Cuándo se va a casar con esa chica?

—En cuatro meses.

—*Parece ser* que estás sobrellevándolo mejor, eso creo. ¿Sí? ¿O no? ¿O te estás deschavetando en perfecto silencio?

Me agacho y le soplo al *kozo* pegado.

—¿Tenemos que tocar este tema?

—Bueno, hay que hablar de *algo*.

—Es que me estoy concentrando en esta cosa para poder terminar.

—Esta *cosa*, ¿eh? Me da la impresión de que ya te hartó.

—Ya quiero acabarlo, eso es seguro.

—Y pensar que durante meses y meses era lo único de lo que podías hablar.

Me encojo de hombros.

—Ya no.

Ella ladea la cabeza en mi dirección.

—Si no te pones de mejor humor voy a tener que darte unas *nalgadas*, Sara.

Pero no le contesto y sigo trabajando en silencio unos minutos más. Y después:

—¿Al fin lo catalogaste?

—Sí, sí lo hice —suspiro.

—¿Bajo de Pasamonte?

—Tal como me lo indicaste.

Frunce el ceño mientras mira su trabajo.

—Bueno, supongo que fue para bien.

—Eso espero. ¡Llevas casi un año diciéndome que lo haga!

Se ríe.

—Sí, tienes razón —pone el bloque de texto en su escritorio, luego se reclina y mira hacia fuera por la ventana. La temporada comienza temprano aquí y los jardines se tiñen de rojo y azul—. Eso te dije, ciertamente.

Se pasa la mano por el cabello, de modo que los rizos le saltan entre los dedos. Sus ojos son casi del mismo color que las violetas que están afuera y los entrecierra para ver el jardín.

—Bonito día, ¿verdad?

—Hace buen tiempo.

—Sabes, he estado pensando...

—¿Eeeeeh?

—Se debe a ti y ese libro tonto. Puede que me hayas convencido de algo... por lo menos en parte.

—¿De qué?

—Bueno, ya te he dicho lo que pienso de este lugar, de este *empleo*. Todo el concepto en que está basada esta profesión, a la cual ahora simplemente me opongo. La preocupación casi morbosa por estos objetos. Las cantidades horrorosas de dinero que gastamos en estas *cosas*. Pero ahora... —ladea la cabeza hacia mí, arrugando los ojos— cuando te veo a ti, pienso que tal vez *sí* sea una ocupación que valga la pena. No para todos, obviamente, no para mí. Pero para algunos, *no* es ridícula.

Niego con la cabeza.

—No. Tenías razón la primera vez.

—¿Cómo es eso?

—Que lo que hacemos es ridículo. Que lo que hacemos aquí es totalmente absurdo e irrelevante.

Me contempla por un momento.

—Ay, caray, traes la depre, ¿verdad?

Sigo soplando al *kozo* y no le hago caso.

—Ya sé qué podría levantarte los ánimos. Deja que te cuente una cosa que me pasó una vez; *no, deja* de arrugar la nariz así. En realidad, la historia no tiene que ver conmigo, exactamente, sino con mi abuela Alice. Una mujer maravillosa. Una *lectora,* para ser más exactos, te hubiera encantado.

Levanto la vista de mi libro.

—Acostumbraba visitarla muy seguido cuando era niña —continúa Teresa—. Allá en Boston donde, como sabes, es donde me crié. Y la abuelita Alice estaba ciega, no del todo, aunque lo único que podía ver era el color amarillo con unas motas oscuras que pasaban por encima. Le *fascinaba* que yo fuera a su casa y le leyera. Tenía aquella biblioteca, con unos libreros preciosos del piso al techo completamente retacados de libros. Era su segunda colección, había perdido la primera durante la Gran Depresión. Una maravilla que era la primera, solía decir. Llena de primeras ediciones y otros tesoros. Pero la nueva era casi tan selecta; para mí era espléndida, en cualquier caso —Teresa arquea las cejas color bronce para dar mayor énfasis—. Hubo un día en particular en que fui a verla; saqué un libro de Emerson y comencé a leerlo en voz alta. Y ya sabes lo descabellado que es. Leí... todavía me acuerdo... *Un pensador debe sentir el pensamiento que engendra el universo.* ¿Te has topado alguna vez con esa exquisitez?

—No, nunca me dio por Emerson.

—Absolutamente de acuerdo, siempre me consideré más como una chica Byron o Dickinson. En cualquier caso, lo leí en voz alta y le pregunté a mi abuela qué quería decir.

—Ella me sonrió y alargó la mano para coger el libro. Le pasó los dedos por encima, hablando de la encuadernación y de lo que creía que Emerson quiso decir. Pero no puedo recordar lo que me dijo. Lo que sí recuerdo es que había un grabado del rostro de Ralph Waldo en la tapa y parecía un viejo perro ovejero, una especie de vetusto perro lobo. Mi abuela comenzó a trazar esa cara con los dedos.

—Y justo entonces pensé en cómo ella había vuelto a sufrir la pérdida de su biblioteca. Primero por la Depresión, ahora por la ceguera; excepto que la encuadernación, el libro como objeto físico, eso no lo había perdido. Todavía podía comunicarse con este a través del tacto.

Traigo *kozo* y pegamento pegados al antebrazo, y me lo empiezo a sacudir.

—No sé que estás tratando de decirme.

Teresa junta las manos atrás de la cabeza.

—Es sólo que esa tarde me motivó a empezar en este campo. Siempre tuve una fascinación por las encuadernaciones después de que la vi tocar el libro. Pero ahora, cuando pienso en ese día, lo veo de otra manera. Veo que aun si no había nada que fuera real en esos libros —*todavía* no tengo ni la menor idea de lo que quiso decir Emerson— le era de gran ayuda. La reanimaba, la *alimentaba* de alguna forma —frunce la boca—. La gente necesita un cierto contexto, según parece.

Sigo restregándome el antebrazo para quitarme el pegamento y el papel.

—Antes dijiste que yo tenía una fijación. Ahora ya no.

Ella asiente.

—Sí, tiendes a meterte muy de lleno en tus inquietudes. Y en gran parte todavía opino que sería mejor que esa *cosa*, como le dices ahora, sencillamente se hiciera pedazos. Lo que debía enmohecerse en esta cripta es ese trozo de papel, *no* una muchacha inteligente, aunque algo rara, como tú. A veces he fantaseado, a decir verdad, con echarlo por la ventana y dejar que se pudra bajo los rosales; quizá entonces pasarías más tiempo en cosas divertidas, en la *vida*.

Ya sabes: emborrachándote, yendo a la playa o, mejor aun, malgastando tardes enteras en aventuras perversas con tu marinero.

—¿Pero?

Teresa me sonríe de nuevo.

—Pero quizá un poco de contexto tampoco te haría daño. *Ya perdiste los estribos, ¿verdad?*

Parpadeo al mirar el infolio. La letra bajo las tinieblas parece un mensaje escrito en el fondo del mar. La parte de la hoja que ha sido parchada brilla como piel cicatrizada.

—Puede que tengas razón —admito, y trato de volver al trabajo.

Sin embargo, no lo hago. Mi mano descansa sobre la página, y las palabras allí a veces están borrosas, retorcidas por la edad, demasiado tenues.

Pero puedo leerlas. No puedo evitar leerlas. Aquí está de nuevo la joven en el galeón. Aquí está el maestro malabarista arrastrando del cielo la luna. Y aquí está Caterina citando esos pasajes de Petrarca a su feliz y marginada amante.

TRES MAÑANAS MÁS TARDE, comienzo a investigar la vida del padre Miguel Santiago de Pasamonte, autor de las famosas obras *El santo de España, Las tres Furias, La Noche Triste,* y la obra sin título que yo llamo *La conquista.* Hay una gran cantidad de información secundaria que investigar. Tan sólo en el Getty uno puede encontrar tres estantes completos dedicados a la crítica de su obra y dos bibliotecas universitarias de Los Ángeles poseen colecciones bien provistas de de Pasamonte. Aunque se han reunido pocos datos concretos de la vida del novelista y teólogo, esa escasez no ha ocasionado que un ejército de académicos desista de excavar aquella mente que inventó los famosos monstruos sedientos de sangre, las deidades y los soldados diabólicos, los obispos sádicos, y el frenesí báquico en el cual unas extremidades remojadas en sudor y vino se asemejaban a los miembros indistinguibles de alguna bestia gigante y manoseadora. En estas fantasías, ciertos investigadores han encontrado lo que parece ser los últimos estremecimientos del gótico. Otros, que citan también el *Infierno* de Dante, hablan de los indicios del horror moderno. Todos concuerdan en que al igual que Dante o Carroll o Poe, de Pasamonte poseía una imaginación febril.

Por ejemplo, en una de sus obras más famosas, *La Noche Triste*, escribe de una deidad innombrada que destruye una república pacífica con una serie de maldiciones. En esta novela, el dios asesina a los padres e hijos del reino y después toma como esposas a todas las viudas, después de prometerles la redención. En el lecho de este matrimonio infernal, los pechos relucen bajo estrellas oscuras y los labios besan la trémula piel que las mujeres encuentran tan fría como el hielo. Cuando las novias devastadas se desenredan finalmente de su novio, levantan la vista para ver una luz brillante, que no es suave sino abrasadora y quema todo lo que toca. Sólo entonces las mujerzuelas se dan cuenta de que no fueron depositadas al cielo como suponían, sino a un lugar sumamente distinto hecho de calor y lágrimas...

Ahora, ¿quién escribiría algo así? ¿Y por qué?

Recorro de nuevo el camino hacia la estantería del Getty y me meto de nuevo en mi investigación. Saco todos los libros que tenemos acerca del novelista, y me encierro en una pequeña torre de volúmenes, armada de pluma y un bloc de papel nuevo. Sólo tengo una pregunta como guía, que es desentrañar cómo un hombre como Miguel de Pasamonte pudo haber escrito una farsa tan convincente como *La conquista*.

Mientras investigo esta pregunta en cerca de cien libras de textos apestosos a queso que apilé en mi escritorio, me entero de otras cosas bastante interesantes.

Los investigadores concuerdan en que de Pasamonte terminó su primera novela, *Las Tres Furias*, en 1560 y, como en todas sus novelas, se suponía que sólo estaba destinada para un círculo privado. También concuerdan en que muy pronto perdió el control de quiénes eran sus lectores. En el otoño de 1561, una noble española llamada Hildegard Fernández leyó una edición pirata de *Las tres Furias* —es la historia de tres Furias que causan estragos en el Vaticano— y días después fue hallada desnuda y gritando acerca de demonios mientras recorría las orillas del Tajo. Unas cuantas semanas después de eso, se imprimieron más de doscientas copias de la novela tan sólo para los investigadores de la Inquisición, y la atención resultante hizo que la influencia de la novela se extendiera mucho más que de otra forma. En menos de un año miles de españoles compraron ediciones de contrabando, y muchos lectores se contaminaron como doña Fernández. El Inquisidor Supremo recibió informes de que había brotes de aquelarres en los bosques a las afueras de Madrid, en donde las damas aristócratas se transformaban en las hembras del diablo y sacrificaban sus criaturas en su honor. Al menos una docena de esposas letradas masacraron a sus maridos en la cama; los hombres empezaron a portar amuletos para protegerse de esta nueva plaga de brujas. En el 63 hubo un motín fantástico que convulsionó la calle donde los vendedores de libros se aparecieron con el contrabando, y por lo menos diez patricios resultaron muertos en la riña.

La condena oficial fue veloz, pero para cuando la corona había recibido noticia de la transgresión de de Pasamonte, este ya había desaparecido. La Santa Hermandad (esta era la policía del rey), en una embestida contra el monasterio de de Pasamonte en Cáceres irrumpió en la celda del sacerdote el veinticinco de mayo de 1561 (de acuerdo a los archivos del tribunal) sólo para encontrar a una *«criada morena y jorobada que se encomendaba a la Virgen Madre por medio de un despliegue bastante lastimero de gruñidos y oraciones pronunciadas en un balbuceo incomprensible. La interrogación reveló que la vieja bruja era débil de mente y de espíritu y la evidencia del paradero del Hereje por lo demás desconocido. Un semental que faltaba en el esta-*

blo del monasterio aparentemente fue usado en la fuga. La celda del He-
reje no contenía ningún otro vestigio de interés más que muchos libros y
papeles que por la presente quedan a cargo de su Santo Inquisidor quien
obra exclusivamente en nombre del Señor Nuestro Dios...»

Muchos de esos «libros y papeles» fueron quemados en el acto, aunque algunas de las obras originales de de Pasamonte fueron guardadas para los investigadores. Debido a que *Las tres Furias* sirvió de catalizador de insurrecciones públicas, el Inquisidor aprobó que se gastaran más de cincuenta mil reales en el arresto de de Pasamonte y el arresto de su amante, la intelectual Sofía Suárez; pero ella había desaparecido de España junto con el monje. Durante la búsqueda, que duraría unos veinte años, la corona arrestó a varios inocentes, y unos alguaciles demasiado celosos de su deber mataron a por lo menos tres de Pasamontes sucedáneos. Sin embargo, nunca lo encontraron. Hay algunos informes de que se vio a de Pasamonte en Marruecos, Turquía. Italia y hasta en la Nueva España, pero la mayoría de estos son quizá apócrifos; algo parecido a los que dicen haber visto a Elvis hoy en día. El fracaso fue una tremenda humillación para la Santa Hermandad, pero también hemos de recordar que la investigación procedió bajo condiciones insuperables.

Uno de los mayores obstáculos que enfrentaba la Hermandad era el truco de de Pasamonte de desaparecer tan pronto como se despojaba de su túnica. Sin su hábito de monje, nadie sabía bien qué aspecto tenía. Algunos biógrafos creen que escapó gracias a la clandestinidad, mientras otros especulan que fue muerto por un bandolero (España estaba plagada de ellos en aquella época), y después fue enterrado en un lugar que no ha sido revelado. Pero la conjetura docta más generalizada es que el monje sencillamente se puso un uniforme laico —¿el aparejo de un agricultor? ¿los harapos de un pordiosero?— y después salió del país bajo las mismas narices de quienes lo acusaban.

—TODO EL MUNDO TIENE QUE ALMORZAR —dice Teresa, fulminándome con la mirada por encima de los libros en mi escritorio.

—No tengo hambre —respondo.

—Traje jamón y queso y un pan italiano que está fantástico. Y té negro helado con limón.

Alzo la vista.

—¿A qué estamos?

—A trece —niega con la cabeza—. ¿Trece de *marzo*?

—Ya sé en qué mes estamos.

—No has salido a respirar en no sé cuánto.

—Esto es interesante.

—Estás pálida y has bajado aún más de peso —estira el cuello para escudriñarme más allá de la valla de libros—. ¿Qué *es* lo que buscas?

—Lo sabré cuando lo encuentre. Creo.

—Bueno, debes comer *algo* —pone el pan y el jamón y el té en un lugar vacío de mi escritorio—. Y por lo menos ya no andas deprimida.

—Yo no iría tan lejos.

—¿Entonces todavía lo estás?

Me encojo de hombros.

—Estoy ocupada.

Parto un trozo de pan y me lo llevo a la boca. Teresa se yergue amenazadora frente a mí como una madre severa que reprueba mis tendencias obsesivas. No le digo cuánta razón tiene, que sí tengo necesidad de este contexto y que este es el lugar más feliz para mí en este momento. No le digo que Karl se va a casar con Claire en ciento cuatro días.

Agacho de nuevo la cabeza y regreso a mi libro.

LA APARIENCIA FÍSICA DEL NOVELISTA sigue siendo un enigma. Un número de analistas, usando un tipo de protofrenología, hablan de la conformación de su cráneo de erotomaníaco: los labios burlones, los ojos sesgados, una nariz siniestra y delicada. Sin embargo, ya que estas descripciones son más que nada de segunda y tercera mano, y están deformadas por las patologías del Renacimiento, tienen poca credibilidad para el biógrafo moderno. Algunas de las mujeres nobles que fueran llevadas al borde de la locura a causa de sus libros, hablan de visiones donde se les aparece como un hombre rubio de unos ojos azules abrasadores y oscuros y un miembro astronómico, pero estas descripciones tampoco deben tomarse en cuenta. La única versión templada que encuentro de la persona de de Pasamonte proviene de la entrada de un diario escrito por un tal François Amyot, un diletante de mediados del siglo dieciséis, quien (si este reporte es fidedigno) describe el encuentro con un peregrino culto que viajaba, al igual que él, en Turquía durante el año de 1571:

Sabía que era hombre civilizado, ya que escuchéle hablar en latín como en castellano con su acompañanta. Esto, a pesar de su vestimenta, la cual parecíase a la de los beréber, con solideo y esa túnica de algodón tosco usada por los infieles. Tampoco estaba el hombre tan *aseado*, he de decir. De cualquier forma, estaba yo tan privado de compañía inteligente que presentéme y saludélo. Parecía mostrar una afición inmediata por los libros que vióme llevaba y acordé intercambiar algo de mi biblioteca por la suya. Cuando preguntéle su nombre, no contestó de una vez, sino que volteó a verme con su cabeza encapuchada de modo que vislumbré el más asombroso par de ojos encendidos, que parecieran haber absorbido mucha locura de este desierto. Quedóse mirándome, os lo juro, por casi un minuto sin parpadear, y comprendí entonces que hallábame en presencia de un santo varón, un lunático, o ambas cosas. Ha de saberse, de forma llana, que nunca había estado tan amedrentado como entonces, pues era obvio que tratábase de una persona de poder extraordinario, y pensé que si lo insultara mandaríame al infierno en el acto. —Mi nombre es de Pasamonte —dijo.

Aunque el registro del aspecto de de Pasamonte es poco menos que escaso, hay más información sobre sus orígenes personales. Los documentos de la Iglesia revelan que se sumó al clero en 1558, cuando tenía cerca de cuarenta años, después de una crisis nerviosa en su Barcelona natal. El expediente de la Inquisición contiene algunas contradicciones en cuanto a la fecha y el lugar de nacimiento, pero el peso de la evidencia indica que nació en esa ciudad en 1520, hijo de un relojero, y por varios años había sido aprendiz de escribano (una ocupación en declive, debido a la invención de la imprenta de tipo móvil) antes de ingresar al curato. Hablaba con soltura seis o siete idiomas, entre ellos el latín, el griego, el español, el italiano y el alemán, y cuando no velaba por los pobres o ayudaba a otros novicios con sus estudios, disfrutaba al escribir sus propias traducciones de los clásicos, tales como la *Ilíada* y las *Confesiones* de San Agustín. En suma, aparentaba ser el monje ideal, y sus superiores en su monasterio de Cáceres lo tenían en gran estima, ya que no lo embargaba la problemática pasión que con frecuencia plagaba a los iniciados más jóvenes. Además, tales afiliaciones tardías no eran del todo raras en la Europa del siglo dieciséis cuando un número de hombres y mujeres a quienes las presiones familiares y de sustento les resultaban insufribles escapaban a la Iglesia. Se desconoce si de Pasamonte dejó a una mujer o hijos en Barcelona, o la causa de su crisis, aunque sus superiores creían que era una criatura asexuada, describiéndolo a los dirigentes de la Inquisición como una persona que había «dedicado su ardor a Dios».

Imaginemos su asombro, entonces, cuando el escándalo hizo explosión.

Fueron las novelas, con sus descripciones con pelos y señales de sexo y brujería y religiones paganas, lo que primero sorprendió al clero. Pero el descubrimiento de las afiliaciones clandestinas de de Pasamonte fue casi igual de apabullante. A pesar de la sombra que la Inquisición había arrojado sobre los círculos intelectuales de Europa, las tertulias con inquietudes literarias y concupiscentes se las arreglaron para sobrevivir en las salas de les nobles audaces. La exuberante casa del mismo Tiziano es sólo un ejemplo de tal confederación, y los lectores de *Historia de mi vida* de Casanova observarán a libertinos similares al margen de la ley que prosperaban doscientos años más tarde en Venecia y París.

Resulta que los compañeros de de Pasamonte, quienes se reunían en una mansión a las afueras de Cáceres, constituían una de las camarillas más célebres de la era. Pero a diferencia de las tertulias de Tiziano y otras por el estilo, muchos de sus participantes activos eran mujeres sumamente cultas.

Hojeando estas historias, entro a un recinto de lujo adornado con tapices y pinturas e iluminado por delgadas velas de cera de abeja que le dan un aire de resplandor dorado. Las damas arrellanan sus miriñaques enjoyados en sillones franceses y discuten con hombres de rango. Por los rincones es posible hallar a enamorados que se susurran poesía italiana al oído o se alimentan uno al otro con semillas de granada del cáliz formado por sus palmas. Hay recipientes de fruta brillante y de vino que aguardan en las mesas. Un madrigalista ebrio comienza a cantar. Hay libros por doquier: en los trinchadores, en la meridiana y encima de la cama al centro de la habitación donde reposa la anfitriona de la tertulia, vestida únicamente con perlas. Ella convida a una amiga bonita a que se recueste a su lado y, mientras comienza a acariciarla, de Pasamonte entra por la puerta. Ella voltea a ver a su amante y lo saluda con la mano.

Esta mujer es la famosa Sofía Suárez.

10

Mallorca, *octubre de* 1541.

Después de escapar de las tentadoras garras de Venecia, me sentía tan valiente que durante los meses que me tomó llegar a esta isla, desde la cual Carlos V lanzaría su contienda contra Suleimán el Magnífico, me imaginé que asesinar al emperador sería tan fácil como el homicidio de fray Leonardi. Aunque el viaje fue arduo —el inmundo contrabandista de moros que me ayudó en la travesía intentó venderme a un alemán y además su carraca fue atacada por piratas— me reconfortaba con fantasías de cómo iba a pinchar con mi puñal de obsidiana el mullido cuerpo de Carlos o cómo iba a tronarle la cabeza entre mis rodillas antes de que sus soldados reales me mandaran a la fabulosa Mansión de la Muerte. Pero cuando por fin llegué a la arenosa orilla de Mallorca, el mismísimo día en que Su Alteza se disponía a zarpar para Al Jazira, descubrí que matar a un emperador es una tarea mucho más difícil de lo que una joven pudiera imaginarse.

Para empezar, no sabía dónde encontrarlo.

En el puerto había galeones hasta donde alcanzaba a ver, cada uno iba a ser colmado de esta plebe pantagruélica de marineros y de ganado tambaleante cuyo hedor conjunto cargado de moscas era capaz de mandar a cualquiera con un paladar refinado a una muerte prematura. Luché entre la multitud, buscando cualquier indicio de ese bastardo de mandíbulas de rana; aunque llevaba puesto el disfraz de jovencito de Isabela, y nadie había puesto en duda mi condición de patán, todavía temía que el color de mi tez me llevara a una muerte rápida antes de poder embarcarme en la nave de Carlos y cortarle la cabeza. Los moros (por quien estos burros me tomaban), en particular los mudéjares, eran ejecutados según los caprichos tontos de los cristianos, lo cual no auguraba nada bueno para mi supervivencia o empleo. Sin embargo, muy pronto hice la feliz observación de que cuando había tal necesidad de mano de obra, mi piel oscura sería prácticamente pasada por alto.

Me encontré de pie frente a esta flota de magníficos galeones, construidos de cedro y con velas parecidas a las alas blancas y plegadas de uno de los ángeles gigantes de Tiziano. Como era de espaldas erguidas y músculos sanos y fuertes, los comandantes de varios barcos trataban de hacerme señas para que me acercara. Aun así, me desplacé más allá de jorobados e indigentes desdentados, así como de marineros tan fornidos y gallardos que mis amigas allá en Venecia los hubieran recibido en sus camas sin pago alguno. Vi a capitanes cubiertos de imponentes cicatrices gritarle a vacas voz en cuello, y a meros chiquilines rogando a

marineros que los metieran de contrabando en los navíos. Hasta vi al famoso Duque de Alba con su sombrero emplumado gigante (recordé sus retratos de la Gaceta). Pero no encontré a ningún Carlos.

Después de varias horas de hurgar entre este montón de hombres, quienes ahora estaban casi todos asignados a sus naves, vislumbré a un capitán frente un galeón más pequeño llamado el Santa Marta. Era un hombrecillo enjuto y traía puesto un pequeño amuleto dorado al cuello, mismo que sostenía una testa que era como una piedra gris y aporreada salvo por dos ojos abrasadores que se clavaron en mí. Aun con todo el daño que él había sustentado, reconocí a Cortés de inmediato. Y me di cuenta por la manera en que entornaba esos ojos saltones y abrasadores que me discernía a mí o, al menos, a mi raza. Consideré aprovechar esta segunda alternativa y abalanzarme sobre de él con mi cuchilla, y le hubiera susurrado una maldición antigua al oído mientras su espíritu asqueroso abandonaba su débil morada. Pero entonces su vida fue salvada.

Escuché un grito y me volteé, sólo para ver a Carlos en toda su fantástica fealdad adornado de ropajes rojo sangre, con oro precioso en su casco, oro en su espada, oro en su tahalí, oro en sus dientes podridos, parado en la proa del galeón de Andrea Doria, el cual incluso ahora se hacía a la mar.

No esperé siquiera lo suficiente como para tomar aliento. Volé a esa nave rauda y ligera. Subí a bordo y me colgué de los pasamanos mientras el galeón coronaba la cresta de las amplias y oscuras espaldas de Neptuno.

Y ahora, pensé, el rey es mío.

Siempre fui una joven confiada.

NO OBSTANTE, EN NUESTRO OCTAVO DÍA
*a la mar, aún no me había descubierto inclinada sobre
el cuerpo lloviznado de sangre de Carlos como me hubiera gustado. En ocasiones, vislumbré a nuestro ignorante líder mientras se abría paso por la galera
entonando sus órdenes analfabetas emitidas de ese mentón de pelícano o escrutando el mar granate con sus pequeños ojos avariciosos. No podía acercarme a su
entorno inmediato, ya que estaba cercado de guardias
que me sofocarían antes de que pudiera al menos tirar
de su horrorosa nariz. Eran soldados altos y gordos, el
más fuerte y listo de los cuales era el general Miguel
Valenzuela, un español guapo de ojos azules, que era
tan conocido por su putañear olímpico como por sus victorias como mataturcos. Traía puesta una medalla de
San Jaime, fundida en oro, la cual le había sido otorgada por el mismo Carlos después del revés que sufriera
Suleimán el Magnífico en Túnez. Pero sus trofeos más
dignos de admiración eran las seis concubinas caldeas
que se robó del harén del infame Kair ed-Din, conocido
también como el gran Barbarroja. Las doncellas, a
quienes había instalado en su serrallo personal en Aragón, eran todas ellas tan suaves como la lluvia y gozaban de los labios más diestros del mundo.*

*Era suficiente como para hacer que hasta la rodilla
más fuerte se aflojara, creo yo.*

*Pero también eran sólo historias que me habían
contado. No puedo cerciorarme si las leyendas eran*

ciertas. Aunque sí me divirtieron en ese lugar oscuro y húmedo, ya que me encontré hasta los codos en caldo de menudencias o riñones de cordero o huachinangos que se retorcían.

¡Sí, esos bastardos sangrientos me habían convertido en una cocinera!

¡Yo, una asesina, una musa y una malabarista de talla mundial, una cocinera!

O, para ser más exacta, me habían convertido en la salsamentera real. Mis especialidades eran las guarniciones y las salsas y los minestrones enchilados y ay, unos chutneys tan deliciosos y unos adobos sencillamente fantásticos.

LA VERDAD ES que prefería las artes culinarias a matar y, detrás del amor y el malabarismo, descubrí que la cocina era la tercera ocupación que más me gustaba. Mi corazón y mi lengua siempre se han interpuesto ante el cumplimiento de mi deber. Apenas descubrí que el cadáver de Carlos iba a ser un premio más difícil de obtener de lo que me había imaginado, pasé más de un mes tramando cómo penetrar su escudo de hombres el tiempo suficiente como para insertarle mi puñal en las tripas.

Y mientras tanto, guisaba.

Si a la Virgen María o aun al mismo Belcebú le hubieran dado una cuchara de palo y una bolsa de especias, no podrían haberlo hecho mejor que yo. Convertía el rodaballo en un manjar tan dulce como las lágrimas de los ángeles; transformaba un guisado de res y unos cuántos puñados de apio seco en la misma ambrosía de Zéus. A los soldados les causaba impacto cada comida, y se podían escuchar tales exclamaciones orgásmicas del comedor que estoy segura que asustaban hasta el pescado. A varias semanas de que comenzara mi éxito recordé que en Tenochtitlán, antes de que llegara el diluvio, nuestras fiestas habían sido igualmente retozonas. Nuestro cocinero real, que era un genio aunque también un hechicero temperamental de nombre Toteoci, preparaba platillos que inspiraban festividades que duraban hasta diez días. Toteoci tenía, no obstante, el hábito más bien mezquino de maldecir sus platos cuando estaba de mal humor, como la vez en que una de las esposas de Moctezuma lo desdeñara y él la convirtiera en una perra lampiña y repulsiva de ojos gigantes que parecía siempre algo confusa. (Fue sacrificado al día siguiente.)

A pesar del mal fin del pobre Toteoci, una noche se me ocurrió que podría alcanzar mi objetivo haciendo lo mismo. Podía maldecir mi comida y convertir a estos nefastos bribones en pavos reales o monos o podía volverlos locos a todos.

Fue esta última opción la que escogí.

Decidí hacerle a Carlos lo que él me había hecho a mí, que era hacer que él, así como sus hombres, sintieran la tortura de todas sus pasiones atrapadas. A veces por las noches sentía los espíritus y besos de mi familia tan vivamente que parecía como si mi cuerpo pudiera arder como un fuego sin aire. Y también otras veces, me veía como pude haber sido, con todo mi amor intacto, y la imagen del rostro de aquella mujer era tan pura que casi me mataba.

Fue decidido, entonces.

El crimen habría de ocurrir el día dos de octubre, cuando el cocinero principal puso un platillo de res frita estilo andaluz en el menú, y me ordenó que preparara una salsa para acompañarlo. En la mañana, el cocinero fue al establo de la cocina para emerger varias horas después, cubierto de sangre y portando costillas y chuletas de unas cuantas vacas gordas, mientras se quejaba a la vez de la dificultad de mantener esas bestias nerviosas metidas en sus corrales. Elegí confeccionar un acompañamiento delicado para la carne, que era un caldo sazonado al estilo español en el cual nadaría mi maldición.

En un consomé de res esparcí los estigmas rojos del azafrán, que tiñeron la sopa del color del corazón y aromatizaron el aire con el aliento de unos bellos amantes desaparecidos. Después siguieron el ajo y las cebollas, que hedían a lágrimas, y aceite de oliva virgen para recordar a los comensales de sus ardores intocados. El jugo de limón cegaría los sentidos a todo menos a las más intensas satisfacciones, los puerros confundirían la lógica; se sabe que los pimientos morrones son capaces de inflamar hasta los temperamentos más flemáticos.

Y para terminar este brebaje, agregué el conjuro final, que era colocar mi boca en la mera superficie y susurrarle una exhortación secreta y potencialmente letal: «Escucha tu corazón». Mientras hacía esto, unas cuantas gotas se introdujeron en mis labios e ingerí un poco del elíxir antes de limpiarme el resto. Pero he de decir que sabía a lo que puede saber un arco iris o los labios de un amado jamás olvidado.

Entonces se sirvió la cena.

Con el primer bocado colectivo no vi nada y mis esperanzas se desplomaron. Pero después vino el siguiente bocado y el siguiente, y después de eso se hizo un silencio completo e inquietante en la sala. Los marineros, con sus cucharas todavía en la boca, fijaron la vista en la distancia giratoria con el semblante distraído de faraones pétreos. Algunos de ellos comenzaron a mover los labios y después se movían intranquilos en sus sillas con una violencia que no conocía barreras, como si discutieran con fantasmas privados. El emperador se conmovió de manera similar. Parpadeaba mirando el cielo raso y le rodó una lágrima por la mejilla. Su cara estaba absolutamente blanca.

Ahora el general Valenzuela, ese putero hercúleo, retrocedió de su banco. Su cara era del color del fuego, y estaba contorsionada en el gesto que hace un mudo al tratar de hablar. Trató de sosegarse varias veces ajustándose la chaqueta, jugueteando con su medalla de San Jaime y carraspeando. Pero fue en vano. Como si fuera un sonámbulo, se tambaleó hasta uno de los más apartados bancos para comer, donde un precioso marinero mozalbete, tan sólo un novicio, estaba sentado. Valenzuela se mecía encima de él, golpeándose el pecho con gruesos puños de modo que uno creería que estaba a punto de dar muerte al joven o a sí mismo.

Entonces el general, este macho más macho y uno de los más temidos, alzó al muchacho por los hombros hasta ponerlo de pie y le dio un beso apasionado.

Después de eso, estalló el desorden.

Por dondequiera que uno mirara, los hombres estaban locos de atar o fundidos en un abrazo tempestuoso. Un teniente gigantón con cara de toro lloraba a las rodillas de un remero esclavo africano, quien consolaba a su amigo dándole un beso en cada párpado. Otro comandante le pasaba los dedos por el cabello pelirrojo a un compañero general y le cantaba los versos más fogosos de Orlando Furioso. En otras partes, los esclavos hundían navajas en los vientres sensibles de sus amos y los marineros arrastraban los pies llamando a sus madres, o hasta se arrojaban al mar para vivir con ballenas. El cocinero principal comenzó a comerse todo lo que estaba a la vista. El paje de Carlos arrancó el traje de los hombros de su patrón y comenzó a pavonearse como un emperador frustrado.

¿Y el gran hombre mismo?

Me lancé haciendo eses hacia él, agarrando débilmente mi puñal y pestañeando por la bruma. Se encontraba aún en el mismo banco, blanco como la muerte y llorando. Sumida en mi propio dolor me forcé a sentarme a su lado y comencé a hacer un maleficio a la corona y a los hijos de la corona en mi antigua, elocuente y recién recordada lengua. Pero él aparentaba no escucharme ni tampoco notar mi tono maléfico. En lugar de eso, me miró directamente a los ojos, me tomó de la mano y habló.

—Echo tanto de menos a mi esposa —dijo—. Mi ángel, mi único corazón, a quien perdí hace dos años en el sobreparto. Era la única persona que me comprendía y ahora daría mi reino por tan sólo uno de sus dulces besos.

Había esperado cualquier cosa menos eso de este perro inmundo. Mientras menos humano me resultara, más fuerte sería yo. Y el valor se me había escapado una vez más, pues me había envenenado sola con mi propio brebaje. Mi pecho estaba henchido hasta agrietarse de pasión por mi querida, querida niña, y tenía ganas de seguir mi corazón hasta el borde del barco y más allá, que era lo más cerca que podía estar de ella.

Salí a rastras de ese lugar hacia la cubierta exterior, hacia el mar, que era tan azul que podría ser una alucinación del cielo, a excepción de los buques de guerra que había desparramados por las olas. Fue cuando escuché el balido y el mugido, y volteé la cabeza para ver que el ganado asomaba sus enormes cabezas por las puertas sin picaporte del establo de la cocina y llamaba a su vecino.

Puesto que en la distancia del mar yo presenciaba ahora a una vaca zaina que nadaba hacia la costa esmeralda de Al Jazira, que justo ahora relumbraba en la distancia, como si fuera el camino más seguro a casa.

Pensé, pobre pobre vaca, pobre niña, perdida en esa cama fría.

Observé hasta que el cielo se ruborizó de un azul más oscuro y esta desapareció.

TRATÉ DE REZAR a Dios-los-dioses esa noche, mientras examinaba la negra bóveda del mundo, inscrita en una caligrafía de estrellas. ¿Pero por qué habría Dios de velar por mí cuando permite que esa vaca se ahogue en vano? ¿Cuando permite que mueran miles en su sangre deshonrada?

Traté de ver a Dios esa noche, en el rostro simple del mundo, fuera de la espléndida arquitectura de mentiras y aun de las palabras de amor de Caterina y mi querido padre.

Traté de comprenderme a mí misma y lo que haría,

aquí, contra el viento negro y frío que se llevaría todas las demás voces.

Pero no pude.

Había mensajes por dondequiera que mirara. Claves susurradas hace años entraron por mis oídos. El cielo no era un escudo negro y desnudo que podiera protegerme, pero en cambio, las estrellas en lo alto formaban letras extrañas que deletreaban la antigua orden de mi padre.

Si pudiera ser lo que yo eligiera, sería sólo amor, pero no podía elegir.

De este modo, ya en serio, me preparé a matar al rey.

A LA NOCHE SIGUIENTE, *cuando la pócima se había disipado y me sentía fuerte de nuevo, apresté mi corazón como mi padre me había enseñado. Tomé todos mis recuerdos y los tejí en el cambray más resistente, luego los entretejí tan ceñidos a mi alma que no había ni una pregunta que pudiera brotar de allí. Era una hermosa noche sin viento y más cálida de lo que había estado antes, con las vastas páginas negras del cielo y del mar impresas de palabras enroscadas y cintilantes, advertencias. Los otros galeones nos rodeaban como guardias oscuros; descubrí el Santa Marta de Cortés flotando en la cercanía, y la visión de esa nave asquerosa me infundió un nuevo ímpetu.*

Tenía el asesinato en la lengua entonces, sí. Estaba lista. Tenía el asesinato en los ojos y en la sangre hirviente. Recordé de nuevo a mi padre y me encerré en su último deseo.

Me levanté de mi camastro en la noche profunda y silenciosa. Me puse el puñal entre los dientes y comencé a caminar con paso suave por la cubierta, sin hacer más ruido que una oruga en una hoja. La cubierta estaba recién lavada de la sangre que se había derramado durante la masacre en el salón comedor, y al día siguiente había habido por lo menos cuatro ejecuciones, pero no había hecho caso a estos eventos. Ahora pasaba sigilosamente por las portillas negras desde donde podía escucharse la música indelicada de marineros durmientes, y otras iluminadas donde los pecadores se encorvaban sobre el licor y las cartas, mascullando acerca de llevar cabezas beréberes como trofeos.

Floté a su lado como un espíritu, hacia la sala iluminada donde el emperador dormía rodeado de su escolta; como este guarda frente al aposento real, un joven fuerte que portaba un alfanje reluciente que debe haber ganado por su valentía en la guerra. Me acuclillé en las sombras, examinándolo a la luz de la luna, y divisé su barba rubia y algodonosa y sus ojos inteligentes. Debe haber sentido mi presencia, porque volteó y no hubiera esperado otro momento para rebanar mi vida en tajadas salvo que me levanté de las sombras y lo asusté al descubrirme los senos ante su espada: ¡un viejo y perverso truco!

El triste muchacho titubeó entonces, y lo apuñalé sin misericordia y sin hacer ruido. Cayó al suelo, sangrando negro. Extraje mi arma para continuar mi trayecto, pero en ese segundo escuché algo en el agua, una sacudida y un chapuzón, y me asomé por los pasamanos.

Allí vi a una bestia moviéndose dentro del regazo

chispeante del océano y, locamente, pensé que podría tratarse de la vaca que había regresado. Me tomó unos minutos mortales para que mis ojos distinguieran la forma de una pequeña barca que estaba llena de hombres.

Eran unos turcos, enviados en una expedición suicida con el mismo objetivo que el mío.

Pero para cuando lo comprendí, los piratas me tenían apretada entre sus manos. Uno de ellos me respiraba a la cara y me veía con sus ojos rasgados.

Ojos que reconocí.

—¡Maxixa! —susurré, ya que se trataba de él.

—¿Hija mía?

—¡Estoy cubierta de sangre, Maxixa! ¡Maté a un joven!

Me calló con una mano dura en mi boca. Un pequeño ejército de turcos se erguía imponente a sus espaldas.

—Debes abandonar esta nave, hija, aquí no hay más que muerte —no me preguntó cómo había llegado a este lugar y en cambio me estrechó hasta que me calme—. ¿Dónde está el salvaje?

Apunté en dirección de los aposentos de Carlos y señalé también al Santa Marta y le dije que Cortés dormía allí.

—El animal pagará, al igual que su soberano —dijo Maxixa, y fue cuando escuché el agotamiento y la agonía dentro de él—. He esperado durante años este momento y no me sorprende verte aquí. Debes presenciar este juicio. Y aunque espero que lo sobrevivas, no tiene importancia. ¿Sabías, hija mía, que estamos muriendo? ¿Que nuestro mundo ha muerto? El mar abajo no es más que una tumba para mí. Este aire es un ataúd liviano al que me urge entrar para que cese este terrible acoso. Nuestros padres siguen visitándome, sabes. Me han instruido con bastante sabiduría en las costumbres del otro mundo y nunca he sido más diestro en la vida. Mi arte corre en mí tan fluido como el aliento. ¿Recuerdas los días en que solía convocar la luna? Qué nimiedad tan mansa era aquella. Qué dicha. Pero ahora la dicha se ha esfumado y soy sólo un instrumento de la ira.

Estaba de pie frente a mí, con sus manos en mis hombros, y su cara era una reflexión retorcida del dolor. También había hablado en voz demasiado alta y en nuestra lengua nativa, de modo que algunos españoles estaban justo ahora abriéndose paso hasta nosotros.

—Atención —me dijo Maxixa y señaló la barca en la que había llegado hasta aquí—. Escapa, hija linda.

Y esas fueron las últimas palabras que me dirigiera, a medida que las olas comenzaban a elevarse del espejo del agua, y el viento comenzó a bailar y aullar por encima de los gritos de los hombres.

Los españoles habían visto a mi niño rubio muerto y habían dado un llamado de alarma. Blancos y negros luchaban con fuerza en las cubiertas con sus cuchillas relucientes y chorreantes, con los turcos fatalmente superados en número pero todavía resguardando a su protegido. Maxixa me soltó de la mano y caminó entre los cuerpos que se arrojaban hasta la orilla del barco, hablando con el mar en nuestro idioma perfecto, una lengua extranjera para estos oídos pero la cual las olas parecían comprender, ya que le saltaban tan fielmente como perros. El cielo cobró ímpetu como un puño sujetando fuego y un Maxixa aullante estaba ataviado de luz, envuelto en este sol débil de media noche, que partió el Cielo para que los dioses pudieran escuchar su oración brutal.

Después sacó un orbe plateado de su bolsillo, una de las antiguas esferas de malabarismos que le había fallado de manera tan terrible en el Vaticano, pero que ahora no rehusaría su voluntad.

Lanzó el orbe al mar y después de eso el cielo se convirtió en el mar y el mar era un monstruo.

Grandes formas negras de agua de rostros atroces se elevaban ante el barco y lo sacudían en sus manos asesinas. Uno de esos demonios trituró a Maxixa en su boca líquida. Los hombres fueron hechos jirones por los dedos del mar, mientras un Cristo o un Pedro coronado por el fuego lloraba otras tormentas. Yo era una pequeña mota dentro del gran lago del ojo de Dios, pero la suerte o la clemencia me arrancaron de allí. Me zambullí dentro de la pequeña barca que temblaba en el mar, corté la soga y me dejé llevar por una ola gigante hecha de frío y del rugido de fantasmas. Todo era tempestad. El agua salada me entraba en los ojos y la boca. Los relámpagos iluminaban serpientes de sal, que mordían los barcos con sus colmillos trasparentes, hasta que una de ellas posó sus ojos gélidos sobre mí y me tragó en su barriga.

Así fue que la tempestad rugió y bramó, mientras me ahogaba y me empujaba a la orilla.

Ciento cincuenta galeones se perdieron esa noche.

Casi muero.

Pero por un golpe de suerte desperté a la mañana

siguiente, con la mejilla metida en la arena más blanca, y un sol espléndido que le daba calor a mi cuerpo. La corriente también había arrastrado pedazos de barcos, junto con algunos hombres pálidos de miradas fijas y el Santa Marta abatido, frente al cual Cortés se defendía ahora contra un nuevo ejército de soldados negros y sus amigos franceses. Un turco curioso se agachó sobre mí, y se rió cuando entorné los ojos hacia su cara. Al notar mi tez, me dijo palabras sin sentido y me limpió la sangre de mis muchas heridas en lugar de aumentarlas.

Me puse de pie y miré la costa esmeralda. Había aquí palmas que parecían mujeres altas de cabellos alborotados y montañas que me recordaban a mi antigua diosa, la princesa. Una alfombra de cristales ámbar me acariciaba los pies. Observé con un descuido atónito las escaramuzas de Cortés con sus enemigos, pero estaba tan atontada que no me importaba cuál fuera el resultado. Creo entonces haberme desplomado. Mi amigo llamó a sus sirvientes y me colocó en un palanquín hecho de pieles y cascabeles. Acompañada de esta extraña sinfonía y del sonido de pies que retumbaban, me llevaron lejos del agua, más allá de las palmas, hacia las montañas, adentro del laberinto color blanco paloma que denominaban kasba.

Y así comenzaron mis años en Al Jazira.

11

Me encontré en este oasis perfumado de un olor a piratas, donde las mujeres se escondían en sus hogares y los hombres, que regresaban de las guerras manchados por la sangre de sus víctimas, se desplomaban en las alfombrillas de rezo sucumbiendo de manera feliz a las estrictas leyes de su rey, tal como jóvenes deseosos de recibir la amorosa amonestación de sus padres.

¿Acaso no existen diferencias entre las gentes, en el mundo entero?

La batalla había salido bien librada para los turcos. Aunque Maxixa murió y Cortés escapó con vida de alguna manera, muchos de los europeos sufrieron muertes asombrosas, ya fuera de las manos frías del mar o de las manos calientes de estos hombres. Carlos huyó hacia la seguridad de Cartagena y luego hasta Valladolid, aunque no hacía falta un profeta para vislumbrar su futura rendición ante el Imperio Otomano o su renuncia a Borgoña bajo el Tratado de Crépy.

Los turcos daban ahora una buena porción del

crédito a Maxixa, lo que a su vez me favoreció a mí, ya que nos creían hermano y hermana de sangre (estaba completamente desnuda cuando la corriente me arrastró hasta su orilla). A pesar de la revelación de mi sexo, no intentaron atarme a la cocina o a la cama, ya que me creían una gran maga como mi hermano, y por tanto de gran beneficio para su ejército.

Al decimoquinto día de estar allí —después de semanas de estar tiritando y alucinando con fantasmas de barbas algodonosas debido a la fiebre— me recuperé de mi enfermedad y me vi obligada a comparecer ante Kair ed-Din, el famoso Barbarroja. He de admitir que las historias de los venecianos me habían contaminado la mente, de manera que lo imaginaba como un Satanás de pezuñas, todo cuernos y garras, engullendo a inocentes en sus hediondas fauces.

Pero tan sólo era un hombre, exhausto y bastante guapo, con una frondosa barba roja que acariciaba con sus dedos ensortijados. Estaba sentado en su trono tallado, rodeado de cojines dorados y esclavas decoradas con velos plateados y diamantes en el ombligo.

—Si vuestro magnífico hermano hubiese regresado del mar, lo nombraría ahora segundo corsario y le daría suficientes mujeres y oro como para llenar tres palacios —me dijo, en un castellano perfecto—. Sin embargo, vuestro hermano (a quien yo consideraba mi hermano), sentía menos curiosidad por las joyas que por los tesoros que podía exigir de las estrellas. Aunque era pagano, el Dios de Abraham le había prodigado tal destreza que lo considerábamos como una arma diseñada para nuestros santos fines. Y tenemos razones para creer que habéis heredado esas mismas artes. ¿Estamos en lo cierto?

—Soy tan sólo una bromista, su señoría —dije—. Una bufona, ni más ni menos.

—Eso es posible tomarlo como una admisión de poder.

—Si así lo desea.

—Por deferencia a vuestro hermano, no os ordenaré, os pediré que os unáis a nosotros. En pago por vuestros servicios os concederé cualquier deseo.

—No me uniré a vosotros aun cuando me lo pida u ordene, su señoría.

—No ofendáis a este corsario, mujer, os lo advierto.

—Quizá la ofensa me conceda el sueño que añoro.

—Entonces estáis loca.

—Ah, he visto demonios y monstruos tales que me sorprende no haber quedado ciega.

—Os daré más riquezas de las que vuestra patria muerta entregó si os unís a nosotros. Cualquier placer que solicitéis os será administrado por las manos más suaves o por las manos más duras que pudierais desear. Adquiriréis una autoridad tal que cientos temblarán a vuestros pies.

—No tengo interés en tales cosas, señor mío.

Barbarroja me miraba de hito en hito, y se mesaba la flamante barba.

—Mencionó que me concedería cualquier deseo —dije.

—Así es.

—Bueno, tengo tan sólo un deseo. Y es que me dejen en paz.

Retorció la boca y asintió con la cabeza.

—Que así sea, entonces.

Y así fue. Barbarroja, quien sólo viviría otros cinco años más, cumplió con lo prometido. Yo quedé tan libre como un hombre y, como otros aventureros legendarios, anduve errante por ese oasis tratando de depurar mi enfermedad en las centelleantes aguas y sobre las abrasadoras arenas.

Más anduve perdida mucho tiempo por ese desierto.

Con un vigor sin precedentes me restregué el cerebro para liberarlo del pasado, hasta que me di cuenta que el consejo de mi padre a favor del recuerdo estaba en lo correcto, pues en lugar de borrar mis recuerdos con cada trazo sólo había logrado pulirlos más de modo que ahora emitían destellos y resplandores como afilada navaja.

Esa navaja después hizo un tajo en mi última soga, y finalmente pude soltar las amarras.

VOLVÍ A LOS MALABARISMOS *para ganarme la vida y me quedé entre los turcos, que me ayudaron a percibir la belleza en lugares nunca antes vistos, ni imaginados. Vi la gracia no sólo en la bahía azul o en la ciudad blanca como un eco del Cielo o en los ojos de leopardo que miraban por encima de velos, sino también en las paredes austeras de los gigantescos peñascos del África, pálidos como el vasto cielo, y en los incesantes mapas de arena más allá del césped de la ciudad. Al Jazira fue construida para satisfacción de los famosos maleantes de esa región, y en el bello corazón de su kasba uno podía encontrar todo tipo de vivos placeres: argumentos filosóficos, poesía, oro italiano, música, ca-*

samiento, la tarta de pichón espolvoreada con azúcar, suculenta con agua de flor de azahar, almendras y azafrán.

Pero me aparté de estas cosas y me aparté de mí misma, hacia esas paredes escarpadas de piedra y arena y el largo sueño acuoso de la bahía. Quería reconocerme de nuevo en este espacio en blanco. Deseaba quedar tan en blanco como el peñasco sobre el agua. Y mi corazón tan transparente como el agua, y así de inocuo. Me restregaría una nueva piel sobre esta áspera alfombra de piedra. No necesitaría ni sería nada.

Abandoné todos los lujos, salvo la naturaleza. Para sobrevivir hice de bufona para diversión de piratas y sus familiares y amigos que resplandecían de joyas. Como me tenían por pariente de Maxixa estaba muy solicitada y me hubieran pagado a cuerpo de rey, pero lo único que pedía era un bidón de agua para refrescarme la garganta y unos cuantos puñados de comida. Entonces, cuando había aplacado la sed y el monstruo de mis entrañas se había aquietado, me ponía de pie frente a ellos, flaca como un alfeñique, vestida con poco menos que harapos, y los dejaba estupefactos al desafiar las leyes del aire. Aunque parezca mentira, mis dones cirqueros se habían robustecido aunque mis otras facultades habían sufrido el destino opuesto. Mis patrones me lanzaban sus tesoros más pesados y mortíferos, gritando con regocijo, y yo podía hacerlos girar hacia el cielo como si fueran una simple llovizna. Cimitarras más afiladas que las zarpas de un león eran simples juguetes en mis manos, así como las víboras y, mis favoritas, las antorchas doradas, las cuales llenaban las salas de un brillo espléndido como si las estrellas acabaran de entrar volando por la ventana.

Entre una presentación y otra prefería retirarme de la ciudad y viajar con bandas de nómadas al desierto donde pudiera dormir en una cama de arena y beber de manantiales sagrados. Me tendía sobre las dunas e intentaba imaginarme un futuro incólume, que se asemejara al cielo o a los peñascos del desierto: vacío, anónimo, desnudo de nombre, como también esperaba yo serlo algún día. Empecé a verme totalmente libre, ¡tan libre como los muertos! Pues los muertos carecen de nombres. Como esta roca carecía de nombre y lenguaje.

Mientras comía un puré de saltamontes con dátiles para la merienda, me quedé mirando el espacio de terciopelo infinito arriba de mí, que estaba tan vacío y fresco como el aliento, como la ausencia más bienaventurada, que me encontré en un estado de paz sin mácula.

Y hubo la madrugada silenciosa después de una tormenta de arena, cuando el tramo de desierto sin límites estaba absolutamente liso y el cielo color crema, que justo ahora se hacía más brillante, era del mismísimo color —un paisaje tan inconsútil que ni siquiera el horizonte le dejaba marca— y comprendí que en ese instante me encontraba dentro de un vacío hechizado tan poderoso que podría borrarme, y no tuve miedo.

Y si algunas veces veía el extraño rostro de Quetzalcóatl mirándome fijamente desde los precipicios, y a Caterina bailando sobre la arena con el joven de barba algodonosa, y si alguna vez escuchaba las nubes dándome serenata con una versión fantástica de Hercules *dux Ferrarie de Josquin Desprez, completa con laúdes y castratos, sencillamente trataba de ignorarlos.*

Pero, por supuesto, me había vuelto loca de remate. No era nada distinta de los blancos que perdían la razón al primer vistazo de nuestra selva, o por su dieta errónea de nuestro maíz. Y ya no los culpo por su falta de juicio, como solía hacerlo. El estado en que me encontraba fue el solaz supremo, ya que no había sentimientos, ni tristeza ni recuerdo alguno. Era un bálsamo para mi corazón ensangrentado. Ya que aquí en el desierto, había encontrado la respuesta secreta y horrible al pavor: había descubierto el consuelo de nadie, nada y ninguna parte.

DESPUÉS DE QUINCE AÑOS *de este trance, fui llamada para actuar ante un pirata que se había integrado recientemente a las filas de Suleimán, y quien no obstante su condición de novato había emprendido una campaña en contra de Nápoles, tan famosa por su brutalidad como por sus triunfos fiscales. Se hacía llamar Ibn-Idrisi, y aquellos que lo habían visto comentaban con frecuencia sobre su magnífica cicatriz de batalla, que se prolongaba del ojo al mentón, así como su increíble habilidad con las mujeres. Aunque se sabía que una vez había desnucado a un veneciano con el dedo pulgar, contaban las leyendas que poseía las manos de amante más suaves del continente, y la única persona que era dueña de más esposas que este beréber era el mismo Suleimán el Magnífico.*

Como era mi costumbre, fui de inmediato cuando me llamaron, ya que no tenía otras obligaciones, y pronto me encontré dentro de las paredes de un palacio

recargado de oro, más espléndido que cualquiera de las mansiones que había visto en Venecia. Mujeres hermosas se asomaban a verme por detrás de paredes caladas de marfil; las sillas de los pasillos estaban hechas de ébano y colmillos de elefante tallados; las alcobas olorosas a sándalo y a cannabis estaban silenciosas a excepción del susurro de cascabeles de oro en los tobillos de las concubinas. Un mayordomo corpulento, ataviado de túnica blanca, me condujo adonde el legendario hombre tenía su tocador, del cual colgaban toda suerte de cortinas y candelabros dorados, y además hacía alarde de una gigantesca cama roja sobre la cual yacían trece doncellas de belleza incomparable. Había asimismo una silla y un pequeño escritorio al fondo de la habitación —de nuevo, ébano y colmillos— y allí es donde se sentaba el barón marino, vestido con un abrigo color granate y plateado. Desde mi posición, apenas podía distinguir su rostro salvo por la larga cicatriz en su mejilla, ya que estaba volteado para el otro lado firmando varios papeles.

Las doncellas comenzaron ahora a cuchichear y a reírse tontamente de mi estado de deslumbramiento, de modo que recordé mis modales. Les hice una reverencia a fondo, y ni siquiera intenté levantar la vista para ver abajo de sus vestidos.

—¿Sóis la juglaresa? —preguntaba ahora Ibn-Idrisi, con la cabeza todavía inclinada.

—Sí, señor.

—Mis queridas esposas se han quejado de la falta de diversión. Espero que podáis entretenerlas. Venís muy recomendada.

Había algo en su voz que me pareció familiar y

bastante agradable. Me sentí a mis anchas de inmediato.

—Haré todo lo posible, su señoría.

Ibn-Idrisi se puso rígido en su asiento y siguió con la mirada fija en la página. Sólo entonces levantó la vista, y me di cuenta de que me resultaba conocido y encantador, y que ni siquiera se trataba de un varón.

¡Él era mujer!

¡Y era mi hermana!

El gran Ibn-Idrisi no era otro que mi vieja amiga, la española Isabela, vestida con otro de sus maravillosos disfraces y con el rostro partido por la mitad por esa cicatriz burda que casi oscurecía su belleza.

Pero de todas formas la reconocí. Me estaba sonriendo como si todos estos años no hubieran pasado del todo.

—¡Fuera! —ordenó, chasqueando los dedos y todas las esposas se esfumaron.

Ahora nos abrazamos y nos hicimos preguntas al oído y nos reímos y lloramos un poco también. Enseguida le conté mi historia y ella me contó la suya.

—¡Ay, querida, soy la pirata más fabulosa! —gimió—. Soy el hombre más temible de los mares, si puedes creerlo. Ninguno de mis hermanos nuevos lo sospecha siquiera. Después de que navegué hasta acá, lo único que tuve que hacer fue cercenar varias cabezas y los hombres no podían ni imaginarse el sexo bajo mis pantalones. «Oh, el poderoso Ibn-Idrisi», me llaman. «¡Oh, señor Ibn-Idrisi, cuán fantástico y terrible sois!» Bueno, es cierto que Venecia me adiestró para convertirme en asesina, pero después de que recibí esta cicatriz, mi suerte no hizo más que mejorar. Y por supuesto

tengo a mis mujeres en tal cielo de joyas y orgasmos que no suspirarían ni una palabra.

—¿Así que has hecho todo lo que dicen? —pregunté.

—Sí, resulta que tengo mucho talento para ser bandido.

—Me he dado cuenta que yo no lo tengo.

—¿A qué te refieres?

—Maté a un hombre, Isabela, y me persigue. ¡Aquí, en este desierto!

Me agarró de los hombros.

—Hace mucho que te dije que no pensaras en esas cosas, querida. Debes ser más práctica, hermana mía. Y como tu hermana, he de decirte que te ves como una muerta viviente. ¿Te has visto en un espejo?

—No me preocupa lo que pueda encontrar en un espejo.

—Te puedes quedar aquí conmigo tanto tiempo como gustes. Para siempre, si así lo deseas. Te daré una plantilla de esposas y te construiré una casa para que podamos vivir lado a lado.

—No quiero a una esposa. Sólo echo de menos a Caterina.

Y cuando pronuncié ese nombre, su cara palideció a un color espantoso.

—Es mejor que no —dijo, con gran seriedad—. Es mejor que ni siquiera pensemos en ella de ser posible.

—¿Por qué?

—Aún tengo espías en Europa y me dicen que ella ha atraído el interés de la Inquisición debido a ciertas «blasfemias».

Sólo atiné a mirarla y no pude hablar.

—Está encarcelada, Helena. En el Vaticano.

Miré a mi vieja amiga a los ojos y sentí la gratitud que había sentido antes, cuando me ayudó a escapar de ese lugar de perdición que era Venecia. Con su ayuda mi vida daba un nuevo giro, porque al escuchar sus noticias fue como si despertara de nuevo, después de todos esos largos años de ensueño.

CUATRO DÍAS MÁS TARDE, *me encontré abastecida de riquezas suficientes, cortesía de Isabela, como para realizar un viaje seguro de vuelta a Europa. Ella, no obstante, no me acompañaría.*

—Ese mundo no es para mí —dijo—. Ese lugar sería mi ruina.

De modo que no hubo manera de persuadirla, sin importar cuántas veces se lo implorara. El 14 de octubre de 1556 le hice adiós con la mano a Isabela, quien permanecía en la orilla y quien me había obligado a llevarme una fortuna adicional más bien gigantesca en oro y joyas. Esta generosa hermana mía; creo que fue la última vez que vi su rostro, aunque no se desvanece después de tantos años.

Ahora puse la mira de nuevo en Roma, el lugar adonde había sido llevada como esclava hacía casi veinte años. El lugar donde me había enamorado.

Caterina.

Cómo suspiraba por ti, esposa mía, mientras navegaba por aquellas aguas peligrosas. Oh, corazón mío, cómo suspiraba por verte a salvo entre mis brazos.

12

El catorce de abril, seis de la tarde. Estoy sentada en mi cubículo de la biblioteca del Getty y me encuentro examinando la colección de unos documentos muy antiguos y frágiles. Se trata de las cartas originales de Sofía Suárez que adquirimos de un coleccionista en España. La encuadernación en seda fue hecha de forma apresurada y la tela se desprende del cartón de las tapas, entre las cuales yacen las cartas ligeramente arrugadas. Escritas en papel de lino de apariencia antigua, el paso del tiempo las ha vuelto color marrón y son tan delicadas que los investigadores deben usar guantes blancos antes de tocarlas (aunque yo no lo haga).

Mi mano es casi del mismo color que estas páginas, y doy vuelta a cada hoja con sumo cuidado. Se asemejan a las alas de una mariposa nocturna.

3 DE JUNIO, 1559

¿Acaso no os dije que los albaricoques tienen fama de ser el afrodisiaco más

magnífico, mi tesorito? ¡Mi querido Pasamonte,
cuán vigoroso estábais la otra noche, casi me des-
mayo con vuestros trucos! ¡Dejádme ser el hombre
por una vez, tesoro mío! Porque los brutos como
vosotros lleváis la ventaja, he de decir. Si me dais li-
cencia, me vestiría como caballero, con mi espada
afilada, afilada, y os embelesaría como si fueses una
novia inocente…

Nacida en Aragón, España (según cree la mayoría), Sofía Suárez era una mujer seductora y culta de recursos propios que adquiría la comida exótica y los libros prohibidos más deliciosos para todas y cada una de sus veladas. Nadie sabe de quién recibió sus fondos, y su linaje se ha perdido por siglos, aunque su pasado misterioso tiene aroma de rumores de alguna blasfemia, que la condujo de su hogar a una mansión a las afueras de Cáceres. Además, tenía fama por su ateísmo sensacionalista, a pesar de la vocación religiosa de su amante. Sus contertulios estudiaban filosofía pagana y las ciencias. Leían a Cicerón, Epicurus, Maquiavelo, Copérnico y fray Bartolomé de las Casas. Era una dadivosa mecenas de las artes y una corresponsal legendaria: el conjunto de sus cartas que se conserva asciende a casi mil páginas.

Pero se le recordará mejor aún por su vida erótica.

El rostro de su famoso retrato en verdad parece ser el de una buscadora de placeres. Lo he encontrado en un libro. (Afuera de mi ventana, pasan las semanas, pero me encuentro a salvo metida dentro del siglo dieciséis.) Tenía ojos amplios y despejados y abundante cabellera, que era clara como su piel, y una boquita perversa retorcida en una mueca tan conocedora que te hace pensar que ha sido besada diez mil veces. Y ella admite haber sido besada más veces que eso en sus cartas, que revelan sus apetitos carnívoros y experimentales. Están los juegos sexuales; por ejemplo, cuando habla de vírgenes y espadas, sobre lo cual investigadores excitados han derramado mucha tinta. También tenía, al parecer, más de un amante.

Cómo fue que conoció a de Pasamonte sigue siendo un acertijo, aunque de acuerdo a su correspondencia parece ser como si se hubieran conocido de casi toda la vida. Ella describe su «encanto y donaire y talento». Su «piedad» y su «valentía». Hasta escribe que él le salvó la vida (un tema de mucha especulación). Ella dice que él *era* su vida. *De todos aquellos a quienes pueda llegar a conocer*, escribe el 12 de diciembre de 1559, *nunca encontraría a nadie como vos. Abrigáis mi corazón y todos sus contenidos, amado mío. Cada gota de mi alma es una perla en vuestra tierna mano. No creo que el sol de Egipto ardería tan candente como mi pasión por vuestra piel. Ni los rubíes ni las esmeraldas, querido mío, contienen tanto color como el que adquiere mi espíritu cuando sonreís. La próxima vez que os vea, estremecedme una vez más en vuestros brazos. No me abandonéis nunca más. Antes de conoceros creí que el futuro era un bromista infame pero ahora sé que no hay futuro sino mi dulce Pasamonte. Os amo sólo a vos.*

Al leer estos testimonios, no me sorprende tanto que de Pasamonte arriesgara todo para visitar a su querida y su círculo prohibido. No se conoce ninguna carta de él, así que sólo podemos adivinar qué pensaba del arreglo entre ellos o de los intereses extracurriculares de su amada.

Me refiero aquí a la otra amante de Suárez.

Aunque sólo se conservan algunas de las cartas de Suárez a de Pasamonte, cerca de una cuarta parte de las epístolas de la colección están destinadas a una mujer que no ha sido identificada, a quien los biógrafos han designado como «la joven morena», según la propia celebración embelesada de sus rasgos por parte de Suárez. Cuando llego a la mitad de la correspondencia, encuentro: *Mi perfecta niña, ayer, cuando desperté al lado de vuestro cuerpo moreno de rosas, creí que soñaba. Vuestro cabello es aún del mismo tono que el*

sueño y vuestros ojos del delicado ocre oscuro de los bosques. Cuando os pedí que os vistierais en ese traje rosa, ¿acaso nuestros amigos no dieron un grito ahogado ante vuestra belleza? Sentíame tan orgullosa de saberos mía mientras paseabais por la habitación deslumbrándolos con vuestra agudeza y vuestro dominio del italiano; ¡cómo nos habéis hecho reír cuando asesinasteis el orgullo de ese Buosa Mascheroni! Pero no es por eso que os amo, querida. No, os ofrendo mi amor porque sois la amiga más extraordinaria que haya conocido jamás. Sois una persona temeraria. No dependo de nadie más.

LA NOCHE ESTÁ BIEN ENTRADA ahora y me encuentro a más de la mitad de la correspondencia. Página tras quebradiza página sólo me producen más confusión.

No podemos estar seguros si de Pasamonte sabía de la infidelidad de Suárez y, en ese caso, cómo respondió. Pero es cierto que ella amaba a esa muchacha con un afecto similar al que sentía por el sacerdote. Los detalles de cómo negociaba su corazón y su tiempo entre ambos se vuelven más vagos cuando tenemos en cuenta que Suárez probablemente huyó de España con de Pasamonte, después de que al Inquisidor le llegaran rumores de las novelas. Qué fue de la muchacha morena sigue siendo un misterio, aunque algunos especulan que ella se escapó con ese par. Lo único que doy por hecho es que entre los años de 1550 y 1560, Sofía Suárez estaba enamorada de dos personas, y les escribía a ambas cartas intensas y románticas.

Pero esto todavía no responde a mi pregunta central.

¿Quién era este hombre de Pasamonte?

CREO QUE PODRÍA PASAR aquí cien años en busca de la verdad oculta, si tuviera salud suficiente y tiempo. En esta biblioteca. En este cubículo, con su lámpara de acero. A veces echo un vistazo por encima de mis libros y veo espectros a mi alrededor, gente que parece menos real que las criaturas de sangre oscura que luchan dentro de estas páginas. Me sirve de algo y sé que esto es un tipo de *evidencia*, aunque de qué no puedo estar segura. Pero me siento mejor aquí, nadando entre estos libros y alejándome más y más allá de la orilla hacia otro verde lugar. Busco a alguien, aunque de quién se trata, exactamente, no estoy segura.

NO OBSTANTE, A PESAR DE TODOS mis esfuerzos, otra influencia interfiere, y sigue recordándome en qué siglo vivo. Mi papá.

—¿Vas a seguir toda la vida en esa cueva? No todo en la vida es trabajo, ¿sabes? Leí una vez en el periódico sobre un tal profesor que estaba estudiando la vida de Jefferson, ¿okey? Y este tipo, pasa tanto tiempo en la biblioteca que no tenía cuates, ni novia, ni a nadie. Un día, viene un terremoto y se queda enterrado bajo cinco toneladas de libros. Pero como no tiene amigos, nadie se acuerda de él, y allí está aplastado bajo las enciclopedias como por una semana. ¡Ya mero se muere! ¿Eso es lo que quieres?

—Papá.

—*Ándale.* Tómate un descanso. ¿Qué no quieres ver a tu viejo?

—Claro que sí.

17 DE MAYO, LONG BEACH.

Mi papá y yo nos sentamos en su comedor, preparándonos para comer una tarta de pichón marroquí en la mesa de roble antiguo con las patas de león talladas que ha estado en la familia desde que era niña. Mi mamá tenía afición por encontrar cosas insólitas en las ventas de garaje, y hace décadas consiguió esta bestia de madera en uno de esos bazares; la halló entre las chucherías del jardín de enfrente que consistían en muñecas Barbie y camisas Pendleton, loncheras con calcomanías de los Ángeles de Charlie y zapatos esponjosos por el paso del tiempo. Siempre me pareció mágica, sobre todo cuando mamá me contaba cuentos al acostarme sobre cómo el león que estaba atrapado en la mesa cobraba vida al anochecer y corría por la cocina buscando sobras. Papá no hace despliegue de ningún otro recuerdo de ella en esta casa; una caja de urbanización blanca y costosa de ventanas gigantes y una alfombra color crema donde siempre está derramando café y luego limpiándolo desesperadamente con Spray Wash. Ha vivido aquí por cinco años, pero todavía parece como si se acabara de mudar: además de la mesa de león y las sillas que la acompañan, un sofá de cuero, una cama de madera clara, lámparas de piso de acero inoxidable, su guitarra recargada contra la pared y cerca de treinta fotos con marco de plata de su hija, son los únicos adornos que hay. A mi papá no le ha costado trabajo tener éxito con las chicas, aunque no dé señales de casarse de nuevo, aun si le *encantan* los mimos de las mujeres, sobre todo en la sección cocina, razón por la cual nunca me presento sin algún bocadillo que haya preparado. Ahora tomo un cuchillo y corto la tapa de masa de la tarta que horneé en la mañana. Ajo, una libra de almendras, jengibre y agua de azahar se elevan por el aire. Una carne oscura rociada de cardamomo negro y azafrán. Hay copas de vino en la mesa pero ningún utensilio, ciertamente ningún tenedor.

—Tienes que comerlo con la mano derecha —le digo.

—¿Qué es?

—Tarta de pichón marroquí. De un libro que leí.

Arquea las cejas. ¿*Tarta* de pichón? ¿Esos pájaros apestosos? ¡Puaj! No es posible. Dame un burrito común y corriente. Dame un bistec normal con las papitas fritas enroscadas.

Saco un poco de tarta con la cuchara y la pongo en su plato. Se inclina hacia adelante y lo huele. Después me sonríe.

—Pobre pichón feo. Huele *bien*.

—Eso pensé.

Mi papá se arremanga la camisa y deja ver su cicatriz; luego metemos con cuidado los dedos de la mano derecha en el platillo. Empieza a tararear mientras devora la comida. A veces golpea la mesa, aunque come tan rápido como un pastor alemán y no veo cómo puede saborear algo. La mitad de la tarta desaparece por su escotilla, sin un destello de salsa en el bigote, hasta que toma un respiro recargándose hacia atrás y me mira.

—¿Qué tal los negocios? —le pregunto.

—Los negocios son los negocios. Tengo una obra allá en San Diego que me está rompiendo el lomo. Tengo algo allá en Glendora que me está dando una jaqueca. El negocio anda muy bien. Pero la pregunta no es cómo van los negocios. La pregunta es cómo andas tú. ¿Entonces?

—Estoy bien.

Entrecierra los ojos.

—¿Tienes algún chico de quien platicarme? ¿Te estás divirtiendo? ¿O crees que pasártela bien es darle de comer cosas raras a tu papá?

—He estado trabajando mucho.

—El trabajo es cosa de tontos. Deberías salir. Deberías salir con alguien, una chica tan linda como tú. ¡Mi preciosa! ¡Mira nomás esa cara!

—Papá.

—¿Sabes qué hice el fin de semana pasado? Salí con esa muchacha, ¿Verónica? ¿La que te presenté? La llevé a bailar a un club nocturno, nos desvelamos toda la noche. Me la pasé a todo dar, me sentía como de diecisiete. ¿Qué tiene eso de malo?

—Nada.

—Eso mero. Eso es lo que *tú* deberías andar haciendo, no un viejo chocho como yo —mi papá hace una pausa y come unas mordidas más, usando la mano que no debe.

—No eres un viejo chocho.

—Sí lo soy, y voy a ser chocho y gordo si me sigues alimentando de esta forma —inclina la cabeza hacia mí, frunce el ceño—. Todavía no estás cien por ciento bien. Todavía traes esos ojos saltones.

Me encojo de hombros.

—¿Es porque leíste ese anuncio en el periódico? ¿Por eso andas tan apachurrada?

—¿Qué anuncio?

Hace una mueca, baja la vista a su plato.

—¿*Qué* anuncio?

—Cariño, lo siento. El anuncio de compromiso. De Karl y esa chica —se aprieta la frente con la mano y empieza a frotársela por todos lados—. Bueno, tal vez sea mejor que lo sepas de todos modos. Se van a casar, en San Diego, el qué... catorce de julio.

Asiento con la cabeza.

Infla las mejillas y deja salir un gran aliento. Después da una palmada.

—¡No te me amilanes, mi chiquita! ¿San Diego? ¡Uf! ¡Eso es para papanatas! Cuando te cases, ¿qué dices si les pago el boleto a todos y volamos a México? ¡Cuernavaca, muchacha! ¿Te quieres casar en la punta de un volcán? Voy a contratar a un mariachi grande y nos vamos de parranda una semana.

—Estaría bien —contesto.

—Porque *sí* vas a conocer a uno de los meros buenos —prosigue—. Alguien que te trate cual debe de ser. Alguien que te haga sentir bonita, ¿okey?

—Okey.

Comemos en silencio por unos minutos, mientras se preocupa por mí con sus ojos. Se limpia la mano en una servilleta y se inclina hacia delante.

—Mira, oye, si algo te duele, quiero que me lo digas.

—Estoy bien.

—No estás *nada* bien, ¿ves? Cuando te veo así, quiero, no sé.

Quiero... ¡gritar! Te quiero abrazar tan recio que te exprima toda la locura que traes dentro.

—Pues, ¿qué quieres que te diga?

—Mi vida, cuéntame lo que hay en tu corazón.

Veo hacia afuera por las ventanas gigantescas, a la vista de palmeras y techos de tejas mediterráneas de las casas de los vecinos, y el cielo que se oscurece.

—Es que eso hace que me sienta mal todo el tiempo.

Mi papá estira la mano desde el otro lado de la mesa y me toma de la mano.

—Una vez... —me detengo. Me cuesta hablar—. Una vez, ¿te lo conté alguna vez? Karl y yo nos desvelamos toda la noche. Esto fue hace ocho años. Habíamos ido a una fiesta y después no estábamos cansados, así que Karl dijo, ¿por qué no nos quedamos despiertos hasta la madrugada? Fue lo que hicimos. Fuimos en coche hasta Pacific Palisades y nos estacionamos en los acantilados. Estaba oscuro y medio frío, pero nos quedamos allí, hablando. No sé de qué. Sin embargo nos quedamos hasta que salió el sol. Era la primera vez que había hecho eso. Las estrellas desaparecieron y el cielo... salió el sol y se podía ver... todo. El agua y Catalina. Había gaviotas. ¡Y la luz! Se abrió por encima de nosotros, muy suave. Y después Karl se volvió hacia mí y me dijo, «Así es como me haces sentir».

Mi papá me aprieta el brazo.

—Sara.

—Así es como me haces sentir. Nadie volverá jamás a decirme algo así.

—*Claro* que sí.

Miro hacia abajo y clavo la vista en los diseños de la mesa de roble.

—¿Así es como pensabas en mamá?

Él baja la mirada.

—Oh, tu *madre.*

—¿Eh? —cuando no contesta, le pregunto algo más—. ¿Piensas mucho en ella?

—¿Qué quieres decir?

—¿Piensas en ella ahora?

Se reclina hacia atrás. Todavía tiene su mano sobre la mía.

—¿Tú crees que no?

—No la mencionas mucho, no como si la extrañaras.

—No, tienes razón —asiente—. No lo hago.

Paso la mano sobre la mesa, trazando los diseños de la madera.

—Papá, no debí mencionarlo.

Mi papá me sigue mirando por un rato, gesticulando un poco. Ahora se pone de pie y me jala de la mano.

—Ven —dice.

—¿Qué?

—Oh, tengo una idea. Voy a enseñarte algo.

Cinco minutos después estamos en su coche, un Mustang convertible, y surcamos por las calles azules y frescas de Long Beach.

MI PAPÁ ME LLEVA fuera de los suburbios. Nos ponemos en marcha sobre la autopista por diez minutos hasta que llegamos a una sección renovada del centro. Gran parte de Long Beach reluce con una arquitectura de acero y vidrio; es la hermana menor de Los Ángeles y debido al influjo de fondos de los exiliados de la zona metropolitana se ha convertido en un kasba moderno hecho de materiales nuevos y resplandecientes. Los restos de la ciudad fragmentaria que solía ser, llena de cristianos de rodillas apretadas y ladrones acaudalados, apenas se vislumbra en las fachadas flamantes, las vallas publicitarias multiculturales y la jardinería a precisión. Pero cuando papá se estaciona en una de estas calles citadinas, bordeada de estructuras transparentes e iluminada por lámparas ámbar con bombillas de vidrio esmerilado esculpidas como llamas de velas, señala uno de los edificios de oficinas —un despacho de abogados, de estuco blanco como la nieve y las clásicas ventanas verde Pacífico— y me empieza a contar de la joyería que estaba allí en 1964.

—Ese era Maharaja's —dice, recargándose contra la puerta de su coche y mirando hacia afuera por la ventana—. La joyería más elegante del lugar. Pertenecía a este tipo Gus McMahon, que era Míster Ricachón. Míster Millonetas, deja que te cuente. Muy guapo también, con todos los pelos bien peinados. Siempre muy bien vestido, y con una anillo en el meñique que debe haber pesado dos libras, con diamantes y rubíes y zafiros en forma de la bandera americana. ¿Te imaginas? ¿Qué tipo de tarugo era ese? Pero en ese entonces, para mí, él era... *guau.* ¡Míster América! Y tengo que admitirlo, era un comerciante muy listo. Tenía el lugar decorado como un, como un Taj Mahal, ¿ya sabes cómo? Porque me supongo que los hindúes tienen muchas joyas o algo así, y a la gente le encantaba. *Siempre* había mucho ajetreo allí. Adentro era pura seda por aquí y terciopelo por allá, con flecos y cojines y las muchachas vestidas como para la danza del vientre. Que no sé si eso es hindú o qué, pero es por eso que contrató a tu mamá, porque el tontito cree que lo mexicano, lo hindú, total da igual. Y se veía bonita, eso sí. La traía toda emperifollada con esa cosa de seda roja. Con el pelo todo esponjado como el de Elizabeth Taylor y campanillas de latón en los tobillos y anillos por todas partes. Era vendedora, y cuando yo pasaba por allí veía aquellas pulseras y collares, y clips para los billetes, de puro oro. Y los anillos de hombre con los diamantotes encima, aunque ninguno tan grande como el de McMahon. Allí estaban brillando en la vitrina, ¡uf! Este era el mundo de los de arriba.

—Luego volteaba y veía a tu mamá. Tenía dieciocho. Y como una flor. Como un tulipán. Como una rosa... con espinas. Parecía que miraba a todos por encima del hombro. Le hacía el feo a los clientes y ni siquiera era para mirarme a *mí*, uy, qué va, con los ojotes que se le quedaban viendo por la ventana, hasta que Míster Ricachón me echa fuera, diciendo, *Más vale que no lo veamos por aquí otra vez, tú vago, tú bueno para nada.* Que esto y lo otro. En cuanto a la muchacha, esa era de *él.* Allí andaba dándole palmaditas en las pompis y siguiéndola con los ojos como si fuera lo más caro del lugar. Y entonces una vez, cuando la tienda estaba vacía y creía que nadie lo estaba mirando, la tocó en... en donde no debía y a ella no le pareció. Entonces di unos golpes en la ventana, para que la dejara en paz, y él que empieza, ay, a gritar. Aunque fue *ella* la que me puso nervioso. Se hizo la presumida. No quería que *yo* la ayudara. ¿Así que qué iba yo a hacer? Parecía que nadie era digno de ella. Yo creía que ella estaba como a miles de millas encima de mí.

—Sólo que otro día paso por allí y ella estaba arreglando el escaparate, poniendo más de esos anillos para ricachones. ¡Yo estaba en la gloria! Nunca la había visto tan de cerca. Y levanta la cabeza y nos miramos a los ojos, y esta vez no me sube una de esas cejas, ni me hace el feo, ni nada por el estilo. Nada más... me *mira.* Sin sonreír, ni coquetear. Pero supe que me estaba *viendo.* Y luego bajo la vista, a lo que traía en la mano, y es uno de esos anillos, con un diamante gigante. Todo de oro, con oro blanco además. Un diamante grandote en el centro con un círculo de diamantitos. No tan bueno como el de la bandera de McMahon, ¡pero casi! Veo la etiqueta del precio, ¡caray! Pero por alguna razón me da por comprar ese anillo. Si compro ese anillo, a lo mejor ella me va a sonreír. A lo mejor la puedo alejar de McMahon. A lo mejor puedo ser la gran cosa y acercarme a esta vida que veo en Maharaja's, que era lo que más quería de todo.

—Pero pues claro que no tengo dinero. Soy poca cosa. ¡No podría quererme a mí, un vago! Sin futuro. Debo la renta de mi apartamento de porquería. Pero, ah no, yo iba a conseguir ese anillo. Durante los seis meses siguientes tengo *dos* trabajos y no me meto en muchos líos. Además juego a las apuestas y tengo buena suerte. A fin de cuentas, tengo apenas *suficiente*, contando hasta el último centavo. Así que entro al Maharaja's, con un ojo moro (de una pelea en un bar), y mi tatuaje y mi ropa fea y me aviento. McMahon... se acuerda de cómo golpeé la ventana, ¿ves? Y hace que sus muchachos me saquen a patadas de allí tres veces hasta que saco todo el dinero en efectivo y lo agito por aquí y por allá. ¡Seguro, no quiere tener que ver nada conmigo en su tienda! Hace que escriba mi nombre y mi dirección en el recibo, y dice que no le vende a gente como yo. *Estoy seguro que no tendríamos nada que sea de su gusto, señor. Nuestros precios son bastante altos. Hay muchos otros establecimientos de buena calidad que serían de su agrado, estoy seguro.* ¡Bah! ¡Con una cara como si se hubiera comido una tuza! Aún así, ni él mismo pudo rechazar la pura lana. No que eso haga que ella me sonría, pero sí me vuelve a mirar, con sus ojos hermosos. Me *ve* otra vez y deja que te diga, cariño, me puse feliz. Salí de esa tienda con el diamantote en el dedo, con todos estos planes en la cabeza. Podría ser como un millonario, podría casarme con una muchacha como esa. Podría tener un Mercedes: bla, bla, bla. Ay, soy lo máximo. Ay, cuídense que ahí les voy.

—Y luego regreso a mi apestoso apartamento y el dueño de casa me está gritando, *Si no me pagas la renta atrasada estás de patitas en la calle, cuate.*

Se detiene por un momento, y se asoma de nuevo al despacho de abogados y juguetea con el espejo retrovisor. Desde muy lejos podemos oír coches tocando el claxon, el estruendo de un radio.

—¿Qué hiciste?

—Bueno, pues claro, ¡tuve que devolver el anillo! Dos días después, voy otra vez al Maharaja's y cuando McMahon me ve por la ventana, lo sabe. Sé que lo sabe. Trae una sonrisita que me está matando. Tu mamá está allí también, vestida como una diosa, intocable, y mordiéndose las uñas. Y no creo ser capaz. Así que lo que hago es que me siento en la banqueta afuera de la tienda. Me siento allí todo el día, estoy anclado a la banqueta. Un policía sigue pasando por allí, diciendo que vaya circulando. Al fin, ¿qué puedo hacer? Antes de que cierre la tienda, entro. Allí está McMahon, con el cabello arreglado, la ropa bonita, su anillote de la bandera de Míster América en mi cara. La sonrisita. ¡Puaj! Me trago los huevos y le doy el anillo que compré. *Cuánto siento que no haya sido de su agrado, señor,* dice. *¿Le gustaría ver alguna otra cosa?* Y no puedo voltearla a ver. Me voy.

—Pero aquella noche, mientras estoy acostado en la cama, alguien toca a la puerta. Cuando la abro, me encuentro a una muchachita de trenzas. ¡Tu madre! ¡La mujer de a de veras, sin la pintura y la ropa del Taj Mahal! Y la pobrecita se ve tan asustada, había copiado mi dirección del recibo y luego había tomado dos autobuses por la parte fea de la ciudad y caminado hasta acá pasando por donde están las prostitutas y los borrachos. Estaba temblando y llorando un poquito. Por fin, se limpia los ojos y me entrega algo en un pañuelo desechable. Un regalo para mí.

—Tu anillo —le digo.

Niega con la cabeza.

—No el anillo que compré. El anillo de McMahon, porque me había visto mirándolo. Le dije, «¿Para qué demonios me estás dando el anillo de tu novio?» Y ella me dice, «Es mío. Él me lo regaló, pero ya no es mi novio». Y le digo, «¿Por qué no?» «Por tu culpa», me dice ella. «Me voy a enamorar de ti, creo». Estaba temblando, estaba tan asustada de lo que estaba haciendo. McMahon la ayudaba con dinero, el cual de veras necesitaba debido a que tu abuelita ya estaba muy enferma. Pero le dije que no se preocupara.

Le pongo mi mano sobre la suya, muy suavecito, muy despacito. Ah, y era algo mágico. Qué don. Aunque dos días después vino la policía, buscando ese anillo de la bandera. Casi me meten al bote.

—Ella se lo había robado, desde luego.

Mi papá empieza con una risita baja, pero después la interrumpe a medias y se queda mirando hacia afuera por el parabrisas.

—Ves, mi reina, todavía lo traigo todo adentro. ¿Pero me entiendes, cómo podría mantener estas cosas en mi corazón? ¿Mi niña bonita que se murió? ¿Qué iba a hacer? El amor es muy, muy peligroso. Aprendí que o vas de subida o vas de bajada. ¿Y cómo podría ir de bajada con una hija como tú, ¿mm? Imposible. Y así que superé todo lo malo. Me obligo a seguir adelante.

Una brisa tibia sopla por la cabina abierta del coche, sacudiéndonos los cuellos de la camisa y el cabello. En lo alto, el viento empuja las nubes por el cielo, sin prisa, como hojas blancas en el agua negra. Papá extiende la mano y entrelaza sus dedos con los míos. Me mira.

—Y eso es lo que tienes que hacer tú también, nena —dice—. Es la ley de la vida.

Me guiña el ojo y sonríe un poco, esperando que esté de acuerdo. Y quizá debería estarlo.

Pero nada más lo beso en la mejilla.

—Te quiero, papá.

ESA NOCHE, MÁS TARDE, después de que papá se va, la luna blanca creada por la luz de la lámpara ilumina la hoja que estoy leyendo. La letra de Sofía Suárez es enérgica, con florituras, y las plumadas rizadas parecen mascadas oscuras. Los cuerpos de las letras tienen espaldas derechas, curvas abultadas que se asemejan a generales y mujeres. Un pulgar tierno en la cara de un amante trazaría una línea así. Las historias de una madre deberían transcribirse en una letra tan bonita como esta.

Quizá sea muy peligroso. Y quizá ya no sepa a quién estoy buscando en estas páginas: a la malabarista o al sacerdote o hasta, de alguna manera, a Beatriz. Pero no importa. Voy a terminar lo que he comenzado.

13

Durante el día en el Getty reparo el lomo agrietado de este libro, las hojas desteñidas, y por la noche exploro las historias de Miguel de Pasamonte o me entrego con más ahínco al grueso fajo de cartas de Sofía Suárez. Desde estas puertas entro a una habitación llena de conversación sobre Miguel Ángel. Una conversación sobre Copérnico. Una conversación sobre la imposibilidad de Dios y la posibilidad del amor. Sobre el piso de piedra se extienden mapas de contrabando y se escuchan exclamaciones bajo la luz de las velas. He aquí las tierras conquistadas de la Nueva España, las cuales poseen gran amplitud a pesar del comiquísimo fracaso de Coronado no hace veinte años atrás. Las mujeres, reposando entre ellas en la cama gigante, discuten las repercusiones de la muerte de Martín Lutero, la abdicación de Carlos y su lenta desaparición en la campiña, las ambiciones de Fernando. Estos son los años embriagadores de mediados a fines de la década de 1550, cuando Tiziano, en

Venecia, da a conocer sus famosas pinturas mitológicas, las cuales alguien ha visto y bosquejado. Sofía Suárez, trazando la imagen de Dánae con los dedos, levanta la vista del dibujo, luego cruza la habitación hasta la cama ocupada. Se inclina sobre el cuerpo lánguido de uno de sus amantes y toma el libro de la mano de él o de ella.

14 DE SEPTIEMBRE, 1560

Mi amado de Pasamonte, ¡qué sensaciones suscitaréis con éste vuestro libro! Ahora mismo termino la última página, y me desvanezco de pensar qué dirán nuestros amigos. ¿Acaso percibí mi influencia en vuestra obra, quizá? Pensé haberme vislumbrado en una de vuestras brujas más lujuriosas. De ser así, creo que merezco una tarde del empleo ágil de vuestra lengua y algo picante en una copa aterciopelada. ¡Justo es como recompensa por mis servicios de musa!

16 DE OCTUBRE

Mi nena preciosa. Qué noche tan celestial pasé ayer, estrechando vuestro muslo dulce como un bálsamo. ¡Y creo haberos ruborizado cuando os di unas nalgadas sobre mi rodilla! De cualquier modo, querida, os prometo comportarme en el futuro (a menos que no queráis que lo haga). Y ah, cuán hermosa lucíais en ese traje amarillo, con la cinta en el cabello. En la cena, se me escapó el aliento por un momento, de sólo admirar vuestra belleza. Soy la mujer más dichosa del mundo de tener una esposa tan amable y generosa como vos. ¿Pero entonces, por qué habéis hablado tanto con ese idiota, Mascheroni, de bigote ridículo y ropa risible? ¿Acaso intenta seducirte, como me temo? De ser así he de envenenar su vino la próxima vez que venga de visita (¡sólo bromeo, ángel mío!). De todas formas, tratad de ahuyentarlo, ¿podríais? ¡Me pongo tan celosa!

Algunos biógrafos de Suárez y de de Pasamonte han planteado varias teorías sobre cómo este triángulo complicado mantenía las paces, pero las historias que se enfocan en estos años de las cartas tienden a concentrarse más en los presentimientos de otro tipo de problemas, aquellos relacionados con la Inquisición. Ya que no fue mucho después de que de Pasamonte circulara *Las tres Furias* en la tertulia que el inquisidor se enterara de esta supuesta herejía, y fue este italiano galante a quien Suárez menciona quien resultó ser el soplón que diera noticias del libro.

Buosa Mascheroni, un charlatán, un poeta sin talento y un jugador, llamó la atención de los dirigentes de la Inquisición en 1553 después de que timara con dos mil reales a un aristócrata leonés en un juego de dados arreglado que duró tres días. Mascheroni —quien también era buscado por pregonar una panacea venenosa de propiedades supuestamente curativas en Valencia el año anterior (ocho personas sufrieron muertes horrorosas)— sólo escapó a la ejecución al convertirse en informante, y se especializaba en infiltrar camarillas subversivas e intelectuales. Con su atuendo ostentoso (gustaba de pantalones bombachos de terciopelo y llevaba un bigote que se extendía veinte pulgadas) y una afición por citar sus propios versos morbosos, fue aceptado de inmediato en el círculo de Suárez como una adición cómica y, sin embargo, inofensiva. Y parece en efecto algo torpe y maleducado; una lectura de las cartas de Suárez muestra que pasaba menos tiempo espiando que tratando de infiltrar los calzoncillos de los miembros más atractivos de la tertulia.

Aun así, el 3 de mayo de 1561, sólo unas cuantas temporadas después de que de Pasamonte dejara pasmados a sus amigos con la circulación privada de *Las tres Furias,* los registros del gobernador de España muestran que éste recibió a Mascheroni en su mansión y tomó en su posesión una copia de la famosa novela.

En menos de un mes, cientos de copias alimentaban los disturbios y la histeria colectiva que escandalizarían a un país ya horrorizado por ochenta y tres años de violencia relacionada con la Inquisición (se sospecha que Mascheroni fue el distribuidor). Y la última semana de mayo, cien guardias invadieron el monasterio de de Pasamonte, que se encontraba en el campo, a veinte días de camino de Madrid.

18 DE MAYO, 1561

De Pasamonte, recibido he noticias un tanto alarmantes de nuestros amigos. Según parece, el imbécil aterciopelado de quien todos reíamos pudiese ser la razón de que hace poco tantos ojos no invitados hayan mirado vuestra obra. Él ha desaparecido, ¿no es así? Tan sólo ayer pensaba en cómo no lo había escuchado recitar sus estúpidos poemas en varias semanas. Además, he escuchado los rumores más horrorosos acerca de las purgas. Al parecer, el inquisidor desea tener una charla con nosotros.

Debemos estar tan silenciosos como un ratón ahora, querido. Y atentos como un halcón.

20 DE MAYO

Mi querida niña, ¡me armáis de tanto valor! Como habéis dicho, es hora de recoger nuestras pertenencias. ¿Tenéis algunas armas? Yo tengo unas espadas, comida, dinero, unos disfraces de campesinos, los caballos. Y veneno.

Noticias tengo de que llegarán aquí en ocho días, así que todavía tenemos tiempo de hacer arreglos para el transporte. ¿Adónde iremos? ¿A Francia, decís? ¿O a Argel?

Es a fines de la primavera cuando escribe estas palabras y a fines de la primavera cuando las leo en la biblioteca del museo, tocando las líneas con los dedos. La coincidencia me da un escalofrío.

Me he tardado un rato en avanzar con las cartas porque he estado tan ocupada últimamente, restaurando el libro. He adelantado mucho en las últimas semanas y la belleza bruñida del infolio comienza a surgir. De cualquier forma, he continuado con mi investigación por las noches y ya casi voy en la última carta de este fajo.

Parece ser que Suárez se equivocaba en cuanto al tiempo que tardarían los soldados en alcanzarlos, ya que la entrevista que el ejército le hiciera a la sirvienta jorobada y morena de de Pasamonte indica que el sacerdote había escapado de su celda hacía unos minutos. Como he mencionado, todos sus libros y documentos estaban allí, incluso estas cartas, y es un milagro que no hubieran sido quemadas junto con muchas otras reliquias. Mientras me encuentro aquí, sentada, en los archivos, imaginándome los caballos que Suárez juntó, el dinero y lo peor de todo, el veneno, las luces del Getty empiezan a apagarse, ya que es bastante tarde. Pero casi estoy llegando al fin. Sólo me restan dos cartas más.

Doy vuelta a la página, a la carta fechada 24 de mayo, que es el día antes de que los soldados marcharan sobre el campo.

De Pasamonte:

Todo está listo, menos los 1,000 reales que nuestros amigos me traerán esta tarde. He de admitir que me embarga una gran tristeza de que tengamos que abandonar este lugar donde hemos sido tan felices y, después de tantos años de pesares, volver de nuevo al páramo me amedrenta. Pero vos, mi niña audaz, mi Pasamonte, vos me darás fuerzas, ¿no es así? Como siempre lo habéis hecho.

¿Recordáis cuando recién nos conocimos? Roma parece estar a leguas de distancia y éramos tan jóvenes. Pero no habéis cambiado, me asombráis como siempre lo habéis hecho. ¡Ah, cómo asustasteis al Papa con vuestras bolas mágicas! (¡Hala, no os imaginéis algo lujurioso! Se me empaña la mirada ante estos recuerdos inocentes.) Y cómo nos asustamos mutuamente al enamorarnos. No me sorprende que enfrentemos este peligro tantos años después. Ya que siempre he sentido que sujetabais mi alma en vuestras menudas manos.

Y luego hay otra nota, escrita el mismo día:

Argel, entonces, como lo deseéis. Y si estáis en lo correcto, Isabela nos será de gran ayuda.

¿Estáis seguro de que ella enviará un barco? Supongo que como potentada marina tendrá acceso a esa suerte de cosas.

Saldremos en dos días, entonces, querido.

El Getty se ha ennegrecido. Todos se han ido menos los guardias y me quedo a solas con estas cartas apabullantes que parecen abalanzarse sobre mí a través de un abismo de más de cuatrocientos años.

Estoy agachada encima de ellas, la cara afiebrada y no respiro.

Pero no se lo contaré a nadie esta noche. No voy a susurrar ni una palabra de lo que creo haber encontrado.

Manejo a casa y me voy a acostar, sonriendo sobre la almohada.

No duermo.

A LA MAÑANA SIGUIENTE, el 13 de junio, me levanto muy temprano y manejo de inmediato al trabajo. Mi escritorio es una pequeña fortaleza hecha de libros. Examino cada historia, cada crítica, buscando la interpretación de los investigadores en cuanto a estas últimas dos cartas.

Paso otro día entero en mi escritorio, sin comer y sólo tomando café. Se ha escrito una cantidad considerable de conjeturas académicas sobre estos últimos despachos. Un profesor de literatura española de la Universidad de Chicago postula que Suárez debe haber estado aterrada hasta la locura los días antes de su arresto programado, y que su confusión es evidente al llamar a de Pasamonte, «mi niña audaz».

Otro investigador, un lingüista de Miami, menciona que la alusión a Roma que hace Suárez podría indicar que una vez fue monja, aunque expresa desconcierto ante la mención de las «bolas mágicas».

Nadie que yo pueda encontrar sabe quién es Isabela o la identidad de la sirvienta jorobada y morena del sacerdote. Ninguno de ellos sabe quiénes eran Sofía Suárez y de Pasamonte. Ninguno de ellos sabe que él no pasó su niñez en Barcelona ni que aspecto tenía debajo de la sotana.

Pero yo sí lo sé.

EL 25 DE MAYO, 1561, los soldados de la Inquisición, que se podían ver en sus caballos desde las ventanas del monasterio, se hicieron a la carga sobre la colina portando las armas que usarían para matar al hereje si ofrecía cualquier resistencia a su arresto. Gritaron por las arboledas hacia el claustro, vestidos de rojo y con plumas en sus sombreros altos. Eran tan numerosos que uno se imaginaría que llegaban a librar una batalla y no a arrestar a un simple sacerdote y a unos cuantos filósofos de sillón.

Cuando irrumpieron en la celda de de Pasamonte, tan sólo descubrieron a una jorobada morena arrancándose mechones de pelo y sollozando que tuvieran misericordia en la lengua incomprensible de un imbécil. Regados por la celda se hallaban los libros, las cartas y los demás documentos comprometedores, y la inspección del establo reveló que faltaba un caballo. Adentro, uno de los soldados había empezado a reunir algunos de los papeles para formar una hoguera gigante afuera del edificio, aunque era lo suficientemente astuto como para guardar las novelas en caso de que fueran de interés para el gobernador.

La sirvienta siguió llorando mientras la literatura era confiscada y quemada, hasta que los guardias finalmente se fueron.

Tan pronto como desparecieron por la colina, ella se incorporó y extrajo la joroba de paja de su blusa. Puede que se haya puesto el disfraz de campesina que le diera su amante, o quizá tenía otro disfraz que ponerse. No creo que se pusiera el hábito de sacerdote, ya debía haberlo enterrado. Y luego salió del monasterio para recuperar el caballo que tenía escondido en el bosque o en algún otro resguardo.

Helena se subió al caballo y después se dirigió a toda velocidad a la casa de Sofía Suárez, la famosa intelectual y corresponsal que vivía a las afueras de Cáceres; la mujer que en tiempos anteriores se había llamado Caterina.

EL ATARDECER SE VIERTE por la ventana y tiñe la oficina de un rojo cobrizo, de modo que la vitela iluminada parece arder contra mis manos desnudas. Los investigadores y los biógrafos deambulan por el ala para buscar textos antiguos sobre anaqueles antisépticos. En la cercanía, escucho a alguien pronunciar un poema latino en voz baja.

Mi madre solía susurrarme secretos al oído. Me enseñó a no confiar en lo que veo a mi alrededor, para compartir una sospecha que le causó tanta desdicha, pero que también le permitió detectar lo que otros no veían. *Todo lo que ves aquí es robado*, dijo, y después me mostró la belleza de un libro antiguo. *No lo creas*, murmuraba. *Mira por debajo*. Tenía más fe en lo perdido y olvidado que en lo sencillo y visible, y algunas veces ese credo la volvía extraña. Pero ahora veo que tenía razón, si tan sólo en parte.

¿Es posible que Helena hubiera sabido, mientras navegaba de vuelta a Roma para encontrar a su amante, que se convertiría en parte de una Iglesia que había deshecho a tantos? ¿Que la había deshecho a ella? Cuando atracó en tierra italiana, comenzó un nuevo capítulo de su vida que tendría un fin muy distinto del que se había imaginado allá en Tenochtitlán. Este es un capítulo que nadie conoce. Que sólo yo puedo contar.

Y es en este momento, cuando pienso en contar esta historia, que se me ocurre algo más. Me imagino que se lo susurro a él. Que lo tejo como una telaraña a su alrededor.

Me pongo a pensar en Karl.

cuarta PARTE

14.

En diciembre de *1556*, cuando regresé al Vaticano portando una larga espada y disfrazada de noble, la primera persona que vi fue una bruja. Habían nacido muchos como ella desde que viví en aquel lugar por última vez, al menos eso sostenía el papa Paulo IV en su infinita estupidez, ya que había establecido la Inquisición Romana con el propósito de subyugar a los súcubos e íncubos que infectaban la Ciudad de Dios. Por doquiera que mirara, este Paulo vislumbraba a Satanás en las curvas de los cuerpos femeninos o en el brillo de los ojos de los judíos. Se quemaban libros como si fueran astillas para el fuego, se perseguía a sospechosos con perros y ballestas. En ese primer año del Santo Oficio, en ese invierno más frío que cualquiera del que tuviera memoria, antes o desde entonces, invadí ese palacio infernal pensando sólo en la seguridad de Caterina. Pero como suele sucederme, muy pronto me vi envuelta en otra aventura.

El tiempo blanquecino ocultaba los palacios

de la vista, a medida que conducía mi corcel por la frontera con Roma. Al abrirme paso hacia la fortaleza que albergaba a mi novia, vi unas formas surgir de la neblina. Cuando me acerqué a ellas distinguí una estaca y una base de paja, y a una tipa alta y gorda que estaba rodeada de una banda de soldados que portaban antorchas y una multitud de mujeres que lloraban y de hombres de rostros demacrados. La víctima llevaba puesto un manto negro, que ocultaba su rostro y estaba bordado con llamas amarillas: el símbolo de los impenitentes. Cuando detuve mi corcel, ella se quitó el manto para dejar ver un miriñaque muy elegante hecho de seda roja y, aunque no temblaba de miedo, supe que esta Juana de Arco no podría sentirse de otra forma, ya que el rojo, además de ser el color de los herejes, es también el color de los mártires.

Ella volteó a ver al guardia que la sujetaba del brazo y entonces pude ver su rostro, que me era familiar. Tenía una papada grande, una frente honrada y una boca voluptuosa y atractiva.

Esta víctima era la condesa Matilde, la antigua amante de Caterina, y ¡la misma mujer que había sido tan gentil conmigo hacía veinte años!

—Ay, mi pobrecito, cuán feo sois —le dijo al guardia—. ¡Tu madre se ha de haber llevado menudo susto cuando os parió! ¿Se desmayó, muchacho, al ver tu nariz atroz? ¿Acaso llora al aspirar tu hedor? Bueno, no importa, estoy segura de que os ama de todas formas, como buena madre. Y debe ser un consuelo para ella saber que tenéis un empleo tan admirable.

—Hoy morís, bruja —contestó el guardia feo y las mujeres de la multitud comenzaron a gritar. Otros, incluso el antiguo cocinero y el mayordomo de la condesa, se habían puesto blancos de miedo.

—Anda, vamos a lo mismo, idiotas, llamándome «bruja» —dijo, por encima del barullo—. He de admitir que lo encuentro algo tedioso. Mi nombre, imbécil, es Matilde, y si me acusáis de acostarme con el diablo, estáis gravemente equivocado, ya que el diablo, según he escuchado, es de género masculino y yo sólo tengo ojos para las mujeres.

La condesa miró a una doncella entre la multitud.

—¿No es así, dulce amor?

La mujer a quien hablaba chilló su nombre, y el mayordomo y el cocinero empezaron abrirse paso por la multitud hacia su ama, a quien los guardias ataron a la estaca.

—¡Parádlos! —gritó la horda.

—¿Qué no hay algo que podamos hacer?

Aún otros pedían fuego y sangre a gritos.

El guardia feo tomó la antorcha y la puso a la paja. Las llamas comenzaron a consumir el combustible y el humo se elevó hasta la cara de ella.

No lo dudé más y cargué mi corcel contra ellos. Descubrí que si clavaba mi espada entre los omóplatos del guardia feo, daban de sí con bastante facilidad y no se mostraba nada testarudo en morir. Los otros, no obstante, se resistían. Cuando me agaché para desatar a la condesa, uno de los soldados me aporreó con su sable y me hubiera deshecho el brazo si el mayordomo de la condesa no le hubiera rajado el cráneo con una cuchilla de carnicero. Pronto cundió el pandemonio. Las mujeres de aquella multitud, enfermas de temor, se abalanzaron contra los guardias como leonas. Les rebané el coco a muchos, varios hombres se me unieron con sus estoques, y nuestro semblante enrojecido, reluciente contra la luz de la hoguera de brujas, parecía la esencia misma de las pesadillas. Súbitamente, las mujeres y los guardias yacían moribundos sobre la tierra, aunque la condesa sobrevivió. Me le acerqué cuando estaba sentada en el polvo, aturdida y con la cabeza ensangrentada mientras su amante cuidaba de ella. Volteó a verme.

—¿Os conozco, caballero? —dijo. Y luego me escudriñó más de cerca—. ¿O señora?

—Sí.

Se me quedó viendo con aún más detenimiento.

—¿Sois acaso esa indita retozona que traía loca a Caterina?

Asentí.

—Reconocería ese color en cualquier parte.

—¿Dónde se encuentra ella?

—Oh, estaba loca por ti, ¿lo sabíais? Nunca se recuperó desde que os marchasteis.

—¿Dónde se encuentra?

La condesa Matilde se llevó las manos a la cara y comenzó a llorar.

—Dios mío, eso fue hace siglos. ¿Acaso no era hermosa entonces? ¿Con su cabello dorado? A las safistas no nos ha ido muy bien bajo este nuevo régimen —me miró de nuevo, con sus ojos grandes y llenos de lágrimas—. Está en el Castel Sant'Angelo, por supuesto, enjaulada como un perro con todos los demás. Y debéis ir a buscarla ahora, antes de que lleguen más soldados y nos maten a todos.

Puse mi mano en la cara de la condesa por un momento, pero no me demoré más, aunque la abandonaba a una muerte segura. Monté mi corcel y huí, lejos de mi vieja amiga y de ese lugar en llamas, hacia las cámaras horripilantes de Sant'Angelo.

LA TRUCULENTA CRIPTA de la Inquisición Romana, la prisión mortífera de la Santa Sede, es en realidad una tumba bastante espléndida, construida por el emperador Adriano como su última morada. Creo que es revelador que esta tierra de mentiras, la casa de tanto sufrimiento sea bella, con sus antiguos frisos romanos y su legendario puente, el Pons Aelius. Hubo años en que fue usada como una fortaleza: el mismo Papa se escondió en ella durante el saqueo de Roma en 1527, y Caterina una vez me mostró el callejón secreto que la une con el Vaticano. De otra forma, dice la gente, el castillo es tan impenetrable como la luna, o (según aseveran otros) tan cerrado como el corazón de Cortés.

Pero Caterina aguardaba la muerte en el corazón de piedra de esta mazmorra. Así que no tuve más remedio que hallar la manera de llegar hasta ella.

Como me encontraba manchada debido a la batalla con los guardias, desaparecí con mi corcel entre los árboles que rodean el castillo. Esperé hasta que cayó la noche, después me escabullí del negro bosque hacia la vieja tumba encendida por aquí y por allá con antorchas. Era un cruce peligroso aunque, ya que he aprendido a desaparecer cuando me conviene a lo largo de los años, pasé por el Aelius tan sigilosa como el humo.

Había tres guardias estacionados en el portón, cada uno de ellos con la cara púrpura de un recién nacido, debido al frío. Y no eran mucho mayores que eso.

Estos muchachos se encontraban de pie, pateando y maldiciendo y resoplando bocanadas de nubes blancas, y yo permanecía a la sombra, más allá del círculo creado por la luz de las antorchas. El frío debe haber erosionado y succionado toda la piedad de mi corazón, ya que no me importaba ni un ápice sus jóvenes vidas. Me les tiré encima desde la sombra, metí el puñal en la barriga de uno mientras los demás buscaban a tientas sus espadas, maullando de miedo. Uno de ellos me hizo un tajo en el hombro y no he de aducir gran destreza de mi parte, sólo la demencia descarnada y precisa de una mujer enamorada. Lo único que puedo decir es que maté a los otros dos y apenas sé cómo lo hice. Mi espada y mi puñal saltarines hallaron la ruta a sus cuellos sensibles antes de que estos encontraran el mío, y una vez que los jóvenes yacían en el suelo, terminé la labor. Pero cuando vi sus formas descompuestas, la lógica me abandonó: lancé mi espada chorreante al foso y me golpeé el pecho como una loca.

No obstante, después de unos instantes de delirio, recobré la calma. Tomé sus llaves, evitando sus miradas, y entré.

Al pasar las manos por las paredes burdas para orientarme en ese abismo, lo que me hizo quedar atónita no fue la penumbra apenas iluminada por las antorchas, ni el invierno mortífero de ese lugar, ni la belleza lunática de aquellas reliquias romanas que perduran más que el frágil barro, sino el silencio. Pude haber estado rodeada de fantasmas, había tanto silencio, aunque seguí con cautela y tan muda como el aire y no me delaté. Los guardias estaban apostados a intervalos pero tan consumidos por su propia miseria —muchos de ellos se tapaban la cara con los abrigos para protegerse del frío— que me deslicé sin ser vista a través de las sombras, hasta el segundo nivel que contenía los atroces calabozos conocidos, con buena razón, como la Boca del Infierno.

Todavía no veía a los centinelas, pero había ojos que me fulminaban con la mirada y que provenían de detrás de los barrotes, y de los cráneos rapados y llenos de costras de los penitentes; sus esqueletos en movimiento me resquebrajaban la mente, ya que sabía que mi niña figuraba entre estos fantasmas. Más adelante, escuché el sonido de una bofetada y gemidos. Cuando doblé la esquina me encontré con las espaldas anchas de un guardia, apenas visible en la luz parpadeante. Se movía de manera violenta, y mientras me acercaba a esta fiera vi la cara retorcida de un prisionero, un hombre del color del pergamino, que se encongía ante esta mientras era golpeado con una cachiporra. Los ojos del prisionero se abrieron para verme y asentí con la cabeza, y en ese instante ambos nos echamos encima del guardia, estrangulándolo y apuñalándolo sin hacer un sonido, aunque nuestra víctima se retorcía en nuestros brazos con tal fuerza bruta que casi me aplasta. Le tomó mucho tiempo morir.

—Toma sus llaves —le dije entre dientes a mi cómplice, mientras eximía al cadáver de su espada.

—¿Quién eres?

—Helena —lo miré—. Soy… soy una india.

—Me llamo Cagnazzo —dijo, luego sonrió—. Soy un pornógrafo.

—Ya no eres pornógrafo, amigo mío —le dije—. Ahora eres Espartaco. Abre los calabozos.

Abrimos las puertas de par en par, pero los cautivos estaban tan pasmados que se quedaron donde estaban en sus jaulas, mirando. Al fondo del pasillo, podía escuchar el refunfuñar de guardias a medida que se aproximaban para relevar de su turno a su amigo muerto.

—¡Levántense, levántense!

Los cuerpos débiles comenzaron a salir en tropel de sus jaulas. Corrí de celda en celda, susurrando el nombre de Caterina. Las botas de los guardias repicaban por la piedra. Abrí los candados de estas cuevas de muerte que están casi sin luz, sin aire o luna, sólo llenas de la desesperanza embutida en la inmundicia y la enfermedad. El movimiento enfermizo de las ratas. Dejé los barrotes ensangrentados al abrirlos de golpe. Las caras cicatrizadas de los rehenes estaban pálidas como hueso, y respiré la pestilencia de la humillación y el miedo. ¿Cuántas celdas? ¿Dónde se encuentra ella? Mientras los guardias llegaban y empezaban a dar la voz de alarma, los prisioneros se arremolinaron a mi alrededor, después corrieron como locos en todas direcciones, sobre el cadáver del guardia, interceptando a sus amigos. Cagnazzo acuchilló a uno de los centinelas, luego desapareció en la succión de la horda. Los lamentos hacían tajos en la penumbra. Los cuerpos se desplomaban en el suelo. Hubo más guardias que se aglomeraron dentro de la muchedumbre pálida y rasurada, descuartizando a los fugitivos. Seguí abriendo jaula tras jaula hasta que la vislumbré.

Juro que por poco no la encuentro.

Era pequeña como un cervato, rapada y con una cara sin expresión, pero cuando se volteó y me miró, brilló ahí un rayito de luz.

—¿Eres tú? —preguntó ella.

—¿Caterina?

Comenzó a llorar.

—Querida, ¿no estoy soñando? ¿O muerta?

Me incliné hacia ella e inspeccioné su rostro. Esta era mi niña, todavía hermosa a pesar de los años, aunque marcada por el hambre. Besé su boca.

—Soy real y es hora de irnos.

La tomé de la mano y volamos de esa cámara, hacia el torrente cálido de cuerpos a la fuga. Los prisioneros luchaban contra los guardias mano a mano, y nos deslizamos más allá de las armas sólo porque estaban empleadas en asesinar a docenas de otros. De memoria, rastreamos la pista del callejón secreto del Papa y corrimos en la oscuridad hasta que apareció de nuevo la luz, y después nos encontrábamos en nuestro antiguo hogar, corriendo veloces como un rayo por salones relucientes, más allá de los guardias horrorizados, del arte desgarrador, de los sacerdotes quietos como los ángeles de mármol que protegían este imperio de oro y de Dios, saliendo por las puertas talladas y hacia el abrigo de la capa nocturna, donde éramos libres.

Una vez que llegamos a donde estaba mi caballo me detuve, luego me volví para mirarla a ella a la luz de la luna.

—Recuerdo —dijo, tocándome la mejilla—, qué pillina tan graciosa eras cuando nos conocimos por primera vez. Aunque no puedo creer que seas la misma joven.

—No soy la misma —dije.

—No —admitió—. Pero yo sí. Nunca, nunca te he olvidado.

—Una vez me dijiste que lo olvidara todo.

—Entonces era una tontaina descarada, por supuesto, y no debiste haberme hecho caso. Cuando creía que iba a perder la razón, te hablaba en mis recuerdos. Qué consuelo me brindaba, mi Helena, nunca lo sabrás. Qué consuelo has sido para mí todos estos años.

—No he sido un consuelo para nadie —dije—. Me he convertido en algo horrible.

Me tomó de las manos.

—¿Quién no lo ha hecho, querida? ¿Quién no lo ha hecho en esta locura? —me besó—. Vamos a casa.

—¿A casa? —meneé la cabeza ante su insensatez.

Ella sonrió.

—Vamos a España, entonces. Te alimentaré con naranjas y vino allí y te embelesaré todas las noches hasta que pidas clemencia, y seremos felices.

—¿Y crees que esto sea posible?

—No —se rió—. Pero lo haremos de cualquier forma.

Y así que montamos mi corcel y le puse azogue en las orejas, y nos alejamos a toda velocidad por los árboles negros y las iglesias anegadas de oro, lejos del Vaticano, lejos de Roma. Compramos muchos disfraces y parecía que a cada rato nos cambiábamos de ropa, de títulos, de manera de comportarnos para llevar a cabo nuestra fuga, pero cada vez que me tocaba la mano aún podía sentir mi nombre secreto y verdadero resplandecer en mi interior como una brasa. Por fin, seis meses después, mientras estábamos en un barco que habíamos contratado a una tarifa exorbitante, vi por primera vez los verdes cerros de España.

Ella se rió de alegría entonces, pero yo no.

Esta, mi nueva residencia, era el país que había visto primero en un estandarte llevado por un hombre que se consideraba a sí mismo el comienzo, pero demostró que era el final. Este era el origen de la muerte de mi hogar, del asesinato de mi padre. Era el lugar que había parido a Cortés y alimentado su industria infernal. Era también el lugar donde había nacido mi amor y por un rato había alimentado los dones que ella ahora me brindaba.

En todos los años que he vivido aquí, mi tarea más ardua ha sido albergar, a una vez, ambas verdades en mi corazón.

ANDUVIMOS POR la campiña española por más de un año, viviendo a costa de la fortuna de nuestra hermana pirata Isabela. Rentábamos casas, fincas, castilluelos, siempre de un lado a otro cada vez que nos llegaba una ráfaga de la presencia del gobernador o de sus guardias. Caterina cumplió su promesa, dándome de comer los espléndidos cítricos y vinos de la región, y podíamos pasar días bajo los árboles, mirando la luz refulgir a través de las hojas, y contándonos cuentos entretenidos. Pero a pesar de todo, me sentía todavía como una impostora, pero no por el vestuario ni por los nombres cambiados o la pretensión de hombría. No: me sentía como falsa debido a mis numerosos crímenes. Seguí teniendo visiones de los jóvenes a quienes había matado, y tenía sueños donde mi padre me instruía en el arte de asesinar a emperadores. Siempre que me asomaba a los distintos palacios de mi corazón —azteca, hija, malabarista, amante y ese sistema más ambicioso llamado «humano»— me encontraba ante el fracaso. Y

no fue sino hasta *1558*, cuando llegamos al claustro de
Yuste en Cáceres, que pensé haber encontrado la posibilidad de la redención.

Al conducir nuestro carruaje por un camino sinuoso, vimos en la distancia una abadía arbolada que
tenía una bandera del Sacro Imperio Romano. A medida que continuábamos cuesta arriba, un labrador con
rostro de nuez apareció a mano derecha, recogiendo
uvas para el vino.

—¿Qué es eso? —le pregunté, señalando el edificio.

—El monasterio de San Jerónimo, señor mío —replicó.

—¿Quién se hospeda allí?

—El emperador, señor.

Me le quedé viendo, fijamente.

—¿Y a qué emperador os refieres?

Me frunció el ceño.

—Pues, Carlos, señor. Ha venido aquí a pasar su
retiro, aunque según parece no se encuentra bien últimamente.

Caterina y yo seguimos el ascenso a la colina.

—¿Y qué crees que vas a hacer? —preguntó—.
¿Crees que lo vas a matar? ¡Para el caso podrías dar-
nos muerte aquí mismo!

No volteé a verla, ni tampoco hablé. El monasterio
se erguía amenazante y estaba cada vez más próximo,
y a medida que la sangre empezó a repicarme en la cabeza, el mundo alrededor parecía tomar un aspecto
más nítido. Notaba cada hoja, veía cada brizna de
hierba. El cielo parecía más azul que antes. Caterina,
a quien le asustaba el color muy subido de mis mejillas,

siguió amonestándome, pero por una vez no le hice caso. ¡Venganza! ¡Lo sacrificaría por Tláloc el dios olvidado! ¡Sofocaría su aliento a mano limpia, y la última palabra que él escucharía sería el nombre de mi padre! No —mejor aún— comenzaría donde se había quedado Maxixa, y detendría el corazón de este emperador con mis antiguas artes. Sujeté las riendas y conduje a través de la enramada cubierta de neblina hasta la puerta del monasterio, vigilado por una hilera de centinelas acartonados.

Uno de ellos, al notar con aprobación el escudo de armas de mi carruaje (se lo había ganado a un conde que no había visto las cartas que yo traía en la manga) se nos acercó y nos hizo una reverencia.

—¿Y a quién puedo servirle?

Me espanté una mosca de la cara y le di uno de los nombres que usaba en esa época.

—El emperador le da la bienvenida a su señoría a esta abadía, pero está demasiado enfermo como para recibir visitas en este momento, habiendo contraído una fiebre cerebral debido al sol.

—Sólo he venido a confesarme —dije—. No molestaré en absoluto a Su Alteza.

—Como gustéis, señor.

Caterina me puso la mano en el hombro. Cuando volteé a verla me di cuenta que estaba tan pálida como el día en que la encontré en Sant' Angelo y tenía los ojos enormes debido al miedo.

—No vayas —susurró—. Quédate aquí conmigo.

Pero sólo la besé y agarré mi bolsa de esferas, la cual me eché encima del hombro.

Una luz dorada y fina entraba a raudales por las

ventanas al piso de piedra dentro del claustro. El aire fresco llevaba una pequeña melodía de susurros y dos curas discutían de pie junto al confesionario como un par de pájaros malhumorados. Vi a una sirvienta que acarreaba ropa para lavar salir por una puerta y bajar por un corredor para luego desaparecer por una sala adjunta. Saludé con la cabeza a los curas y caminé con la cabeza baja como un penitente cargado de pecados, y cuando el mayor de ellos se ocupaba de boxear la oreja del más joven, entré por la puerta que había usado la sirvienta. Encontré aquí un cuarto de aseo, lleno de ropa de cama así como de varias sotanas, una de las cuales me puse rápidamente. Me quedaba a las mil maravillas y debo admitir que me veía como el sacerdote perfecto.

Anduve merodeando por el laberinto de la abadía y me robé un bocal de aceite de otro armario. Inspeccioné cada rincón de los dos niveles hasta que descubrí una puerta en la cual estaban apostados cuatro centinelas colosales.

—¿Qué deseáis? —el más grande de ellos me preguntó, parecía un montículo de carne con cejas como alas.

—Vengo a ver a Su Alteza.

—El emperador está demasiado enfermo para recibir visitas.

—Es por eso que he venido, para atenderlo en su enfermedad —le mostré al bruto mi botella de aceite bendito.

—Tengo órdenes de no permitir que nadie lo vea.

—Y yo tengo órdenes de administrarle la extremaunción.

Frunció el ceño.

—¿Acaso no recibió la extremaunción ayer?

—No, no la recibió, mentecato —le solté—. Vamos, hacéos a un lado. ¿Queréis que el emperador muera antes de recibir los santos óleos? Si arde en el purgatorio no será más que por culpa tuya.

El goliat cedió, ordenando a sus hermanos que se hicieran a un lado. Pasé rozándolos con un aire altanero y entré a una habitación perfumada de agua de violeta para eclipsar el hedor a enfermedad. Un cuerpo en una cama angosta disfrutaba la vista de una ventana abierta, y al lado de la cama había una mesa con una tinaja de agua y una cesta de lienzos. También había una silla burda de madera allí cerca, sobre la cual se sentaba una sirvienta gorda, que le refrescaba el ceño al rey con un paño húmedo.

El hombre que estaba en la cama, al oír mis pisadas, volteó a verme con lentitud cuando entré.

Carlos.

La cabeza que una vez había sido elegante y fea estaba ahora atrofiada por la enfermedad, sin pelo, sin color a excepción de dos motas brillantes de fiebre en cada mejilla, y la mandíbula maciza ahora desencajada, ya que estaba desprovista de dientes. El salvaje que una vez tuvo a Europa agarrada con el puño ahora no podía ni aferrarse a la orilla delgada de su sábana. Su mano, puros huesos, descansaba sobre su pecho como una ofrenda de flores marchitas.

—¿Quién sois? —susurró.

Le ordené a la sirvienta que nos dejara, y me acerqué a él con patas sigilosas.

—No os haré daño, Alteza —mentí—. Estaréis a salvo en mis brazos.

Pero él se encontraba más allá del temor. Las cataratas le cubrían los ojos y forzaba la vista para verme. Alargó la horrorosa mano hacia mí y una sonrisa rondaba su rostro.

—Hermosa doncella, ¿sois vos?

Le puse la mano en la garganta.

—Tan viejo y feo como sois, ¿anhelas aún respirar? ¿Puede ser preciada la vida para un animal como vos?

La sonrisa se desvaneció.

—No sois mi mujer.

—Soy la hija de Tlacaélel, viejo.

Volteó la cabeza hacia la ventana.

—No podríais ser mi mujer. Mi mujer ha muerto.

—Y os encontraréis con ella, muy pronto.

El emperador se quedó mirando por la ventana.

—Creo que allá afuera hay flores, más no puedo verlas. Imagino campos de violetas, puedo oler su perfume. ¿Rosas, quizá, en enredaderas trepadoras? ¿Las eglantinas y las aguileñas? ¿Y las fantasmales Helleborus orientalis? Según fui envejeciendo la jardinería se convirtió en un bálsamo para mi corazón. Cuando le llevaba rosas a mi esposa, sabía que estas no podían igualar su dulzura, su belleza. Entonces las tiraré, dije. Eres la única flor de mi vida. Aunque ahora siento que aquellas rosas están dentro de mi mente, llenándome la cabeza de espinas, ¿o es acaso la fiebre? Las mejillas de mi mujer eran del color de las rosas.

Me agaché como para darle un beso.

—Despertad —le silbé al oído—. Soy la servidora

de Moctezuma. Soy la hija de Tlacaélel. En su nombre os asesino.

—¿Asesinato? —me contestó el emperador con un susurro, el rostro se le deformaba por la confusión—. ¿Soy asesinado?

—Muerto estáis —repliqué, y le quité las sábanas del cuerpo, descubriendo lo que parecía ser un haz de ramitas crujientes y un pecho delgado que se esforzaba por respirar. Saqué mi bolsa por debajo de la sotana y después volqué las esferas sobre la cama. Acercando la silla al emperador, tomé mi asiento y me preparé a hacer levitar todas las cien.

Agarrándolas por puñados, lancé diez, después veinte, luego cuarenta al aire, y comencé a entretejer el conjuro de Maxixa. Giraron por el aire impregnado de sol mientras el emperador seguía mirando ciegamente por la ventana, cantando con voz suave pequeñas canciones acerca de rosas.

A medida que agregaba diez, luego veinte esferas más, temblé. Y después, cuando las ochenta pelotas volaban demasiado rápido para que mi ojo las siguiera, pude escuchar el bendito sonido: el sonido submarino de un corazón palpitante.

Bum bum. Bum bum.

El corazón del emperador.

Carlos V se estremecía en su cama y podía verlo parpadear a medida que descendía a su muerte. Su boca se quedó abierta como la de un pez y sus ojos nublados se ensancharon como si eso pudiera ayudarlo a ver. Agregué diez esferas más, las cuales lancé como granizo, y un placer físico comenzó a llenarme el cuerpo de calor. Bum bum. A los cien estaría muerto.

Y aquí el emperador se dio la vuelta y me tocó, con mucha suavidad, en la pierna. El salvaje me llamó por el nombre de su esposa.

—Querida, dejadme que os consuele —bramó a la muerta, y la sangre le brillaba en la frente. Apareció sangre en sus labios—. Esta enfermedad no es nada. No corréis peligro mientras yo esté aquí. No temáis, mi niña querida, mi dulce esposa.

El cuerpo me seguía temblando de placer. Las esferas cintilaban como estrellas por encima de nuestras cabezas. Y el rostro de mi padre se me apareció de forma tan viva como cuando era niña y me dijo que terminara mi trabajo.

Acaba con él. Mátalo. Remójate las manos en su sangre. Arponéale la cabeza con una estaca.

¿Sería capaz?

Si pudiera ser cualquier cosa que yo escogiera, pensé una vez, sería el amor. Y no creí que esa fuera una opción.

Pero ahora cerraba los puños. Dejé que las esferas se cayeran al suelo.

El emperador respiró y el rostro de mi amado padre se desvaneció de mis ojos.

En ese momento le fallé una vez más. Sí, me convertí en una traidora. No figuraría entre los grandes que usaban la memoria como un escudo contra la vileza y la muerte, porque no podía pagar el costo de ese don. No agregaría el espíritu de este hombre a los que ya me rondaban.

Durante las próximas diez horas no me aparté de

su lado y como los sacerdotes que entraban y salían por la habitación parecían aceptarme como uno de los suyos, pude atender al bárbaro hasta su muerte. Apenas puedo entender por qué tuve una mano tan suave con mi enemigo. Las palabras como el perdón o la gentileza no paralizan mi corazón. Porque no lo perdoné, ni lo perdonaré nunca. Pero mientras le pasaba el paño húmedo a esa figura deshecha y le hablaba al loco de su mujer, sentía como si estuviera atendiendo a alguien más. Cada vez que me agachaba y le decía al oído, «No sufras, anciano» y «Duerme en paz y sin dolor, rey mío», me imaginaba que no cuidaba del emperador que nos había asesinado, sino que reconfortaba en cambio el cuerpo famélico de mi querido padre, brindándole un alivio que no pude darle cuando murió.

Carlos V expiró antes de que saliera el sol y solamente entonces salí del monasterio, dejando atrás mis esferas, aunque todavía traía puesta la sotana. Me subí al carruaje para ver que Caterina estaba despierta y paralizada de miedo.

—No sabía si regresarías —susurró en la oscuridad—. He tenido tanto miedo, que no me he movido ni una vez desde que te fuiste.

—Siento haberte dejado por tanto tiempo.

—¿Lo mataste?

—No.

—¿Está todo bien?

No contesté esa pregunta, aunque sí puse su mano en mi cara.

—Vayámonos de este lugar, amor mío —dijo ella, tomando de nuevo las riendas.

—Sí. Pongámonos en marcha.

Caterina y yo condujimos toda la noche hasta que la luz pulía de nuevo el claro del bosque, pero descubrí que me pesaba abandonar esta provincia. Nos quedamos en España, ya que es el último lugar donde vi a mi padre, y ya llevamos varios años aquí. Mi esperanza era infundada: no lo he vuelto a ver y a duras penas puedo recordar su rostro, un lapsus que me provoca una gran tristeza. Hay, sin embargo, otros aspectos de la región que son de nuestro agrado: es un lugar donde podemos esfumarnos, sin dejar rastro y sin ser descubiertas.

Somos invisibles aquí hasta que nos miramos a los ojos.

LA NOCHE DESCIENDE MIENTRAS estoy sentada en mi escritorio, y un anochecer azul ciruela se filtra por la ventana, cubriendo el cuerpo de mi amada mientras me mira desde la cama. Todavía estoy disfrazada, mientras ella se desviste para mí, despacio, despojándose de sus colores falsos hasta que emerge como una perla sacada del mar.

—Quítate el disfraz, querida —susurra—. Y te llamaré por tu nombre.

Sólo ella puede llevarme de vuelta a casa, aunque no siempre quiero regresar. Ha habido momentos en que parece que esta máscara que traigo puesta se me ha adherido a la piel, y también ha sellado dentro a los espectros, los templos agrietados, los serrallos y las lunas convocadas que aún emiten destellos en mi interior. Entonces una nada hermosa y cristalina como un diamante embarga mi mente, y es una locura feliz que me trago como medicina. Me siento adelgazar, volverme más ligera y flotar al espacio azul, pero entonces Caterina me toca y me entibio y me concretizo a medida que el mundo me embiste de nuevo con todas sus bellezas y sus viejos demonios.

Hace algunos años conocí a un sacerdote joven con la forma astuta de una ese en la nariz y un tinte cobrizo en la piel, lo que reconocí como el legado innegable de Ixtlixóchitl, mi antiguo compañero de malabarismos en el Vaticano. La mezcla era muy curiosa: como una gota de tinta en leche. Cuando le pregunté quién lo había engendrado, dijo que había nacido en un orfelinato y desconocía a sus antepasados. Gracias a mis hermanos cachondos, nuestra espléndida sangre persistirá aquí por décadas después de que muramos, dejando el sello de un código secreto en los rostros de sus niños que nadie será capaz de leer.

Y entonces desapareceremos.

Pero todavía no. Todavía no.

Porque aquí en estas páginas se encuentra un registro de todo cuanto perdimos.

Y en esta cama se encuentra la belleza de ocaso encendido de mi esposa.

Me pongo de pie y me quito estas pieles para acercarme a ella como una inocente. Se aproxima a mí. Siento que mi nombre emerge a la superficie de mi cuerpo bajo sus manos y ella me lo susurra en la boca.

No, no hemos de desaparecer aún. Y quizá nunca nos esfumemos. Ya que creo que este amor perdurará. Tengo que creerlo. A pesar del fuego del tiempo que consume el barro y el aire y todos nuestros pensamientos, creo que dejaremos una huella en este polvo, o un murmullo inquietante en el viento. Lo estamos escribiendo aquí, ahora, aquello que es duradero. Esta constitución, este rumor. Este código que alguien, en algún lugar, pueda descifrar a través de los velos oscuros del mundo.

15

El museo está muy iluminado esta mañana. Una catarata de luz dorada brota de las ventanas y consume los bronces de esta galería. Unas jovencitas y unos sátiros desnudos, enjoyados por el sol, se endurecen en el resplandor y dan la apariencia de que fueran a durar más que cualquiera de nosotros en este lugar. Me retiro de la sala y salgo del ala, doy un paso a la explanada con su vista al mar y al horizonte que se encuentra más allá del azul puro. Alguna vez creí vislumbrar al señor Getty revoloteando por el tabernáculo construido por su dinero, pero él no soportaría este sol. Este no es tiempo apropiado para fantasmas: aquí no hay neblina alguna de donde él pudiera emerger, de pronto, para darles un tremendo susto a los guías; tampoco hay vientos que acarreen sus murmullos malhumorados. Incluso hace demasiado calor como para suéteres y me quito el mío, me lo cuelgo sobre el codo, mientras entro a la biblioteca.

Es temprano un sábado 15 de junio, sólo

un mes antes de la boda de Karl, pero necesito hacer un mandado en el trabajo antes de dar cualquier otro paso. Tomo el elevador al tercer piso. Hoy casi no hay nadie en este nivel y nadie debería estar trabajando, aunque apenas entro al laboratorio escucho un sonido como de arrastrar de pies y de golpes a la puerta saliendo de mi oficina y me empiezo a preocupar. Únicamente el personal tiene acceso acá atrás, pero el año pasado una visitante se metió tan tranquila y trató de volarse una liturgia de horas de seiscientos mil dólares, al meterla disimuladamente en su bolsa. Camino por la primera sala del laboratorio, donde guardamos manuscritos y otros objetos raros, y cuando entro a nuestro lugar de trabajo veo a Teresa, con sus bucles dorados y su cara sonrosada, entresacando cosas de cajas de cartón y de la refulgencia de un santo desorden.

He aquí los detritos radiantes de veinte años en el arte de los libros, sacados de estantes, desenterrados de cajones, desparramados por aquí y por allá como aguinaldos y serpentinas. Me fijo en la colección de plegaderas de hueso, hechas de un marfil reluciente. Los caballos de cristal de Murano azul cobalto que consiguió en el congreso donde dio una charla sobre las guardas francesas del siglo dieciocho. La pequeña gubia que una vez perteneciera al ilustre Roger Payne. El florero rojo fuego que ha llenado de flores cada semana desde que la conocí (ahora se encuentra vacío). El surtido de plumas de caligrafía de palo de rosa sobre el escritorio, junto a las botellas esmaltadas de tinta china y la gastada piedra de aceite para afilar las chiflas. La prensa antigua hecha de roble ya está guardada en una caja de cartón. Los papeles jaspeados revolotean en la brisa que entra por la ventana, los cortes de lino y los trozos de pieles suntuosas yacen enroscados en el piso.

Teresa voltea a verme, después recoge una de las plumas de palo de rosa, se me acerca y me la pone en la mano.

—Sé que siempre se te antojaron.

—¿Qué estás haciendo?

—Salieron *bien* mis análisis, ¿no es fabuloso? —dice y luego se ríe—. Así que renuncio.

Empieza a hablar del futuro que ha elegido: agente de viajes, lo cual debe darle *montones* de oportunidades de ver el mundo, dice. Y habla sin ningún indicio del pavor que acaba de pasar, aunque todavía se le nota en la cara, las arrugas alrededor de la boca que se alisaba ayer mientras esperaba al teléfono. Pero no quiere saber de eso. En cambio, primero escucha mis conclusiones con mucha cortesía y después se lanza a una descripción efervescente de sus planes, que son tan futuristas y remontados que acabo escuchándola por horas, a pesar de que me urge despachar mi mandado y regresar a Karl antes de que se acabe el tiempo.

—Primero voy a ir a Kenia con el objetivo de tener una aventura amorosa tipo Isak Dinesen más bien atrevida —dice—, y quizá luego salir pitando a Perú para ayudar a construir viviendas de interés público así como para probar lo que según me han dicho es el chocolate más *delicioso*.

Mientras habla, no puedo sino maravillarme ante esta diferencia entre nosotras, que ha consolidado mi insólita amistad con Teresa. Se trata de un desacuerdo sobre cómo sobrevivir y lo que realmente es importante. Pero aunque su mirada descarada e imprudente antes me ponía tan nerviosa (aquellos libros que se desmoronaban y que ella ignoraba; aquellas fiestas que se burlaban de la ley), ahora caigo en cuenta de que hay algo maravilloso y necesario en su amnesia. Aunque soy una restauradora por instinto, sé que ya no puedo darle la espalda a ese don del olvido, ya que me empiezo a dar cuenta de que es tan potente, peligroso y sublime como la memoria.

Aunque cuando se lo menciono, me sorprende de nuevo con su respuesta.

—Bueno, por supuesto que tienes que olvidar *ciertas* cosas, querida —dice—. Aunque por el día de hoy quizá deberías concentrar todos tus esfuerzos en rescatar a ese *marinero* fornido y sexy tuyo, quién según tengo entendido está a punto de casarse con una pelirroja horrenda en cuestión de semanas.

POR LA TARDE, después de que Teresa empaca y se va a casa, por fin regreso a mi mandado. Levanto la mirada a los volúmenes que aguardan ser reparados —un herbario del siglo doce con rosas doradas, una reproducción del *Atlas* de Mercator— pero los ignoro y en su lugar agarro el infolio terminado en mi escritorio. Las tapas de piel relumbran como una silla de montar; el lomo invita a que lo agarren los dedos. Las páginas de vitela se ven como el rostro de una matrona aún hermosa. Doy vuelta a las hojas y leo las letras que volví a pintar con sumo cuidado con las plumas de palo de rosa de Teresa, y aquellas que dejé que siguieran desteñidas; algunas están borrosas o descascaradas. Estas son las marcas imperfectas de la mano de *ella*.

Ahora me levanto de mi silla, cargando el libro, y camino hacia la computadora que contiene los archivos de nuestras colecciones. Oprimo el botón para entrar al registro del infolio que anoté hace algunos meses:

AUTOR	de Pasamonte, Padre Miguel Santiago
TÍTULO	*Manuscrito sin título*
PIE DE IMPRENTA	Cáceres, España; siglo dieciséis.
NOTA	Una novela imaginativa ambientada en la era del Emperador Sacro Romano Carlos V

Cambio este registro a:

AUTOR/A	de Pasamonte. Padre Miguel Santiago/Helena/Anónimo

TÍTULO	*La conquista*
PIE DE IMPRENTA	Cáceres, España; siglo dieciséis
NOTA	La autobiografía de una mujer azteca llevada a Europa en 1528 por Hernán Cortés; la autora escribió varios libros muy conocidos bajo el nombre de «Padre Miguel Santiago de Pasamonte».

Mis dedos descansan ligeramente sobre las teclas. Mi registro vibra en la pantalla como algo viviente. Los usuarios del museo se filtran por los jardines afuera de mi ventana mientras permanezco en mi asiento, mirando fijamente esas palabras, y el sol entra sesgado por las hojas de vidrio más abajo, después todavía más abajo.

Pienso en las manos morenas de mi madre, cuando alisaban el fragmento robado del *amoxtli* sobre su cama. Luego simplemente pienso en ella, antes de ese día. Casi pronuncio su nombre. Lo quiero gritar. «¡Te extraño!» Lo digo y lo digo en voz alta. Y después me doy cuenta de que estoy muy cansada.

La conquista está abierta en mi regazo. Toco las páginas suaves, casi afelpadas. Cierro el libro.

Me levanto, agarro mis llaves y salgo de la biblioteca.

EL TRANVÍA DESCIENDE la colina del Getty hacia la ciudad que brilla por el tráfico atascado de la tarde, las señales de alto, las barricadas varias del mundo moderno, un mundo al que sé que tengo que empezar a poner más atención de ahora en adelante y al que debería aceptar de una manera completamente funcional, pero que no obstante ocasiona que diminutos fuegos artificiales de terror me detonen en el pecho.

Me toma casi una hora salir de la ciudad y meterme a la autopista que conduce a Oceanside.

DESPUÉS DE QUE ME EXTRAIGO de Los Ángeles, voy a toda velocidad hacia el sur y de nuevo paso zumbando a lo largo de las flamantes mansiones en miniatura y los hábitats esparcidos de camping para casas rodantes, hasta que la belleza cerúlea de San Diego se aproxima embistiendo mi parabrisas como un maremoto a punto de aplastarme. En la calle donde vive Karl, los infantes de marina de cuellos curtidos que hacen de padres los fines de semana toman Coca-Colas de dieta de un solo trago y miran a niños que se tambalean por las aceras con sus patinetas motorizadas, o juegan juegos encantadores con muñecas pechugonas, o se agachan por las alcantarillas con sus caras tan cerca de sus videojuegos GameBoys que aparentan darle un beso tierno a la pantalla; pero él no está aquí ni abre la puerta. Merodeo en los alrededores hasta que llamo la atención de una infante de marina latina, de pelo muy corto y muy embarazada quien, mientras deshierba las margaritas de su jardín, me lanza una mirada de buena voluntad tan desconcertada que hace que me refugie de nuevo en mi coche. Me alejo y me dirijo al Campamento Pendleton para circundar su perímetro, pero no veo a mi chico de cabeza de púas entrar o salir de la base, ni tampoco está en la playa o el parque, con las hijas que juegan al softball y los papás tatuados. En el centro comercial local, camino por los almacenes repletos de banderas estadounidenses y camisetas un tanto espeluznantes con el emblema del Devil Dog y otras curiosidades de los suburbios del Cuerpo de Marina de los Estados Unidos que juro que me pondría y cuyas banderas ondearía con sólo un dejo de entusiasmo irónico si pudiera afirmar que él me pertenece, pero él no está allí ni en el supermercado, ni en la boutique para novias, ni en los salones para bronceado al estilo *shake and bake,* y paso maniobrando por las salas de juegos, hacia otras zonas residenciales, aunque voy perdiendo la confianza.

Es decir, hasta que doy un viraje y me alejo de las tiendas y las áreas comunes hacia una colonia elegante de Oceanside. Aquí doy con una calle en particular llamada El Cielito. Vine a ver este mismo lugar hace casi un año, conmovida entonces, como ahora, por una curiosidad mórbida y un dolor sencillamente estupefacto después de que Karl me dijera que aquí había conocido a Claire. El cielo comienza a relajarse ahora que se aproxima el crepúsculo, pero reconozco la hilera señorial y arbolada de las acicaladas casonas cuyas fachadas dan a céspedes perfectos que representan un desafío para el aire salobre. Son estas las ciudadelas de los inversionistas de bienes raíces que tuvieron suerte en los años sesenta, así como de los expatriados de la vieja guardia de la costa este de Estados Unidos, así como de los generales jubilados aficionados a las artesanías.

La hacienda del general O'Connell, abuelo de la encantadora Claire, tiene las puertas de roble antediluvianas así como las ventanas abiertas de par en par, de modo que puedo ver el centelleo de luces de colores y velas adentro, el brillo del cabello oscilante de las muchachas; puedo escuchar los sonidos de tacones altos y las risas de hombre y la música de fiesta. Estaciono mi coche en un lugar iluminado por un farol que un parrandero acaba de desocupar y siento como si saliera flotando por la calle, subiendo los escalones resplandecientes del porche y entrando a la mansión que brilla como el fuego, que me recibe como si fuera cualquier otra invitada.

El vestíbulo y el salón de baile están abarrotados de mujeres sedosas y bien peinadas, así como de infantes de marina de uniforme completo, pero no es hasta que reconozco al padre de Karl por sus espaldas (hace años que no lo veo y ese prefecto de disciplina corpulento de pronto se ve mermado y me resulta casi irreconocible), así como a una de sus abuelas con su torre elaborada de cabello, que comprendo cuán epifenomenalmente inoportuna debo resultar, ya que esta es la sumamente cara fiesta de *petición de mano* formal. Al escabullirme por debajo de los codos de soldados gigantes y las sonrisas amables de sus acompañantes, me fijo en una pelirroja señorial de vestido suelto y floreado, que reconforta a un general que parpadea ante esta escena tras un velo de asombrosa conjuntivitis. Esta pareja, llego a la conclusión, tiene que ver con Claire.

Me desplazo más allá de un comandante lleno de cicatrices, de espadas japonesas montadas en la pared, de un mayordomo que empuña comida minúscula y entro a una sala. Tres invitados apiñados alrededor de una vitrina que contiene destructores a escala levantan la vista para verme, con expectación, y después con desconcierto, cuando notan mis bluyines y mi cola de caballo retorcida. Asiento con la cabeza y muestro los dientes en un intento de sonrisa antes de escaparme por una puerta lateral que conduce por un laberinto de tocadores y lavabos para damas donde la hilaridad de otros juerguistas que dejan relucir sus encías es muestra evidente de las primeras etapas de una embriaguez en serio. Una hermandad femenina de universitarias demasiado atractivas se reúne cerca de un cuarto de baño, tambaleándose un poco mientras echan gallos sobre el imponente tamaño del anillo de diamantes de su amiga (que no han visto todavía). Estoy a punto de llorar para entonces y doy vuelta en «u» hacia un vestíbulo opuesto, con la expectativa de ver a la prometida abalanzándose sobre mí en un derroche de moda de Laura Ashley y arremetiendo con municiones, o a esa suegra quien de seguro no dudaría en arrastrar por la greña a una destructora de hogares como yo. Pero no se me aparece nadie así y sigo adelante, rozando a una señora de apariencia húmeda que lleva un traje de seda de un color verde parisino y un infante de marina que fuma a escondidas por una ventana abierta, hasta que ubico a otro infante, de cabello rubio casi invisible (un amigo de Karl a quien me he encontrado varias veces, se llama Peter, creo) saliendo de un cuarto al fondo del siguiente corredor.

Dentro de esta pequeña recámara, encuentro a Karl.

Está sentado en una cama cubierta de *jacquard*, y vestido en su uniforme azul de botones dorados. Está mirando sus zapatos relucientes. Cuando se da cuenta de que hay alguien más en el cuarto levanta la vista y medio salta para ponerse en posición de firmes, pero luego se sienta y fija sus grandes ojos en mi cara.

—Vine aquí, Karl —le espeto—, porque no puedes casarte con esa mujer.

No dice nada. Ni, ¿cómo fue que entraste aquí? Ni, ¿qué estás haciendo?

—Te puedes casar conmigo en su lugar —hago una pausa—. Aunque no he sido muy oportuna.

—¿Oportuna? —pregunta—. ¿*Oportuna*?

Vuelve a mirar detenidamente sus zapatos perfectos.

—Sara.

—Las cosas no van a cambiar, aunque hagas esto.

—Okey, espera. Escúchame.

Comienzo a llorar.

—Diremos que nos salvamos por un pelo. Le diremos a la gente, «Ay, qué dramón fue aquel». Y diré, «Estaba que me moría de miedo». Y dirás, «Me sacó a rastras de mi propia fiesta de compromiso, ¿pueden creerlo?»

Levanta el brazo y me toca la mano.

—Anda, vamos, no —dice—. Shhhh. No pasa nada.

—Vámonos de aquí.

—No puedo.

Comienzo a ver a Karl en una especie de visión de túnel que se oscurece, me estoy concentrando con tanta fuerza en él.

—Cariño, tienes que darte cuenta por qué pasó esto —me dice—. Ya sabes que todos esos años, no había nadie más para mí. Sólo Sara, eras lo único en lo que podía pensar. Sólo tú. ¿Cómo podría dejarte? *Sabes* que no podía irme.

Trato de interrumpirlo, pero no me deja.

—Sabes que no fui yo quien se fue —dice, tomándome aún de la mano—. *Tú* lo hiciste. A tu modo. Y no me refiero a quién tomó cuál trabajo dónde o ni siquiera el no casarse. Simplemente te me desaparecías.

Entonces hay un silencio y puedo escuchar la música y el parloteo afuera de la puerta.

—Sé que te abandoné. De algún modo, todas esas veces, te abandoné.

—Y ya no quería sentirme así. Era demasiado duro para mí.

Ahora me miro los zapatos también, un par de tenis Keds azul marino. Miro su mano con sus nudillos enormes, blancos, como nueces.

—Entonces, ¿qué andas haciendo aquí solo?

No contesta, sino que sólo se raspa los zapatos contra la alfombra, que es estilo beréber lisa color miel, sobre la cual hay un tapete oriental finamente tejido.

—Hay algo más, de una vez te lo digo. Me aceptaron en Houston esta semana.

Sonríe de manera poco feliz.

—¿A poco no es el colmo? Te lo juro, hasta casi estoy pensando en decirles que no.

Me suelta y se aprieta las manos entre las rodillas, y dentro de mi conmoción neural de alguna manera me fijo en que el cuarto está inmaculado y se ve sin usar. Este es un escondite diseñado para un huésped indeseable o una sirvienta, supongo, pero parece menos adecuado para dormir o el sexo, y en vez de eso es ideal para algo así: para crear un espacio para un intento incómodo de última hora por aclarar las cosas, donde le echas un vistazo detenido y sangriento a tu futuro. Me siento a su lado en la camita dura.

—Por supuesto que te iban a aceptar.

—Siempre lo dijiste.

Me raspo la mano contra el *jacquard* de la cama.

—Bueno. *Sí* vas a ir.

Ahora Peter, el infante de marina, mete la cabeza en el cuarto.

—¿Estás bien, cuate? —dice—. ¿Qué demonios? ¿Todavía estás crudo por todo el trago de anoche?

Se queda boquiabierto cuando me ve. Nos mira con ojos desorbitados por un par de segundos, después cierra la puerta. Yo hago un gesto a la puerta.

—¿Se fueron de parranda?

—Sí, pero no diría que todos lo disfrutamos.

—Karl, no me digas que he llegado demasiado tarde.

—He estado sentado aquí pensando que tal vez las mejores decisiones pueden ser también las más tristes, ¿sabes? —sigue, como si no me escuchara—. Se me está ocurriendo que pueden ser las más difíciles.

No se me ocurre nada que decir, ya que esto es obviamente cierto.

—Y que puede que necesites a alguien y sientas que es parte de ti —dice— y aún así no estar con ella. Es duro, como darte cuenta de que tu papá envejece. Enfrentar las cosas, todo eso. Tratar de ser justo con la gente buena y Claire es buena gente. Pura dinamita, además, no que necesites saberlo.

Asiente con la cabeza y ahora sí me mira. Pasa un segundo.

—Eres parte de mí y, esto es lo más difícil, pero sí llegaste demasiado tarde —dice.

la
CONQUISTA
305

Escucho de nuevo la música, el chachareo, el tintineo de la fiesta al fondo del largo y sinuoso corredor y me doy cuenta, lenta y atónitamente, que mi relación con Karl ha terminado.

Tomo de nuevo su mano y la oprimo con fuerza, sin tener idea de qué hacer. Una tristeza cálida me calienta la cara. Alguien se queja de los borrachos al otro lado de la puerta.

Me inclino hacia él, preguntándome cuál será mi siguiente paso. Me pongo su mano en la boca y le beso la palma, con su línea de la vida que se ramifica y los pequeños callos duros y cuadrados. Finalmente susurro:

—Algo maravilloso pasó ayer y quiero contártelo. ¿Te acuerdas de la historia de la malabarista y la monja?

Mi voz es tan suave como el peluche. Puedo sentir mi antiguo ingenio vibrar en mi interior.

Asiente; no me detiene.

Y comienzo la siguiente parte de la saga, donde me quedé la última vez.

Lo conduzco lejos de esta casa con mi voz y en mis propias palabras esculpo el Mediterráneo negro donde un barco navega hacia una tormenta, después las dunas de Suleimán el Magnífico donde una muchacha yace en la arena y mira fijamente el cielo que retumba. La mano grande de Karl descansa en mi mano mientras me acompaña en un viaje por el desierto. Fija sus ojos en los míos y una pequeña sonrisa juguetea en su boca. Y nunca hemos tenido mayor intimidad que esta. Cuando le cuento a Karl una historia, le entrego pedazos del mundo que él ensambla con sus dotes de oyente y su paciencia y su percepción, y las historias nunca fueron hechas solamente por mí, sino algo que construimos juntos. Le describo ahora el lúgubre Castel Sant'Angelo con sus reliquias romanas, sus víctimas medio muertas, la huida por el corredor del Papa, mientras las risas de la fiesta flotan hacia nosotros de un lugar remoto, y sé que tengo que apurarme a decírselo todo antes de que sea demasiado tarde. Una vez, hace años, hicimos un huequito para hacer el amor en un descanso de quince minutos, y esto tiene una sensación parecida: quiero verterlo todo en este pequeño espacio para que nada se malgaste, nada se pierda. Tocan a la puerta, pero hacemos caso omiso y el intruso se va de nuevo arrastrando los pies. Hablo de la campiña española y la locura del emperador en su lecho de muerte. Revelo el secreto del cura demente, la literata Suárez y el intento de la captura de ellos. Hablo hasta que estoy exhausta. Hago uso de todo.

—Ese es el final —digo. Le doy un beso.

Después dejo libre a Karl.

Casi podría imaginarme que me estoy mudando a otro país cuando me alejo de él, porque la expresión en su rostro me hace sentir como si zarpara en una barcaza a medida que él se vuelve más y más pequeño en la orilla. No obstante, abro la puerta de un empujón y salgo al corredor, caminando tan deprisa que casi corro (aunque *no* corro) a través de estos cuartos deslumbrantes, este grupillo ensartado de joyas colocado a las orillas de la fiesta de Claire. Las mujeres que se congregan alrededor de Peter me abren paso ahora como una bandada de azulejos nerviosos (una de ellas comienza a señalarme) y, a medida que se apartan, dejan ver a una muchacha de cabellos rubios rojizos vestida con un traje largo color rosa, con pulseras de oro en la muñeca, tan reluciente como un Klimt. Está cubierta de un rocío aperlado y cuando su cara no está retorcida de esa forma sé que debe ser hermosa. ¡La novia! ¡La esposa! La guapísima Claire, ruborizada por la confusión. Me gustaría decirle, «Cuídalo, porque es de los buenos», pero me doy cuenta de que ella reza para que un rayo me parta y me convierta en un carbón tembloroso, y decido no arriesgarme. Sigo avanzando, por los corredores, más allá del trajín de la cocina y el salón del baile, de los destructores de juguete, del general O'Connell de ojos de pescado, de los batallones de infantes de marina y de las espadas japonesas montadas de dudosa procedencia, así como de la madre de Claire que trae una cara que me dice que le gustaría darme en la cara con una de sus pistolas, del apuesto y empequeñecido padre de Karl y de su abuelita con peinado de torre quien me mueve los dedos de manera amistosa hasta que por fin me encuentro afuera, en el ocaso fresco, donde hay calma.

Me siento en el coche, con las manos al volante, mirando fijamente por el parabrisas la luz dorada del farol que empaña la calle. No hay quien salga corriendo de la mansión para sermonearme o correrme. Hay un olmo justo al lado del coche y escucho cómo sus hojas reciben un poco de viento; parece despertar.

Tengo frío.

Me estoy helando y me siento dura al tacto.

Y de nuevo esa sensación que me lleva de vuelta a la primera historia que le conté a Karl, cuando tenía quince años.

Aquella noche en la playa le conté de una princesa que se enamoró de un soldado. *Se quitó el vestido para complacerlo*, había dicho, mientras flotaba alrededor de él en el agua. *Se aflojó el listón de modo que el vestido cayó a sus pies.* Había descrito cómo llegó la guerra al país de ella. Cómo el soldado, armado con su lanza y escudo había ido a contener a los rebeldes y, después de darle un beso de despedida la mujer, había escalado a la cima de una montaña para poder ver su estandarte mientras él se marchaba a la selva. La mujer, le dije a Karl, esperó allí en la montaña por años, pero él nunca volvió. Esperó, pero no hubo noticias de él, ningún mensaje. Aunque ella no lo olvidó. Y al final de su vida en la cima de la montaña, sintió que su pecho se estremecía y que una furia enardecida manaba de este. Se le endurecieron los brazos mientras toda la sangre caliente fluía a su corazón. Las manos se le oscurecieron y enfriaron y se llenaron de grietas, que se asemejaban al grano del volcán. Sus ojos se transformaron en cristales morados como los cristales que brotan de la piedra. Su lengua era de piedra y sus muslos se ensancharon hasta formar un precipicio. Su vientre estaba formado de piedra negra y los diamantes creados por la tierra violenta. Tenía frío, de la misma manera en que se siente el granito al tacto, y por fin descubrió que ya no era una muchacha sino una montaña, una cosa áspera.

Me quedo sentada en el coche y miro detenidamente hacia afuera por el parabrisas, pensando en eso.

Después de un tiempo, los asistentes a la fiesta empiezan a abandonar la casa solariega del general, caminando hacia sus coches tipo sedán estacionados. Veo a morenas preciosas subirse a Jeeps ayudadas de hombres fornidos. Un grupo de parejas risueñas camina por la calle oscurecida, las mujeres de tirantes de espagueti tiritan de frío. Me siento en el coche y no me muevo, sino que escucho los sonidos del tráfico que se elevan de una autopista oculta. La cadencia doplerizada del radio de un convertible oscila en el aire a la vez que un bólido se acelera, y se puede observar todavía a los meseros y las sirvientas sirviendo camarones a invitados de vívidos rostros que ríen detrás de las espléndidas ventanas del general. Un gato anaranjado se escabulle por las escaleras del porche, su pelaje parece echar chispas debido al resplandor de las lámparas y las velas. Un infante de la marina camina derecho y acartonado por esos mismos escalones, con una rubia alegre del brazo.

Para entonces, he tenido suficiente. Arranco el coche. La casona se yergue negra en contraste con el cielo iluminado de la ciudad, con sus ventanas doradas que hacen que la casa tenga un aspecto de cara de Halloween. Hago maniobras para salir de mi lugar estrecho junto a la acera y sigo mis faros a través de la calle oscurecida, hacia la autopista. No hay nada más que hacer o ver. Me voy a casa.

EN MI CASA DE PASADENA, en mi porche, tengo un jardín azul y blanco en macetas de barro: en su mayoría son unos pensamientos de pétalos sedosos y ligeros, y ojos entintados. Las flores son resistentes y están cargadas de humedad, aunque se magullan de un índigo que mancha si se les toca de manera brusca. La suavidad y la ligereza de las plumas, de labios que besan, de cabello de recién nacido: todas estas características se encuentra en los pensamientos. Las hojas y los pétalos son bellos cuando se les prensa en libros, ya que parecen fantasmas transparentes de ancianas. Los pétalos vivientes son lenguas brillantes. Cuando se les pone a trasluz en un día como este, la luz deja ver venas oscilantes que parecen advertencias redactadas en árabe antiguo.

Han pasado dos días.

Ha salido el sol, dejando una impresión en el porche blanco y, más allá del camino de pasto quemado que conduce a la banqueta, esculpe sombras de los espacios que están por debajo de los árboles de la acera, los cuales están lustrosos debido a este tiempo primaveral. Una línea de luz inscribe mis antebrazos mientras trabajo con las macetas, reconfigurando la tierra negra, atendiendo las raíces hieráticas con mi regadera verde. Las flores no estaban secas ni marchitándose cuando salí esta tarde a ocuparme de ellas, sencillamente anhelaba su compañía. Les quité la tierra, las bañé y las alimenté. Había estado mirando *La conquista* en la cama y no podía leer las palabras, así que comencé a trabajar en el jardín.

Mi tristeza es una especie de lenguaje indistinto, que me parlotea y me aúlla. No tengo idea de cómo escucharlo. No quiero traducirlo.

El sol entra sesgado por mi muñeca e ilumina los vellos repentinamente cobrizos y articulados. Las grietas hacen garabatos sobre el porche de concreto, y hay rayones de imperfección en el barro. Mis manos, que trabajan en la tierra que compré, me parecen ajenas y como si fueran algo aparte. Trato de pensar en cosas bellas: la escritura islámica dorada del Corán andaluz del Getty con sus anotaciones mixtecas, la piel labrada y foliada del *Robinson Crusoe* de 1719, estos pétalos blancos y lúcidos y sus raíces desnudas y cortezudas. Trato de ver a Helena, vestida con su piel de venado. Trato de ver a mi madre.

No puedo. De nada sirve.

Las cabecillas de las flores revolotean en mi palma mientras las meto en la tierra, que tiene textura de carne. Las cosas bellas tienen sus límites. No muchos, pero los tienen, y son importantes. Puedo ver la holgura de la piel entre el pulgar e índice que antes no había notado, que produce un tirón desagradable, como de celofán. Voy a enterrar aquí las raíces. Sospecho que cuando termine entraré de nuevo a la casa. Tendré otra vez el libro entre mis manos, quizá lo vuelva a pulir. Puede que vuelva a coser una sección de la cubierta. Haré cualquier cosa para sentirme mejor. Porque no me quiero sentir así. Puede que recorte un poco del *kozo* transparente y lo extienda como una piel buena sobre la vitela, pegándolo y repegándolo. Puede que haya un pequeño consuelo en este acto si lo repito. Sé que es posible que pase el resto del día reparando ese folio antiguo —pegándolo, cosiéndolo, dándole una capa de oro— aunque no lo necesite.

ESTAMOS A MEDIADOS de julio. Trato de fijarme en las cosas, de dejar que el clima me enseñe algo. Los Ángeles se sacude como un río alrededor de las canoas de las autopistas. Aquí hay que luchar por los libros antiguos; la luz lo devora todo, mordisqueando los lomos con su aire químico y despellejando el cuero marroquí con su fuerte aliento. Una mujer sentada en un parque de Pasadena que lee un infolio antiguo y caro como si fuera un libro de pasta blanda comete un gran crimen, aunque no la agarren in fraganti. Pero ahora, en la boca caliente de esta ciudad, veo que estaba equivocada, ya que ni siquiera la famosa ciudad de Los Ángeles tiene el clima perfecto para el olvido. Es cierto que las imágenes de mi madre han comenzado a desvanecerse de mi mente, pero las superficies brillantes de los edificios reflejan rostros parecidos a aquellos que una vez fueran tallados en cuevas. Y los hoyos y huecos de la metrópolis están llenos de cosas viejas. Unos arqueólogos innovadores han comenzado a orquestar excavaciones en los espacios mohosos debajo de las autopistas y a encontrar allí anillos de compromiso de los años de 1890, tarjetas de San Valentín de los años veinte, mechones de pelo entretejidos en lazos de amor.

La ciudad, creo yo, fue construida sobre la base de los sueños de gente como yo, que para poder escapar sus penas pregonaban sus efectos amnésicos en términos tan vociferantes que muchos de los que los escuchaban acabaron por creer a estos charlatanes, quizá por razones similares.

Mientras estoy sentada en el parque, con mi viejo libro, se me acerca una niña, bajo la mirada escrutadora de su madre.

Dejo que se siente a mi lado, hasta doy vuelta a las páginas. Describo como era España en el siglo dieciséis y comienzo a traducir la hermosa letra redonda. A excepción de dos personas, nadie sabe todavía de mi descubrimiento, pero le cuento la antigua historia de amor contenida en el libro.

Había una vez una malabarista, digo. Había una vez una monja a quien le encantaba leer.

La niña le da vuelta a otra página y toca la hermosa letra, la delicada rotulación.

Y luego, aun antes de darme cuenta de lo que estoy haciendo, le estoy contando otra historia de amor, una más reciente.

EN EL OTOÑO, después de julio, regreso a mi porche y vuelvo a plantar mi jardincito. Las hermanas de los últimos pensamientos todavía están allí, y trato de recordar si mi madre los sembró, cuando estábamos en Long Beach y no consigo recordarlo. Hasta me cuesta trabajo recordar cómo se veía el día en que salió del museo con la reliquia. Aunque su perfume aromático se conserva congelado en mi interior.

Otras cosas, sin embargo, permanecen ardientes y peligrosas en mi mente. Por ejemplo, las manos grandes de él sobre mi cuerpo. La última mirada, como de una barcaza que se aleja.

El sol es intenso todavía y riega mis jardines, se inclina hacia mí en el porche, mientras las escenas tranquilas y agradables del sur de Pasadena me pasan de lado. Perros y mujeres, esposos e hijas. La familia de enfrente (aunque hemos sido vecinos durante cuatro años apenas me enteré de su nombre), los Chos, todos ellos vestidos de caqui y calzado tenis blanco y ancho, se suben a un coche gigantesco y se van de compras a algún lugar, su dálmata ladra como loco en el asiento trasero.

Mientras me acuchillo en el porche, agarrando las flores, el sol se desliza sobre mis antebrazos, mis rodillas, amarillo como el polen y, ahora, me trae el regalo de la información del polen. Ya que la luz que se ondula sobre mi cuerpo parpadea de pronto, luego desaparece.

Dejo de hacer lo que estoy haciendo.

Escucho el crujir del pasto. El sonido de una respiración. Se me ocurre algo. Me quedo viendo ese pedacito de sombra. No levanto la vista.

La luz reaparece en mi rodilla y oscila. Toco la luz dorada que parpadea en mi piel con mucha ternura, como si fuera a romperse. Me le quedo viendo.

Cuando levanto la vista, veo que Karl se ha aproximado por el camino de pasto quemado de modo que su larga sombra se extiende hacia el lugar donde estoy sentada. Está parado en el centro de mi jardín y puedo distinguir sus ojazos, su cara pálida y rasurada debajo de su pelo a rape, y las manos sorprendidas a medio ademán.

Karl está de pie, de manera torpe, en la orilla de mi casa. No da un paso más.

Me mira a través de la distancia que hay entre nosotros, con los brazos rígidos a los costados. Levanta los brazos, arriba, más arriba. Se abren.

El amor ilumina su cara.

MÁS TARDE, REGRESAMOS a la costa y flotamos otra vez juntos en el agua dorada.

El cielo puro de principios de verano de Long Beach se cuela sobre nuestras caras; nuestros hombros chocan y se tocan, después se deslizan y se apartan. Karl extiende la mano y toca mis dedos y cuando lo volteo a ver, veo su perfil blanco contra las olas verdes. Su pecho pálido se cierne sobre el mar y sus brazos se extienden por el agua. Tiene los ojos cerrados. La boca se le abre un poco. Más allá de donde se encuentra, puedo distinguir colores cambiantes y abigarrados en la playa. Hay más gente aquí de la que recuerdo; Long Beach ha crecido desde que éramos chicos.

Ahora sonríe y abre los ojos. Alarga la mano para alisarme el cabello.

—Bueno, me sorprende —dice—. Por lo general a estas alturas ya me estás contando un cuento.

Me doy vuelta y me meto debajo del agua, luego abro los ojos por un momento en el asombroso espacio verde que me hace arder los ojos. Subo de nuevo a la superficie y nado hacia él. Mis pies encuentran una franja sólida de arena. Oprimo los labios sobre su hombro, sacudo la cabeza.

Por una vez en la vida, me callo la boca. Siempre he tenido ansias de contar historias pero en este momento me doy cuenta que no tengo necesidad de convertirme en una extraña muchacha de río, o convertir a Karl en un dragón o en un califa; no necesito nada para endulzar esta tarde ni tampoco para limar asperezas.

Y al pensar en las asperezas, trato de recordar a mi mamá lo mejor posible. Lucho por ver su cara en el agua y distinguir el destello de su boca sonriente antes de que mi propia reflexión se filtre a través de las olas.

Ahora Karl se da vueltas en el mar y me abraza.

—Hoy no hay cuentos —le digo—. Te daré ese gusto más tarde, en Houston.

AHORA ES PASADA LA MEDIANOCHE y mis maletas están apenas a medio hacer, pues todavía estoy despierta releyendo este libro, el que he podido tener entre mis manos por estos últimos meses aunque hace mucho que terminé el trabajo de restauración. Me ha costado un poco desprenderme de este, he de admitir, y estoy disfrutando estas últimas horas cuando *La conquista* todavía me pertenece sólo a mí, antes de regresarlo a los estantes del Getty y llamar a esos especialistas en de Pasamonte y darles mis noticias.

Helena me ha servido de consuelo íntimo este año, pero sé que es hora de entregarla a los profesores y la verdad es que me muero de ganas de liberarla de este libro como si fuera un genio de la botella, para que salga disparada por las imaginaciones de todos esos Boswells, derribando sus historias sólidas como roca y dejando a su paso sólo sobrecogimiento y hermosura. Creo que hay sufi-

la
CONQUISTA
315

ciente material entre estas páginas como para dinamitar una pequeña sección de la realidad, y cuando los doctores alcancen a distinguir las capas que están bajo la superficie, que son de oro puro y demasiado profundas para que el ojo las siga, es probable que se agarren la cabeza en asombro por un rato. ¿Si es posible que *él* fuera *ella*, entonces en qué más nos hemos equivocado? se preguntarán. Ahora estoy propensa a creer en casi cualquier posibilidad. Quizá *sí* haya sirenas debajo del mar. Quizá ese viento frío que te asusta *sea* el aliento de los muertos y enterrados que claman justicia. Quizá hay espíritus en las rocas y seas un ladrón, y quizá tu corazón sea tan grande como este mundo gigante que nos pertenece tanto a ti como a mí.

Sí, quiero decir todo eso, aunque la mejor afirmación de las posibilidades se manifiesta en las herramientas de trabajo: los libros despedazados, el pegamento, el *kozo* y las plegaderas de hueso. Porque no renuncié a mi empleo. Llevo cuero marroquí antiguo en la sangre y no puedo sacarme las bibliotecas perdidas del cerebro y, además, el Getty no podía permitir que me fuera. Aunque soy, en un sentido de la palabra, una chica tradicional, me estoy volviendo tan lista como para sacarle ventaja a este mundo moderno, lo que quiere decir que estoy intentando tener lo mejor de ambos mundos, tener mi libro y además leerlo. Me pone nerviosa, pero ahora creo que si Karl puede suspender una boda y hacer las paces con las estrellas, entonces puede que yo aprenda a equilibrar bebés militares sobre las caderas y tomar aviones para mantener el universo a salvo de encuadernaciones etruscas y *cuir-ciselé* (y los secretos helénicos que contienen). O quizá mis planes de medio tiempo se irán al cuerno y tendremos que resolver las cosas de otra forma; probablemente algo complicado y difícil, ya que tendrá que haber espacio para todas esas cosas en apariencia irreconciliables como los libros y Júpiter y la pasión nacida en Long Beach que siento por Karl.

Pero estoy decidida a dar un paso fuera de las cosas bellas pero poco confiables del museo y dar un paso dentro del calor y la contingencia de la vida que solía espiar desde la ventana de mi oficina. Supongo que puedo hacer esto ahora que he perturbado la paz de las deslumbrantes galerías del señor Getty y así he cumplido con el deber que heredé hace mucho. También sirve que me he probado a mí misma que ese acto, esa tarde en particular en que mi mamá se llevó la página de un libro muy viejo y se la robó bajo las narices de los guías, no había nacido tan sólo de la locura que todos los demás veían, sino también de una especie de sentido común. Haber descubierto eso fue uno de los legados más importantes que ella me hiciera (ella que profesaba incredulidad ante herencias genuinas), pero hubo otro también, una herramienta, la lengua astuta que usaba para lamentar aquello que había sido robado y casi olvidado, así como para crear algo nuevo.

Ven acá, voy a decírtelo al oído. Hay néctar y mirra bajo esta lengua mía. Conozco conjuros que te llevarán a lugares mágicos. Una vez, hace mucho tiempo, había una bruja que se enamoró de una reina malvada... una adivina leyó el nombre de Dios en sus cartas... un bufón de la corte dio muerte al rey y ascendió al trono... En *Las mil y una noches* las fábulas se agotan porque su autor pesca al rey al final, pero eso no me ha pasado a mí todavía.

Ten por ejemplo la otra noche. Llamé a mi papá unos minutos antes de que saliera a otra cita, y le comencé a contar otra de mis aventuras.

—Allá va de nuevo —dijo—, señorita Cerebro Chiflado, ¡igualita a su madre! Si tan sólo tuvieras un *poquitín* de juicio, me moriría contento. ¡Si tuvieras una *pizca* de sentido práctico en esa piñata que llamas cerebro, no me estaría dando un ataque cardíaco a cada rato!

Pero me escuchó de todas formas y le ha de haber gustado la

historia, porque perdió la noción de la media hora que había transcurrido, antes de darse cuenta que se le había hecho tarde.

Después de colgar, me puse a pensar en todas las lecciones de la vida que él me había tratado de enseñar a través de los años, todo ese asunto de derechos naturales y de caminar con brío, de aguantar, de seguir adelante, y después pensé en mi mamá y en la nemotécnica que *ella* había tratado de enseñarme, y por unos momentos ambos ángulos encajaron dando un gran chasquido. Pude ver cómo ambas ideas suyas sobre derechos naturales y sobre dar un golpe estaban en lo cierto, y cómo tanto los mundos de la superficie y de las sombras eran reales; y también la manera en que la cruda realidad de la muerte de ella podía coexistir con el increíble misterio de la malabarista que se convirtió en un sacerdote asesino.

Y juro que entonces lo comprendí todo. Pude sentir el mundo real y el oculto fluir en mi interior y no era doloroso sino una mezcla sensacional de tonterías y lógica tan dulce como la miel y calmante para los nervios. Entonces era una maldita filósofa, haciendo malabarismos no sólo con la luna, sino además con Júpiter y Venus, y sentía como si pudiera haber intimidado hasta al gran Maxixa.

No obstante, ese instante se acabó un poco más tarde. Después de unos minutos perdí el hilo de lo que había estado pensando y las cosas se complicaron de nuevo.

He resuelto algo, sin embargo, y es que concuerdo con Helena, ya que el amor es lo único que ha evitado que vaya nadando hacia el horizonte como aquella vaca que ella describió. Mi querido esposo, de los dientes derechos y la cabeza cuadrada, te robaste mi corazón hace cien años y cada vez que veo tu pecho dulce y pálido, veo esa estrellita polar en él, que parece estar guiándome en dirección a... Houston, por ahora. No sé después de eso.

Y tan sólo la idea de estos próximos pasos hace que este corazón acolchado mío haga *bum bum*, tan fuerte como el de Carlos y el del Papa. Se me está ocurriendo que esos pasos no conducen en línea recta, sino que son más como una danza dentro de los brazos suaves o sofocantes del entonces y el cuándo. Ah, lo puedo aclarar aún más: *Yo te amo. Mamá, con todo mi corazón, pero adiós.* Al parecer, Teresa y mi papá tenían razón, porque sí tuve que olvidar a alguien, de alguna manera. Así como he fijado la expresión de mi madre en la memoria, un vaho ligero y aterciopelado ha comenzado a velarle la cara, oscureciendo sus rasgos más inquietantes así como los más bellos, que nunca he tenido que dibujar en la mente porque ya estaban grabados allí; y aun mientras pienso eso, también pienso *¡no te vayas!* ¡No te vayas! No sé qué tanto pueda controlar o conservar. Tampoco estoy segura de qué tanto debería llevarme o dejar atrás, aunque basada en mi experiencia apuesto que trataré de viajar con el equipaje más pesado que pueda.

Pero de una cosa estoy segura. Estoy enamorada de todo lo que me queda por restaurar y recordar y perder: la cartografía secreta del pecho como brújula azul de Karl, la dulzura del sentido práctico de mi padre, hasta el dolor de fracción de segundo que siento en el corazón cuando me imagino que mi madre se desvanece, aquella amante de misterios. Y estas cosas son algo más que asuntos privados, algo aun más grande que el consuelo. Son como una cuerda que ellos me han lanzado, que no hubiera tenido de otra manera, y la amarro de manera tensa y la piso ligeramente como una niña en el circo, aunque sin dejar de mirar la vista abajo. Si tengo suerte, puede que esta me guíe sobre este territorio de promesas y oro robado, derechos naturales, amnesia, el enigma de la historia, los misterios del corazón, este pasado irrecuperable que es nuestra herencia y nuestro legado.

agradecimientos

Mi gratitud afectuosa para: Andrew Brown,
Renée Vogel, René Alegría, Fred y Maggie
MacMurray, Maria y Walter Adastik, la facultad
de Loyola Law School, Michael North, Victoria
Steele, Eila Skinner, Ken Murray, Eileen Paris,
Mona Sedky Spivack, Elizabeth Baldwin, Ryan
Botev, los miembros del Los Angeles Institute
for the Humanities de la University of Southern
California, la MacDowell Colony, Thelma
Quinn y Daniel Mulligan.

Además, el Getty Museum, donde soy una
lectora visitante, tuvo una influencia enorme en
la escritura de esta novela. (Y me gustaría hacer
hincapié en que todas las hazañas aquí descritas
son absolutamente ficticias; el personaje de
Teresa Shaughnessey no está basado en
ninguna persona real.)

Varios libros también fueron cruciales para
escribir esta novela. Los detalles concernientes
al sitio de Tenochtitlán fueron tomados de
Historia de la conquista de México de William H.
Prescott, *Quince poetas del mundo azteca* de

Miguel León Portilla y *La verdadera historia de la conquista de la Nueva España* de Bernal Díaz del Castillo. El libro *The Honest Courtesan: Veronica Franco, Citizen and Writer in Sixteenth—Century Venice* de Margaret F. Rosenthal y Catherine R. Stimpson también fue de utilidad.

También quisiera agradecer a las siguientes editoriales por su permiso para citar lo siguiente:

La cita de la historia de Tiresias es del libro *Tales from Ovid* ["*Relatos de Ovidio*"] de Ted Hughes (Farrar, Straus and Giroux, 1997). La cita de Dante está tomada de *The Inferno of Dante* de Robert Pinsky (Farrar, Straus and Giroux, 1994). La frase críptica de Emerson puede encontrarse en su ensayo sobre Montaigne en *The Works of Emerson* y la oración a Dios de San Agustín puede hallarse en sus *Confessions* (Vintage Spiritual Classics, 1997, trad. al inglés de Maria Boulding). Los versos del poema de Petrarca provienen de *Petrarch's Lyric Poems: The Rime Sparse and Other Lyrics* (Harvard University Press, 1976; trad. al inglés de Robert M. Durling). Todas las traducciones al español de estas citas son de Liliana Valenzuela. Por último, las últimas líneas de *Don Quijote* provienen de la edición de Jay Allen, Cátedra Letras Hispánicas, Madrid, 1984.

nota a la traducción: el laberinto de los espejos

Yxta Maya Murray plantea en *La conquista* una premisa fascinante: ¿Qué pasaría si una princesa azteca fuera a la Europa renacentista con el objeto de buscar la revancha y realizar así la reconquista personal de la España imperial? Y, ¿cómo entrelazar esa historia con la de una mujer estadounidense moderna que se sumerge irremediablemente en la historia de su antepasada azteca? En la novela resultante, Murray maneja varios planos, tiempos históricos y registros de lenguaje a la vez. Las dos historias se tocan en varios puntos y los elementos de una reverberan en la otra.

Traducir este intrincado laberinto de espejos ha sido todo un reto. Las descripciones sensuales de los libros y el mundo de quienes los aman y restauran, el lenguaje voluptuoso de los amantes, las descripciones de los vestuarios y paisajes, me brindaron muchas satisfacciones. En cuanto al lenguaje propiamente dicho, la dificultad estriba en los distintos registros, vocabularios y tonos de los personajes y de cada historia.

En el caso de Sara, la mujer contemporánea del Los Ángeles moderno, nos encontramos frente a una yuxtaposición acelerada de palabras y referencias eruditas con expresiones coloquiales y modismos de las calles angelinas y de los Estados Unidos de hoy. Lo que el idioma inglés permite aglutinar fácilmente mediante la unión de dos o más palabras, en español por fuerza ha de convertirse en oraciones más largas que explican conceptos a menudo ajenos para los que no tienen un conocimiento íntimo de la sociedad estadounidense moderna.

Luego, en el «libro dentro del libro» tenemos el lenguaje de la princesa azteca, Helena, que utiliza una serie de palabras, temas y actitudes muy modernas, aunado a vocablos antiguos, a la usanza de los libros de caballerías en que esta historia tiene muchas de sus raíces. Cabe hacer hincapié en que esta traducción, siguiendo la pauta del original, es una imitación lúdica y anacrónica del estilo castizo antiguo, no una fiel reproducción del mismo. Me he tomado ciertas libertades, con permiso de la autora, de jugar en ciertas partes con el uso del vosotros y las formas arcaicas del castellano con el objeto de dar a la novela un sabor antiguo, que contrasta con el lenguaje moderno de otras partes de la obra. También hay que tomar en cuenta que esta novela es una novedosa reinterpretación en la vena de *Don Quijote*, pero desde un punto de vista femenino y además proveniente del Nuevo Mundo, en el que una protagonista muy moderna cambia de ropajes, identidades y géneros repetidas veces.

Algunas áreas de investigación particulares fueron las de la terminología y vocabulario de los restauradores de libros antiguos; los muebles y vestuarios del siglo dieciséis; algunas referencias clásicas, bíblicas y del latín; así como la cronología y los artefactos aztecas.

El presente trabajo de traducción busca mediar entre lo antiguo y lo nuevo, lo coloquial y lo erudito, dentro del tono informal y directo de la novela en su conjunto. Esperamos que sea del agrado de los lectores.

LILIANA VALENZUELA

LILIANA VALENZUELA

Originaria de la Ciudad de México, LILIANA VALENZUELA es tejana por adopción. Recibió títulos de licenciatura y maestría en Antropología y Folclor de la Universidad de Texas en Austin. Como traductora literaria, sus publicaciones más recientes incluyen *Latin Jazz* de Raúl Fernández, *Caramelo* de Sandra Cisneros y *La Yaguita del Pastor* de Isaías Orozco Lang. Ha obtenido premios como escritora y poeta, y su obra narrativa y poética se haya dispersa en revistas y antologías. Vive en Austin, Texas, con su familia.

Guía para grupos de lectura

LA CONQUISTA
YXTA MAYA MURRAY

INTRODUCCIÓN

«*Entonces alcé la vista hacia estos estantes de libros durmientes y pensé en cómo cada uno de ellos escondía las brasas de un corazón ardiente que latía con pasiones hace mucho tiempo olvidadas. Este hecho abriga ramificaciones insoportables. ¿No es así? ¿O es acaso una bendición?*»

Sara Gonzáles vive en un mundo solitario, lleno de polvorientos libros rotos. Como restauradora de libros y manuscritos raros, pasa sus días y muchas de sus noches encerrada en los confines del Museo Getty de Los Ángeles. A Sara le resulta más fácil manejar las complejidades del museo y sus antiguos artefactos que su propia vida.

Cuando le es asignada la labor de restaurar un escandaloso libro que fue prohibido en el siglo dieciséis, Sara no tiene ni la menor idea de que la historia de *La conquista* llegará a consumirla tanto intelectual como emocionalmente. *La conquista,* una historia supuestamente escrita por un monje español de mala reputación, relata las aventuras de una princesa azteca esclavizada por Cortés después de su conquista de lo que hoy en día es México. La princesa es una hábil malabarista a quien llevan a Europa a actuar ante la aristocracia. Recibe el nombre de Helena y pronto se convierte en el furor de la corte, musa de un artista y asesina resuelta a vengar la destrucción de su familia y su tierra natal.

Convencida de que la historia no es un relato ficticio escrito por un monje, sino la historia de la vida de Helena escrita de propio puño, Sara se propone demostrar el origen del libro. Pero al adentrarse cada vez más en la historia, Sara se ve atrapada más allá de su curiosidad profesional. Poco a poco, *La conquista* se convierte en una alegoría cultural de su propia existencia frustrada, ya que Sara no ha resuelto aún los conflictos de su quebrantada familia. Mientras que su padre se niega a recordar el pasado, ella no puede olvidar, ni superar, la turbulenta vida de su madre y su prematura muerte. La dolorosa historia de Sara amenaza también su romance con el hombre que siempre ha amado, y es *La conquista* lo que finalmente la ayuda a alcanzar un entendimiento de aquello que ella más valora.

Repleta de aventuras de capa y espada y misterio intelectual, *La conquista* es una combinación perfecta de historia, pasión e imaginación.

PREGUNTAS PARA LA DISCUSIÓN

1. El manuscrito que Sara está restaurando no tiene título y ella le da el nombre *La conquista*. La conquista de México por parte de Hernán Cortés es solamente uno de los incidentes que tienen lugar en la historia. ¿Por qué creen que Sara escogió ese título? ¿Por qué es tan importante para ella conferirle una identidad al manuscrito al darle un nombre?

2. Sara ha sido restauradora en el Museo Getty por muchos años, infundiéndole vida a innumerables libros y manuscritos raros. ¿Qué tiene este libro en particular, *La conquista*, que la atrae y captura su imaginación?

3. Sara es la única entre sus colegas que no acepta la hipótesis de que fue el Padre Miguel Santiago de Pasamonte quien escribió *La conquista*. Ella dice: «Si compruebo mi hipótesis, seré tan ingeniosa como cualquier nigromante, ya que todas las mujeres morenas de la historia se han quedado sin lengua. Si les demuestro a mis colegas que una mujer azteca escribió este libro, será como si le hubiera dado un golpecito en el hombro al gran volcán Ixtacíhuatl y le hubiera pedido que hablara. Y eso es exactamente lo que haré». (pág. 5–6). ¿Por qué ese apasionamiento para comprobar que una mujer azteca escribió este manuscrito y que es una autobiografía y no un relato ficticio? ¿Creen que ella comienza con una razón y va encontrando otras al pasar más y más tiempo inmersa en la historia de Helena?

4. ¿Por qué Sara decidió ser restauradora de libros? En determinada instancia, Teresa le dice a Sara: «Que lo que hacemos es ridículo. Que lo que hacemos aquí es totalmente absurdo e irrelevante». (pág. 205). ¿Por qué creen que Teresa lo dice? ¿Cómo reacciona Sara a esta declaración sobre su profesión?

5. Sobre su madre, Sara dice: «Me enseñó desde chica a no confiar en este tipo de zoológicos. Y trabajar en el Getty como curadora sí huele a colaboracionismo: catalogo los dioses arrancados de templos muertos; almaceno las historias de los soldados en las salas doradas, aun cuando esos mismos soldados quemaron otras bibliotecas extrañas. Como mexicana, me enseñó ella, y además mujer, sólo se puede tener una relación incómoda con estas casas de fieras. Mamá murió hace dos décadas, pero sé que si todavía estuviera aquí me diría que renunciara a este trabajo que amo. Ella querría que yo fuera una *enemiga* de los museos». (pág 42). ¿De qué manera Sara concilia la profesión que escogió con su idea de que su madre nunca hubiera entendido su decisión? ¿Por qué hace referencia específicamente a su sexo y a su raza?

6. Discutan la escena en que la madre de Sara, Beatriz, roba la valiosa página de manuscrito de un museo. Veinte años después de la muerte de su madre, este es aún un recuerdo vívido para Sara. ¿De qué forma la afectó esta experiencia? ¿Qué revela sobre el personaje de Beatriz?

7. El padre de Sara le dice: «Porque tu mamá, ya sabes, veía las cosas y quería que todo fuera distinto . . . Creo que saliste mucho a ella y no sólo en las cosas buenas». (pág 190–191). ¿Qué quiere decir con esta afirmación? ¿Cómo reacciona Sara?

8. ¿Cómo caracterizarían ustedes la relación de Sara y Karl? ¿Por qué ella no logra llegar a comprometerse después de todos estos años? Si ella realmente lo hubiera deseado, ¿le habría sido posible encontrar la manera de equilibrar sus objetivos profesionales y su relación?

9. En una instancia, Sara dice: «Fue en ese momento que descubrí mi único talento, el de poder contarle cuentos a Karl Sullivan, y me sentí tan poderosa como para embelesarlo toda la noche». (pág 15). Sara adopta la costumbre de narrarle historias a Karl la misma noche en que lo conoce. ¿De qué manera usa Sara la narración de historias en su relación? ¿De qué manera usa *La conquista* específicamente con el fin de despertar su interés?

10. En una instancia, Helena escribe: «Lo que menos me imaginaba es que yo sería mi peor enemigo». (pág. 154). ¿Podría decirse lo mismo de Sara? A pesar de haber vivido separadas por siglos la una de la otra, ¿hay alguna similitud entre Helena y Sara?

UNA CONVERSACIÓN CON
YXTA MAYA MURRAY

1. *En La conquista nos enteramos de que Sara heredó su talento para relatar cuentos de su madre. ¿De dónde procede tu inclinación y habilidad para relatar historias?*

Siempre quise ser escritora. Como todos los niños, quería tener poderes sobrenaturales, y descubrí que narrar historias era lo más cercano a la brujería. Como novelista, uno se convierte en un pequeño demiurgo, conjurando planetas, gente y filosofías.

Es más; apelando a una vieja afirmación de los artistas, y no por vieja menos cierta, los autores pueden a veces sentirse atraídos por el orden que la escritura de ficción promete. En el caos de la cotidianidad, puede resultar tranquilizador sumergirse en un mundo que tenga algo de sentido.

2. *¿Cuál fue tu inspiración para escribir La conquista?*

La inspiración concreta para *La conquista*, provino de la lectura de *La Historia de la Conquista de México* de William H. Prescott. Promediando el libro, se describe cómo Cortés ordena a sus hombres cargar los barcos con el botín de las Américas para ofrecerlo a los soberanos europeos y a Clemente VII, el Papa. Los tesoros

consistían en oro, plata, esmeraldas, obras en plumas y gente—
aquellos malabaristas, bailarines y bufones aztecas que sobrevi-
vieron al sitio. Cuando leí cómo le mandaban estos bailarines al
Papa a modo de juguetes y esclavos, intenté imaginar sus vidas en
el Vaticano.

Al poco tiempo, comencé a soñar con Helena, la princesa azteca malabarista, musa, sibarita y asesina.

3. *El realismo mágico que infundes en tu escritura tiene reminiscencias
de escritores como Gabriel García Márquez e Isabel Allende. ¿A qué
escritores admiras?*

Definitivamente, García Márquez y Allende son influencias.
Aunque debo admitir que la frase *realismo mágico* no tiene demasiada resonancia para mí. Crecí en una casa con una fuerte presencia de la religión y hasta cierto punto de la superstición, donde
personajes como Dios y Jesús eran bien conocidos. También lo
eran los espectros de fantasmas, los *mediums,* las apariciones y los
demonios. Entonces, si uno va por la vida hablando con Dios y, de
alguna manera, hasta lo oye contestando, mientras que en el otro
cuarto la abuela charla con su espíritu deambulador al tiempo que
Satán acecha desde los rincones de la casa, bueno, desde esa perspectiva, que Helena le haya revoleado a Clemente VII cien pelotas
de malabarista en su esfuerzo por matarlo no suena, después de
todo, tan descabellado (a pesar de que uno podría preocuparse por
el acto hereje).

El realismo mágico es, en realidad, sólo una filosofía.

En cuanto a autores, me gustan Borges, Tolstoy, Morrison,
Calvino, Homero, Woolf y Ellison, entre otros.

4. *Háblanos sobre las investigaciones que llevaste a cabo para escribir
esta novela, especialmente lo tocante a los aspectos históricos.*

Investigué libros en cantidades masivas para esta novela. Estudié el reinado de Carlos V y las trayectorias de Solimán el Magnífico y de Barbarroja. Asimismo, la biografía de Tiziano y su círculo. También indagué acerca de las inmediaciones físicas de la Italia del siglo dieciséis, que aparentemente atravesaba una especie de transformación creciente a medida que todo ese increíble arte se acumulaba alrededor. Por ejemplo, examiné la arquitectura del Castello Sant'Angello en el Vaticano —el cual desempeña un importante rol en el libro— y descubrí que tiene un puente denominado El Puente de los Ángeles de la Pasión, ya que está bordeado de esculturas de ángeles en granito, que representan la pasión de Cristo. Helena corre por el mismo puente cuando toma por asalto el Sant'Angello, en un esfuerzo por salvar a Caterina del calabozo. El único problema es que los Ángeles de la Pasión simplemente no estaban aún emplazados en el siglo dieciséis, tal como cualquier buen historiador de arte podría señalar. Sin embargo, yo venía trabajando el tema desde hacía bastante tiempo, bajo la errónea impresión de que estaban allí al mismo tiempo que Helena. Imaginen el sentimiento de conmoción y horror que me invadió al descubrir mi equivocación. En realidad, estaba impactada, horrorizada y muy atemorizada por la posibilidad de cometer semejantes estúpidas inexactitudes.

Son ese tipo de detalles los que vuelven locos a los novelistas históricos.

5. *¿Se basa alguno de los personajes en personalidades históricas reales?*

Carlos V, Barbarroja, Solimán y Tiziano, junto a su escandaloso amigo poeta, Aretino, son personajes históricos reales. De hecho, me divertí enormemente, tanto investigando su vida como resucitándolos en el mundo de mi novela.

Sara resulta que está ligeramente basada en mí. Es el nombre que solía dar en las fiestas, ya que cada vez que decía el verdadero,

Yxta, nombre azteca, se suscitaban inevitablemente preguntas respecto de la pronunciación (sobre la que existe cierta polémica), cómo se escribe, la leyenda tras el nombre (la triste historia de una princesa y un guerrero), si los aztecas aún viven y, especialmente, surgía curiosidad por mi identidad racial —interrogantes que muchas veces no tengo problema en develar— no obstante, a veces uno sólo quiere tomarse una cerveza. De todos modos, mi pequeño truco del nombre, a veces se vuelve en mi contra, por ejemplo cuando pretendientes de recursos obtienen mi número de teléfono y me llaman a casa. Entonces, no tengo más remedio que darles mi verdadero nombre: «I-iiik–stah, buen hombre —no, no, a ver, otra vez, I-iiik–staaah». Y es ahí cuando se convencen de que estoy totalmente loca.

Pero volvamos a los personajes históricos. ¿Qué te parece de Pasamonte? Por él es por quién más me preguntan. Y me pone triste y feliz a la vez, manifestar que es producto de mi imaginación.

6. *¿Qué te llevó a decidir que Sara fuera una restauradora de libros? ¿Tenías conocimientos del proceso de restauración de libros antes de escribir esta novela?*

Concebí a Sara como restauradora de libros porque es uno de mis proyectos —desde la imaginación— restaurar la historia y el arte de las Américas, irremediablemente perdidos durante la conquista. Además, la ubiqué en el Getty, tamaño templo de la supremacía artística de Europa. Siempre que recorro ese museo, en Los Ángeles, me embarga tanto un sentimiento de terrible melancolía al ver que éstas no son solamente bellísimas obras de arte, sino que, además, constituyen una forma de propaganda utilizada en algún momento para ayudar a alentar y justificar la expansión de la corona en las Américas. El trabajo de Tiziano —quien pintó al propio Carlos V— es apenas un ejemplo. Pero al mismo tiempo, soy una fanática total del arte europeo. Por ello, quería que Sara quedara enredada en mi misma contradicción.

En cuanto a la otra parte de la pregunta, no, no soy restauradora de libros. No obstante, tengo un respeto absoluto a los libros. Casi nunca dejo orejas en las páginas.

7. *En la historia, la madre de Sara hace referencia al hecho de que la historia de los latinos ha sido robada, lo cual ella presenta como la razón por la cual tomó la página de manuscrito del museo. ¿Qué piensas al respecto?*

Beatriz es un personaje complicado: está furiosa y enlutada por la historia perdida, de la que ya vengo escribiendo en estas páginas y es muy, pero muy inteligente. El acto que cometió es ambiguo. Por un lado, si bien injustificable, es al menos entendible; por el otro, en lo absoluto. Es esta ambigüedad la que da lugar al robo en la mente de Sara y la conduce a un determinado curso en la vida. Más tarde en su carrera, cuando trabaja para recuperar signos de las Américas perdidos entre encuadernaciones deshilachadas de libros, recrea una versión no delictiva del acto perpetrado por su madre cuando era niña.

Tanto Sara como su madre están intentando devolver a América su pasado.

8. *La historia de la biblioteca incendiada que Beatriz le cuenta a Sara tiene una resonancia especial en la novela. ¿Es éste un suceso verídico?*

Voy a citar dos fuentes en lo que concierne a la destrucción de estas bibliotecas.

Bernal Díaz del Castillo fue soldado del conquistador Hernán Cortés e ingresó con Cortés en la ciudad sitiada de Tenochtitlán, para luego reportar lo que vio allí. En su libro, *La verdadera historia de la conquista de Nueva España*, escribe lo siguiente:

«Recuerdo que en esa época, el administrador era un gran Cacique a quien pusimos el apodo de Tapia. Asentaba todas las rentas que ingresaban para Montezuma en libros armados en papel —que llamaban amal— y tenía una gran casa llena de estos libros. Pero, esto no tiene nada que ver con nuestra historia».

Como es tan poco lo que sobrevivió de la ciudad de Tenochtitlán, estos libros, aparentemente, fueron destruidos.

Recién a partir de la lectura de las palabras de otro europeo es que uno comienza a sospechar que la biblioteca descrita por Díaz pudo haber sido incendiada. El europeo de marras es el obispo franciscano de Yucatán, Diego de Landa, quien se caracterizó por ser un gran incendiario de bibliotecas americanas. Una vez escribió:

«Hallamos un gran número de libros con estos caracteres y, como su contenido no comprendía nada que no se percibiera como mentiras del diablo o superstición, los quemamos todos. Esto provocó en ellos una increíble pena y les causó gran aflicción».

Ésta es una cita textual de Coe y Kerr, extraída de *El arte del escriba maya*.

9. *Tú relatas la historia de Helena entrelazada con la de una mujer moderna. ¿Por qué decidiste no narrar la historia de Helena por sí sola, como una novela de ficción histórica?*

Quería demostrar cuán activa y constantemente nos conectamos con el pasado. Sara, a través de lo que se le revela histórica y literariamente, ejerce un tipo de lectura del pasado muy intensa. Sería la versión magnificada del tipo de encuadre que damos cada vez que leemos historia, biografías o novelas antiguas. Y se hace la pregunta que todos nos hacemos: ¿Qué puedo aprender de lo que ya ocurrió? ¿Cómo me afecta a mí? Y, sin duda, encuentra las respuestas.

Es más, Sara era demasiado apasionada y divertida como para no escribir sobre ella. Considero que es una excelente hermana para Helena.

10. *¿Cómo resumirías el camino que Sara recorre en La conquista?*
Es la chica más afortunada del mundo. ¿No es cierto?
Encuentra lo que está buscando.

N